送往待宰樂園的赦罪券

崑崙 著

愛，是強暴神的慈悲。

目錄

一、未死的蝶沒能破蛹

滴答滴答滴答……

彷彿一陣亂雨打落，密集細碎，可是囚人的暗室沒有雲能夠造雨。

子緣盯著眼前地面，片片方形的磁磚以固定間距排列，像一張粗網。順著磁磚間的黑線延伸出去，數公尺外的唯一出口開了道隙縫，有微弱的光線滲入室間。

雨仍未停。

子緣不斷在心中默念，試圖說服自己，那就是雨。

他的雙手被反縛在身後的鐵柱，久經囚禁的身體不自主前傾，姿態像懸在枝頭的蛹。

滴答滴答……從視線範圍外有什麼悄悄爬梭過來。

竟是濃稠似油的血膏。

血膏分化開來，成了數以百計的條狀紅蟲，在磁磚上一縮一推，蠕動前進，直至子緣的腳邊。

子緣眼睜睜看著條蟲般的稠血爬上腳掌後匯聚，黏著腳踝逐漸往膝蓋擴散直至腰間，又得寸進尺攻上胸口。

被血膜包裹的他拚命扭動，卻掙不開纏身的腥血。像即將困死蛹中的蝶。

濕滑冰冷的血膜覆著肌膚堵住毛細孔，令子緣不由得發寒顫慄，闖進鼻腔的盡是生冷的鐵鏽腥臭。

喉嚨一緊，血膜如箍緊縮，勒得子緣呼吸困難，勒得他忘了給自己設下的警告，疏忽地往旁一看。

同樣被困的父親渾身冒血，割裂的肚皮像左右揭開的窗簾。邊緣的爛肉殘缺醜陋，像給惡童開了玩笑當剪紙剪得破爛。空洞的腹腔鮮血湧流，順著垂脫的腸子滴下。滴答滴答，落在堆積的臟器上。

從來就不是雨，更沒有等待破蛹的蝶。

子緣放聲嚎叫，血膜因著他的恐懼受了號召，大肆爬上臉頰堵住口鼻。鮮血條蟲鑽進耳洞。待耳膜在劇痛中被一併穿破，子緣終於聽不見錯亂的雨聲。

垂首的父親忽然抬頭，失去生命力的無神瞳孔瞪往子緣。

全身裹滿血膜的子緣只剩眼珠能夠自由活動，在瀕臨窒息的慌亂中正好驚見父親咧嘴。

父親發出無聲的大笑，彷彿從未如此過癮開懷，偏偏眼睛已經覆著死亡的灰白。發紫的肥舌在口腔裡顫動，冷不防嘔出一大灘黑血，落地竟化成焦黑色的火焰燃燒起來，沿著充滿油脂的血膏，點燃引線般從父親的腳底一路燒往子緣。

被燙燒的血膜滋滋作響，燙灼著子緣，可是他始終掙不開。火光照亮暗室，雄起的黑煙飄往天花板，遮頂的黑煙之下顯現出無數臉孔，圍繞滿室，團團包圍子緣與父親。

這些臉孔或面無表情、或莊嚴、或笑、或肅容。子緣認得、也不認得。距離意識消散只剩一線，驀然記起父親癡迷跪拜情景。

祂們是神，是佛，是各類供人膜拜的非人。

久積的怨憤令子緣拚死記住這些終於認清的臉孔。臉亦給予回應，它們咧嘴縱聲狂笑，無情的笑聲撩動火舌。

在混亂的火光中，沸騰冒火的血膏完全吞噬子緣。

這間租賃的套房簡陋得令人鼻酸，內附的家具只有一張單人床跟晾衣架。地上堆滿空寶特瓶，讓套房看起來像堆滿擱淺垃圾的海岸一隅。

這裡連供一人居住都顯得擁擠，但幸運有窗。冬日正午的陽光穿透毛玻璃窗面落在床上，照亮子緣露出棉被的半張臉。

他警醒睜眼，猛然扯掉棉被，以為著火的血膜還附著在身。掀落的棉被捲起大片塵埃，在陽光入射的軌跡中無依飄浮。

狠瞪浮沉晃盪的灰塵好幾秒，子緣意會到那不過是夢。揉合現實與虛妄，似真非真，作假非假。那幾張充作神佛膜拜的臉孔當下無比清楚，現在卻連輪廓都記不得——明明他在夢裡狠咬死記。

子緣懊悔搥床，老舊的彈簧床發出要死不活的咿啞呻吟，似乎內裝的彈簧再斷了幾個。驚起的另一波塵埃在房內雜亂飛舞。

他隨手撈來散置地板的寶特瓶，喝光瓶中殘存的水，然後把空瓶揉扁，隨便砸在牆上。發洩後的子緣跳下床，彈簧床又是一陣慘兮兮的咿啞。他套上黑色adidas窄管縮口褲跟灰色素面款的熱身外套，再戴起帽緣綻開的棒球帽遮住睡醒亂翹的頭髮。最後把腳塞進經典款黑白配色的adidas休閒鞋。

這雙鞋子曾經純白，現在卻像從火場搶救出來似的沾滿灰塵。後腳跟的部分因為久穿，已經往兩邊歪斜磨損，甚至露出鞋底內藏的材質，就像這間租屋也曾經嶄新，經歷幾個房客幾年光景，現在遍布壁癌與隙縫積累的灰塵。

子緣的這副打扮，看起來就像是個熱愛運動的戶外少年，只可惜沒有陽光爽朗的氣息，卻是幾分戾氣。

他將薄得可憐的木板門反鎖，曾經幾次猜想假如真有歹徒要強闖，這種一踹就壞的木板門沒有絲毫抵擋的可能。幸好住戶多是學生或上班族，相對單純但手頭沒什麼錢，否則不必困居這種蝸殼般狹小的套房。

衣物洗潔劑的味道在走廊瀰漫，配著換氣窗入射的暖黃陽光，有股說不出的悠閒。今天不只是星期日，更是年末的最尾聲。多數住戶早已外出與朋友聚會準備通宵狂歡，整棟樓僅存的雜音就剩樓層共用的洗衣機在嗡嗡脫水。

這棟樓平時的生態忙碌又混亂，住戶庸庸碌碌奔波賺錢，現在的悠閒尤其罕見。

子緣走過好幾間被分隔出租的小套房門口，手插在口袋撥弄鑰匙製造鏘鏘的金屬聲。

屋外是難得的好天氣，在連日令人憂鬱的陰雨之後，這種晴朗彷彿是上天的恩賜。

他忍不住歪起嘴角冷笑，笑這種不切實際的比喻。他是最清楚不過了，無論是恩賜或恩典之類的詞，都是虛無縹緲沒有根據，是人的一廂情願、是癡妄信徒的腦內幻想。

他知道自己絕對有資格展現這分鄙視。

那日的蝶雖沒破蛹，但好歹苟活下來。

在這樣煦暖的日子，不必涉雨的行人終於擁有輕快的腳步。伴隨一年將盡的解脫感，步伐越輕，扳起的臉孔鬆懈了線條，想起如何微笑。

台北橋捷運站外的派報人也在微笑。

這個男人不高不矮不胖不瘦，徹徹底底的中庸。擁有一張平淡得無法建立任何記憶點的臉孔，讓人上一秒見了下一秒便直接遺忘，彷彿腦內的海馬迴選擇性罷工，故意遺漏了他。

幸好派報人身罩的宣傳背心倒是顯眼，紫色的基底印著白色大字宣傳某某建設。可惜路過民眾少有對幾房幾廳又擁有如何絕佳景觀的傳單有興趣，多是當派報人不存在般擦身而過。

即使抱在懷裡的傳單久久才減少一張，派報人的微笑始終不變，嘴與眉維持定型的弧度。手上動作不停，傳單一遞再遞。

一個穿著灰色外套的少年擦身經過，看也不看便取走傳單。

傳單離手的瞬間，派報人的笑容起了不被察覺的變化。隨後又如漣漪散去的水面平靜，不再被任何人記憶。

子緣避開前往捷運站的人潮，轉進小巷。

困在巷弄的風被兩側樓房擠壓，吹得傳單獵獵作響，彷彿想掙脫子緣死抓的手掌。

臉孔稜角分明的子緣緊抿著嘴，露出與青澀年齡不符的冷峻。皺鎖的眉頭下瞪著不友善的眼睛，一副要與視線內所有人為敵的兇貌。迎面而來的年輕情侶識相避開，就怕惹到這個惡煞。

又一次轉彎，子緣拐進防火巷。傳單在無風的狹小空間終於安分平攤。子緣沿著傳單的邊緣摸索，發現一塊觸感相異的部分，用指甲剝開後正好將傳單一分為二，露出暗藏的紙條。只是張空白無奇的白紙。

子緣早已預見白紙的出現，拿起打火機隔空燒烤紙張，竟有幾行字緩慢浮現。他在默記內容後便將白紙連同傳單一併燒毀。

不浪費特地拿出的打火機，子緣點了根菸。捏破濾嘴的晶球後，溢出的藍莓香與薄荷涼竄進喉間，煙霧流轉一圈後從鼻腔洩出。

他仰頭望天。夾在樓房與樓房之間的防火巷有著特別狹窄的天空，好像勉強掙開一條縫好獲得呼吸的權利。就連陽光的攝取也變得奢侈。防火巷的陰暗牆角蔓延暗綠色的青苔，細小難辨，但確實增添巷裡的陰影。

尼古丁攝取完畢，子緣收回望天的視線，未熄的菸蒂跟著落地，連同化成灰燼的紙團被他踏碎。

二、憂心下一代的可敬長輩在嘆息

入夜後在外活動的人潮在今天達到一年之中的最高峰。各地跨年會場的人潮早在傍晚前陸續聚集，擁擠成海。

溫度隨著天黑驟降，掠起陣陣冷風。低於十度的體感溫度還不足夠驅趕一心與人相擠的民眾。冷漠的城市擁有久違的熱情，終究是最後的尾聲，好像所有的擠鬧碰撞都能被原諒。

子緣落在跨年人群的最外圍，冷漠看著不見邊際的人頭海，不懂人擠人的意義在哪。

今晚，他依舊不屬於其中的一份子，只是剛好路過。

背離一〇一大樓，遠離歡慶的群眾，子緣孤身徒步。

他走進少人的巷區，附近的建築逐漸老舊低矮，彷彿踏回舊時代。偏偏路燈下停放的車輛嶄新發亮，新舊交錯的不和諧令人焦點錯亂，幸好街口穿插的各色招牌勉強讓人確認時序。

幾間屋簷滿掛晾乾的衣物，宅內傳出電視聲，僅憑耳聽便知道是跨年節目。在這一天似乎沒有更重要的事了。

子緣從口袋摸索皺扁的菸盒，拿出被壓爛的菸。是最後一根了。溫度好像又降了些，衣著完全沒考慮保暖的他倒不會冷，不如說正喜歡這種冰冷冷的感覺。如果有雪就更好了。

他的手指輕點，正好抖落白色菸灰。

不，這不算雪，子緣心想。

按照白紙的指示地址，他沿路注意門牌。路名對了，就差號數。從一百二十七往前遞減，一直來到九十三號，菸正好抽完。菸蒂在半空劃了個弧度，被彈進枝葉枯黃的盆栽。

同樣有人等在九十三號前。是個跨坐在機車上的青年，看上去比子緣大幾歲，穿著墨綠色空軍外套與鬆垮的牛仔褲，配著一顆大平頭與蓄鬍的下巴，粗黑的濃眉下是雙銅鈴大的眼。

這人綽號阿塵，子緣認得。

「就你一個？」子緣問。

「就我們兩個。」同樣嗜菸的阿塵沒閒著，腳邊散落幾根菸蒂，「怎麼？怕了？」

「怎麼可能。借根菸。」子緣伸手。

不情願的阿塵啐了一聲，遞出菸盒時再三提醒：「下次要還啊。」

子緣漫不經心地應聲，抬頭觀察公寓樓頂。牆邊斜插的紅邊黑旗迎風展立，幾盞懸掛的紅色燈籠發出幽幽紅光。看起來是道場之類的場所。

子緣逐漸兇戾的目光看起來想直接把旗桿折斷。他仰頭，帶著某種洩忿的意味，煙吐得又急又兇。

「你來多久了？」子緣眼睛沒離開幽紅色的燈籠。

「比你早很多。」阿塵點起新的菸，同樣望著樓頂。「蟑螂到現在還沒有信號。」

「等吧。」子緣慢慢轉動脖子，頸椎骨發出喀喀的舒展聲。嘴上說得從容，但他更想省下等待的時間，直接衝上樓去。

「現在就開始熱身？」阿塵笑了笑，露出森白的門牙與尖銳的犬齒。臉部肌肉隨著笑容拉扯，特別是兩頰顯眼的咀嚼肌，讓他的臉看起來像隻比特犬。

「反正閒著。」子緣幾次握緊拳頭，確認手腕與前臂肌肉的鬆緊程度，旋轉肩膀後用力聳肩然後放鬆。狀況不錯，他想。

今天實在是個好日子，舊的一年就要離開了。沒有比這更好的告別方式。

道場的四面牆上掛滿畫軸，水墨畫中的廣闊水面上騰浮著一名白髮蒼蒼的老神，據說是「天池聖仙」。

在眾多畫軸中以神壇後方懸掛的那幅最為巨大。神壇之前，一名頭髮花白的寬袍老人盤坐蒲團上，正閉目冥想，形貌酷似畫中的神祇。

十來名男女雙手合十，恭謹跪在老人面前，緊緊抑著呼吸，深怕有一點聲音干擾了老人的冥思。這些人有老有少有男有女，唯一相同的只有殷切等待的臉龐，像盼糖吃的孩子。

經過許久，老人緩緩睜眼。雖說睜開了，但雙眼細狹如縫，藏在眼皮下的眼珠微小難辨。

「師父……」一名信徒按捺不住，脫口呼喚。

「噓！」旁邊幾人投以嚴厲白眼，譴責這人打斷師父的清靜。那名信徒自知失態，紅著臉，訕訕低頭不敢再發出一點聲音。

盤坐的師父將左右手各擺在膝上，大拇指扣著併攏的中指跟無名指。根據師父的說法，這是上乘的蓮花手勢，可以通氣脈、廣納四周蘊含的天地靈氣，對修行大有助益。

師父煞有其事地咳了幾聲，信徒們趕緊睜大眼豎起耳朵，就怕漏了師父的開釋。

「我透過出竅的元靈觀看星象，竟然驚見凶兆。恐怕接下來的一年必有大災厄。」師父痛心地連連搖頭。

「那、那該怎麼辦？」一名男信徒惶恐地問。他想起不久前的大地震，害怕猜想難道師父預見的將更加凶險？

「這災厄不好解，劫數難逃。」師父面有難色，不忘再次咳嗽。

「師父保重聖體。」那名信男雙手合十，恭敬垂頭一拜。其他信徒紛紛同喊：「師父保重聖體！」

「可是，師父您一定有辦法化解吧？您是『天池聖仙』轉世來普渡眾生的啊！」另一名女信徒急問。

師父靜望眼前陷入沉思。這個舉動讓在場的信徒都慌了，連有上乘修為的師父都這樣憂慮，將來的大災難會不會令世界覆滅？

眾人的不安化作言語，此起彼落脫出口中：「師父，您要想想辦法啊！」「師父，我們全依靠您了！」「求您救救大家！」

「師父！」「師父！」「師父！」驚惶連喊的信徒如嬰兒般爬向師父，圍繞成圈。當中有已為人母的信徒掩面啜泣：「我家還有兩個孩子呀，我想看他們平平安安長大……」

「唉……」師父一聲長嘆。一個輩份資深的信徒連忙揮手，示意眾人安靜。

師父手勢突然變化，收起食指與無名指，改伸出大拇指、中指與小拇指。這個手勢讓信徒們都驚呆了，不禁猜想難道是未曾見識過的高深祕法？

只見師父的手掌擺在胸前停滯一陣，才向兩旁展開放回膝上。他故作遲疑地說：「我剛才與天地感應，終於察覺到一絲契機。這個劫，不是不能解。但是……」

「怎麼樣？師父！」「師父！」「您請說呀！」又是一陣陣殷切的呼喊。

「這需要眾人齊心協力，首先是拋棄雜念，屏除外在誘惑。再與我同心，才能一齊克除這災厄！」師父沉聲低喝，眾信徒感受到這陣丹田之力，身軀紛紛戲劇性一震。

「請問師父，要怎麼捨棄雜念？」一名信徒戰戰兢兢提問。

「萬惡之源乃是財，世間紛爭與貪慾皆由錢而生。為了救世，你們必得捨棄錢財。」師父斷言。

「但沒有錢要怎麼生活？」有人苦惱地問。

「只留生活所需。」師父指點，眾人恍然大悟，彷彿活了大半輩子才終於理解紅燈停綠燈行般困難的大哉問。

師父對站在牆邊的助理使眼色，這個笑容油膩的大嬸馬上搬出捐獻箱。師父指示：「把身上多餘的錢都放進去。」

幾名信眾遲疑不動，師父警告：「若要避免大災厄，這是唯一解。」

一個教職出身、現已退休的前教師不疑有他馬上取出錢包，把幾張千鈔投進捐獻箱，還不忘把錢包倒轉過來，零錢鏘鏘落下，一枚銅板都沒留。

這名弟子投完錢後，不忘恭敬膜拜：「感謝師父開示，弟子醒悟了！錢財乃身外俗事，生不帶來死不帶去，感謝師父！」

師父深深一笑，頗為欣慰。

餘下的信徒紛紛搶著掏錢，就怕慢人一步。沒出多久時間，捐獻箱內鈔票滿載，銅板也不少。助理大嬸笑開了嘴，師父警告一瞪，提醒她收斂。

助理大嬸趕緊垂下頭，一副省思的模樣。幸好鈔票一張一張從眼前被投進箱中的美景也令她捨不得移開眼睛了。

「各位的善念我都明白了，此劫必定能解。諸位功德無量。」師父稱讚，惹得信徒開懷滿足，原來成為拯救世界的正義使者是如此美妙的滋味。

「時候不早，已經到了師父靜修打坐的時間。各位請離開吧。」助理大嬸提醒，說完又低頭，默默數著這次進帳多少鈔票。

接到逐客令的信徒們依依不捨離開，途中頻頻回頭對著師父再三膜拜。師父還以慈祥笑容，令信徒暖心不已，眼睛一瘓一眨，淚水就這麼湧出。

外頭的天台明顯不如道場內溫暖，溫差令信徒忍不住瑟縮身體，接連往出口移動下樓。

「章師弟，你還不走？」有個信徒不經意回頭，發現佇立圍牆邊的師弟。

被喚作章師弟的男人斯文微笑：「我在思索師父開釋的道理。馬師兄，你慢走，我等等就跟上。」

馬師兄用力點頭，讚許地說：「師父的金玉良言真的是值得讓人深省。自從受了師父提點，我才醍醐灌頂，明白自己以前有多愚昧無知。唉，還好遇見師父！」

「這是我們花三輩子修來的福氣啊。」章師弟雙手合十，微笑不減。

待馬師兄離開，不見任何笑容的章師弟再接近牆邊，冷冷凝視樓下。

信徒們魚貫下樓時，迎面上來的兩個年輕人沒有讓避，硬是在狹小的樓梯間擠過，惹得諸多信徒不快。

剛才搶先掏錢的退休教師直搖頭，懷念起只存在他認知中的、曾經人人知書達禮又懂得互相包容體諒的完美年代，不免開口數落：「現在的年輕人真是一點規矩都沒有。」

另一個已經為人母的信徒心有戚戚焉，嘆氣附和：「真不希望我小孩變成這樣！」

三、普渡世人的無本生意招標中

送走最後一名信徒，助理大嬸關上門，踩著與年齡不符、輕快如小女孩的雀躍步伐回到神壇前。肥腫的身體隨著腳步抖晃，要滴汁的油亮笑臉像燒臘店垂掛的燒鴨。

「門都鎖好了？」師父問，見助理再三點頭，便倒轉捐獻箱，鈔票與銅板瀑布般傾瀉，叮噹噹地淹沒師父腳掌。

師父細長如狹縫的眼睛睜得好大。若是信徒見了恐怕會驚呼：「原來師父的眼睛這麼大呀！」

「哇！」助理驚嘆，見證奇蹟似跪下，把鈔票跟銅板分成兩堆。兩人自動分工合作，師父負責鈔票，銅板由助理接手。

師父熟練地將鈔票整頓成疊，再將千鈔與百鈔分開。他數鈔的速度不輸給銀行行員，手勢架式十足，嘴唇喃喃蠕動彷彿念經，可惜實際叨念的卻是不斷累計的數字。

隨著金額上升，師父的眼睛越睜越開，終於可以看清甲蟲般黑圓的小小瞳孔，連似乎看透世事的蒼老面孔都年輕幾分，隱約還有光。

這次收穫實在不錯，師父心想，回憶剛才幾名熱心掏錢的信徒，忍不住彎起嘴角，就差沒發出呵呵笑聲。

好一個大災厄，他不禁欽佩自己的洞察力。要在這一行打滾，首先必須明白一個真理：脆弱的人心只要施加恐懼，便能輕易操弄。

拜倒在他門下的弟子來自各地各行各業，年齡與性別亦有不同，唯一不分例外的是他們都用力崇拜師父，堅信他能化解所有災難，帶來美好共榮的未來。

於是師父稍加利用，讓信徒以為是替世間的芸芸眾生貢獻心力，還飽了自己的荷包。

再加上信徒每個月固定繳納的供奉金，這分金源讓師父不必吸著汽機車的廢氣通勤、不用苦撐日漸發硬的肝加班、更是不需要忍受職場各類不愉快，只要窩在舒適的道場，就能擁有愜意的生活品質。

「呵呵……」師父越想越得意，終究忍不住笑出聲。

「要不要幫忙數？」

「不用，我數錢比你還厲害。」師父笑著否決，以為是助理說話的他答得太快，遲了幾秒才發現這聲音很陌生。

師父愕然抬頭，一旁的助理也傻傻看向聲源。埋頭數錢的兩人終於發現擅闖的不速之客。

是兩個年輕人，男的。一個頂著大平頭，毫不掩飾粗野的痞氣，是路邊不慎多瞄一眼就會上來尋釁的那種傢伙。

另一個看起來低調得多，部分的臉藏在壓低的黑色棒球帽下，破損的帽沿露出內裡襯墊。同樣破爛的還有腳上那雙adidas休閒鞋，整雙鞋像從火場撿出般的骯髒，鞋底更是磨損嚴重。

這兩人自然是埋伏已久的阿塵跟子緣。

「客氣什麼？說不定我比你還會數？」阿塵笑著，是只彎起一邊的嘴角，露出幾顆森然白牙的笑法。像爭奪地盤的掠食動物那樣，滿是威嚇的意味。

師父一驚，望向助理。雖沒說話，但表情明顯在質問不是確認門已鎖好了嗎？助理看得明白，連忙搖頭，明明是確認過有仔細上鎖的。這工作她很熟，沒可能出錯。

「放心，門有鎖好。」看透兩人心思的阿塵一語戳破，嘲諷地表示：「不過擋不住我。」

不單是來者不善，還是早有預謀！師父好歹是到處打滾過混飯吃的，知道這種時候越要鎮定不能亂了方寸。他故作從容，刻意用長輩般的口吻詢問：「小兄弟是哪條道上的？怎麼闖我道場？」

「沒什麼，就好奇看看。」阿塵聳聳肩，視線停在師父面前堆疊整齊的鈔票，「你賺很多喔。無本生意作起來怎麼樣？穩賺不賠很棒吧？」

「小兄弟，你未免說得太難聽。這些都是信眾秉著善心主動捐獻的！」師父理直氣壯地聲明，往前靠了靠。雖然還沒直接護住鈔票，但防備的意圖再明顯不過。

「哪來這麼主動的信眾？快點介紹給我，我也想創個教派賺錢。名字想好了，就叫大懶教，聽起來很厲害吧？」阿塵挑釁地笑。

師父臉孔一僵。

「小兄弟，你看也看夠了，該離開了吧？若你現在就走，我當什麼事情沒發生過。不然真要追究起來，小兄弟，我怕你會不好看。」師父畢竟是靠一張嘴行騙，自然是用嘴巴解決事情。他語帶威脅，認為阿塵跟子緣還年輕，見過的世面少，只要先穩住氣勢就不難唬弄。

「對呀對呀，快點滾，就放過你們！」旁邊的助理順勢搭腔，終於找到插話的機會。

「哇，那我還不謝謝師父大發慈——」阿塵話沒說完，一直在旁默不吭聲的子緣赫然衝前，往師父臉上就是一踹。

這下之狠之快，彷彿整條腿要直接貫入師父臉裡。師父仰倒的同時，鼻腔冒出的點點鮮血灑飛半空，落在被踢散的鈔票上。

「——悲。」阿塵說完了，師父也倒地了，雙手摀著鼻子，發出牛一般的悶叫。

子緣衝著阿塵冷酷一瞪，「哪來這麼多廢話？」

阿塵接收到子緣的責難，吊兒郎當地聳聳肩。子緣走向沒能爬起的師父，蹲下的瞬間順勢出拳，拳頭直中師父疲軟無力的肚子。

師父反射性蜷縮，抱住疼痛的腹部。子緣揪起那頭灰白色的亂髮，往流血不止的鼻梁又是一拳。

然後一拳。

再一拳。

這個倍受信徒尊崇的大師此刻像隻翻肚的蟑螂，雙手朝天揮舞亂推，卻推不開猛獸般強撲上來的子緣。師父護身的雙臂被粗暴扯開，整個人給壓制在地。

「下手溫柔一點，不要把人打死了。」阿塵隨口提醒，「大嬸！把錢都裝起來。還有，其他的錢藏在哪裡？不說？確定不說？你下場會跟他一樣喔。」他指了指不停哀叫的師父。

子緣不斷掄拳往那張狼狽的老臉猛打，盡顯這個年齡不該有的狠勁，好像有股非要將人生吞活剝、挖心掏腸才甘願的深仇大恨。每次重新舉起拳頭，拳面都多出新的血跡。

師父的哀號與拳頭落下的節奏呼應，一拳一聲，直到忽然多出格外淒厲的慘叫。

阿塵對子緣這番舉動毫不意外，還能無所謂地安慰抱頭顫抖的助理：「沒事沒事，鼻梁被打斷而已。你是要不要配合？不然下一個換你。」

嚇壞的助理微張著嘴，下巴已經怕得闔不回去。她手腳並用爬開，慌慌張張把鈔票聚集起來，不小心碰到未乾的鮮血，嚇得縮手不敢亂動。

阿塵煞有其事地咳了幾聲：「動作快啊。」

助理只好硬著頭皮繼續作業，順勢把黏膩的血抹上鈔票，胡亂聚集成堆。她左右看著道場各處，最後匆匆從雜物櫃挖出菜市場的紅白色塑膠袋，將鈔票一把又一把胡亂塞入，然後恭敬地用雙手把塞得鼓鼓的塑膠袋呈給阿塵。

阿塵接過後笑了笑，那種笑容令助理發寒。畏縮的她舌頭打結地問：「怎、怎麼了？」

「你還沒告訴我，其他的錢藏在哪裡？」

「我不知道、不知道啊！都是師父在管的！」助理馬上撇清，事不關己地指著師父。但她完全不敢看，因為榻榻米上有好多細碎的血漬。

「這樣喔，」阿塵歪過頭，對著子緣問：「聽到了嗎？交給你問。」

子緣這才罷手，帽舌下的瀏海盡濕，後頸不斷散發騰騰熱氣。

師父的臉像被揉壞的黏土，布滿瘀傷與血痕。左眼皮生了肉瘤般高高腫起，讓原本就狹長的眼睛越加細小。歪斜的鼻梁向下凹陷一塊，像吃到飽餐廳任人挖取的的冰淇淋。

師父的鼻孔被鮮血堵塞，只能依靠嘴巴呼吸。痛苦的喘息不斷，在呼吸之間不時迸出呻吟。那個曾經道貌莊嚴、號稱可以拯救世人免於大災厄的大師，現在不過是個比最落魄的遊民還要悽慘的傢伙。

「藏在哪裡？」子緣的聲音極冷，不帶一絲溫度。

「啊……」眼神渙散的師父沒聽見似的，發出低沉的呻吟。

沒得到滿意答案的子緣一手壓住師父的右手掌，另一手握住食指。沒有警告，直接往後硬扳。師父的食指在怪異的喀咔聲後，就這麼平貼到手背上。斷了。

「啊、啊！」師父發瘋似抖動，卻動不了子緣牢固的雙手。

子緣無視師父的抵抗，改握住中指。

師父還沒能開口求饒，新的斷指傳來新的劇痛，直衝腦門，讓他的哀求變成不能成句的哀嚎。在子緣鬆手後，師父短期內再也無法擺出他向信徒宣揚的，那所謂上乘的蓮花手勢。

「在哪裡？」子緣又問，往下轉移到無名指。

「別、別……」師父腫起密合的眼皮之間噴出眼淚，舉起尚未被摧殘的那手，顫抖地指向神壇後一幅神仙畫像。畫中的神被他稱為「天池聖仙」，實際上沒有這個神祇的存在，全是東拼西湊，一如這個道場由謊言構築。

子緣對阿塵使了眼色，阿塵跨過師父，掀倒神壇又扯下掛畫，露出後方的牆。師父沒有說謊，牆上的凹槽內藏著保險箱。

阿塵頭也不回地問：「密碼？」

子緣逼視的眼神透著寒光。師父不肯說，終究是他累積許久的錢財，捨不得、真的放不下。只好抿著嘴。

不需要多餘廢話，子緣乾乾淨淨地扳斷師父的無名指。在慘叫之中，小拇指跟著斷折。他握住師父的小拇指，將已經斷裂的小拇指再用力往外扭轉，幾乎要碰著手腕。

師父的後腦杓不斷用力撞地，整個人像彈塗魚瘋狂翻轉，偏偏傷手始終被子緣牢牢控住。

老淚縱橫的他最後還是放棄了，用幾乎斷氣的聲音坦承：「五、四、八、七……」

「師父很會取密碼喔！」阿塵大笑，順利打開保險櫃。上下兩層堆著磚塊般的成捆鈔票。阿塵嘖嘖搖頭，心想這種生意未免太好賺。他衝著助理喊：「有沒有其它袋子？不要塑膠袋啊，醜死了。」

「那、那沒有了。」助理縮著下巴，一對懦弱的眼珠微微上抬，不敢完全直視阿塵，像條擔心被打的肥犬。

「你們這麼有錢，結果連個像樣的袋子都沒有？現在的老人喔，一點競爭力都沒有。」阿塵大肆取笑，環視後發現角落的座椅擱著一只提包，便大方取來。「這邊不是有嗎？還ＬＶ的，不錯喔，很會買名牌。」

助理眼睜睜看著購入沒幾天的新包就這樣被搶，心在淌血卻沒膽制止。阿塵一邊裝錢，不時回頭衝著助理獰笑，還炫耀戰利品般用力拍了拍ＬＶ提包。這讓助理好心痛，只能不甘心地捂著胸口暗自啜泣。

她不明白地想，明明一直很順利的，怎麼今天突然招來這麼恐怖的凶神惡煞。最慘的是還不能報警，這麼龐大的金額，實在不能惹人注意。

拎著裝滿鈔票的ＬＶ提包跟菜市場塑膠袋，阿塵知道今天的任務差不多圓滿結束了。可惜子緣看起來倒不是這麼想，還在繼續折磨師父。

阿塵抓了抓平滑的頭頂，在想該怎麼收尾才好？他跟子緣是固定搭檔，這傢伙還沒成年，連毛都不知道長齊了沒有，卻是阿塵認識的人之中數一數二殘忍的。子緣多半動手不動口，所以跟他搭檔很省力，不過相對的，身邊有這樣一條危險的瘋狗難免讓人顧忌。

阿塵在想，說不定有一天子緣會真的失手殺人，只是時間早晚的問題。

「喂，該結束了。作正事吧。」阿塵提醒，踱步到助理身前。高大的他要比助理高上幾顆頭，得低頭俯視。

「你家師父大概聽不進去了，所以我就交代給你了。聽好，叫你家師父把這裡關了，永久關閉喔。不要被我發現你們又在搞宗教詐騙。下次就不是打斷鼻梁跟折手指能夠了事的。聽到了嗎？有乖乖聽進去嗎？」

「有！有！」助理連連點頭，還是戀戀不捨那只被強奪的LV包。

「這些就當成學費，要學乖，賺錢要清清白白的。懂嗎？」阿塵也扮演起大師的角色，開始對人諄諄教誨。助理倒也配合地聽，就差沒雙手合十膜拜敬謝。

至於另一邊，子緣正抓住師父的臉頰，用力擠壓迫使他張嘴。已經無力抵抗的師父只有任憑擺布的分。

子緣撿拾地上銅板，一枚又一枚往師父嘴裡硬塞。不是把師父當成投幣機，而是充當人肉捐獻箱。

「解散這個道場。我會一直盯著你。」在嚴厲的警告後，子緣的拳頭砸在師父臉上。黏著血與唾液的銅板叮叮噹噹落了一地，伴隨幾顆斷牙。師父脖子一歪，身體不自然抖動幾下，昏了。

子緣這才滿意，棄置垃圾般扔下師父與徬徨無主的助理，隨阿塵離開。

外面是等候已久的章師弟。

「唷，蟑螂。」阿塵打招呼，連帶遞出奪來的錢，顯然與章師弟熟識。

戴著金屬細框眼鏡的章師弟並非真的姓章，更從來沒有盲目信奉過師父。章這個姓不過是他以「蟑螂」為發想取的假姓。「蟑螂」就是他這種人的代號，專門滲透作內應，無孔不入。

蟑螂遞還菜市場塑膠袋，只打開LV提袋。他數鈔的本領更是精明得無懈可擊，很快將數目清點好，並從中取出一部分。

「照慣例四六分。」蟑螂聲明。

阿塵取回LV提袋，還帶著一定重量，裡面是屬於他跟子緣的部分。他打開提袋確認餘下數目，滿意地連連點頭。就算還要跟子緣平分，也是夠本了。

阿塵突然想到似地問：「我一直想找機會問你，當臥底感覺怎麼樣？刺激嗎？」

「下次見。」蟑螂迴避問題，禮貌性頷首後逕自下樓。

自討沒趣的阿塵伸了懶腰，為自己點了根菸。不經意回頭時卻發現道場屋簷高掛的紅燈籠已經燒成火球，嚇得菸差點從嘴中掉落。

始作俑者的子緣拿著打火機，對餘下還沒燃燒起來的燈籠點火。

「喂，別鬧了！你是想放火燒房子喔？」阿塵制止。

「全部燒掉才會乾淨。」子緣有入魔般的執著，幽黑的眼瞳倒映赤紅色的火光，彷彿燃燒的是他的雙瞳。

這人真的有病！阿塵心想，搶在釀成火災前搶過打火機，強拖子緣下樓。

「管他媽的乾不乾淨，別鬧了。分錢，走！」

四、菸灰又故意扮雪

子緣就這麼被阿塵拖著下樓，像是普通的年輕人打鬧，完全看不出稍早他們才以刑求般的方式凌虐了人。

儘管毆打師父形同單方面的屠殺，沒戴護具的子緣還是得付出對應的代價，晃在冷風裡的手掌不斷傳來灼燙的刺痛感，手腕也有些痠麻。

他試探地反覆握拳，幸好影響不大，隨時都還能揍人。

巷子內已經看不見蟑螂的身影了。這個專職滲透的傢伙不過早幾步先走，動作卻快得太多，像代號那只擁有六足的昆蟲般迅速。

不見蟑螂，倒是遠方的夜空綻放跨年煙火，往四面八方噴射的煙火讓一〇一大樓看起來像發光冒火的馬桶刷。

「今年的煙火還是一樣醜，這種東西應該塞在馬桶吧？怎麼會有人擠了整晚就為了看這個？」阿塵取笑。

子緣有同感。不過連擺明是詐騙的神棍都有人搶著崇拜了，相較之下，觀賞馬桶刷似的醜陋煙火倒也成了不痛不癢的愚行。

路上隨時能聽見一樓住宅傳出的電視聲，跨年會場的主持人不知道在瞎喊什麼，總之是努力炒熱氣氛。子緣下意識揉捏右耳耳垂，這種噪音讓他慶幸能接收到的只有常人的一半。

出了巷口，入夜後少有來車的街道分外冷清，明明幾條街外就是繁華的信義區，現在那邊仍聚集幾萬人沒有散去。除了煙火之外，就沒有任何一點熱鬧的氣息傳來。

「吃宵夜順便分錢？」阿塵提議。

「都可以。」子緣無所謂，對他而言真正重要的事情已經辦完，分錢不過是附帶獎勵。

可惜在這種時間這種地方，要覓到還開著的店就像在沙漠中尋找綠洲，最後少數可供選擇的只剩永遠不打烊的超商。

途中子緣再向阿塵借菸，在換來不快的白眼後，尼古丁入口的子緣大方吞吐起煙霧。

走在騎樓往超商的途中，迎面而來是男性大學生組成的群體。在夜間狂歡的他們行走間自顧自談笑，沒留額外的空間予人通行。

子緣省去借過的要求，像刀子切開蛋糕那樣筆直突入，手臂與肘擠過幾名大學生的胸口。

「喂，擠什麼啊？不會說借過？」其中一人忍不住開罵。

子緣止步，轉身回頭。衝著那人的臉吐了一大口煙。

隨著對方避煙一縮，子緣大步逼前。兩人的臉只剩一根菸的距離。他要盯穿對方腦門般瞪著，就這麼讓大學生瞬間喪失氣勢，乖乖閉嘴不敢多話。

為了迴避子緣的瞪視，大學生低下頭，路燈餘光讓他清楚看見子緣拳頭上沾染的血跡，終於後知後覺明白面前這個傢伙絕非善類。

這群大學生無法應對子緣突來的反應，甚至連起衝突的準備都沒有。現在明明佔有人數優勢，卻無人敢出聲，反而像坐以待斃任憑發落。

阿塵懶得勸架，隨便挑了一台機車充當觀眾席。他知道不可能打起來，那群大學生徬徨的樣子像是柵欄內不諳世事的羊，突然遇見嗜肉的鬃狗就只有發抖的分。

子緣深深吸氣，菸頭的橘色火光茂盛發亮，快速燃燒至濾嘴。然後衝著面對面的大學生又是一大口煙，嗆得對方連連咳嗽。

這還沒完，他吐煙後更把菸蒂彈到對方身上，在胸前留下一圈碎散的菸灰。

大學生的嘴唇動了動，還是沒能說話。

子緣冷冷出聲：「道歉。」

大學生嘴巴微張，不能明白。明明該道歉的是子緣才對吧？

「你們擋路。道歉。」子緣施加的壓力讓這些人心頭一顫，好像心臟給揪在胸口慢慢、慢慢捏緊，咽喉也束緊般不能發聲，更別提吞嚥口水。

儘管年紀與這些人相仿，子緣卻擁有太多他們不曾具備的特質，這令他隨時準備爭鬥，不計代價更不管後果。

「抱歉……」那名大學生艱澀開口，道歉的瞬間好像連自尊都跟著出賣了。

「好啦好啦，人家都道歉了，就這樣算啦。」阿塵在這時候跳了出來，「好啦，你們現在知道了，下次不要擋路，這樣別人怎麼走啊是不是？要乖一點知道嗎？」說著還調戲地拍了拍那道歉大學生的臉頰。

大學生縮著肩膀，眼睛一直看著地上的檳榔渣。直到阿塵與子緣的腳步聲遠去，他才抬起頭，帶著不能原諒自己卻暗自鬆一口氣的解脫感，看著兩人離開。

在跨年夜裡，獨自值班的店員有種說不出的淒涼，連背對櫃台補菸的背影都令人鼻酸。

才剛幹完體力活又順便教大學生作人道理的子緣相當飢餓，伸手把一袋又一袋冷凍食品往懷裡抓，辣味炸雞球、蜜汁雞排、綜合燒賣、蕃茄肉醬義大利麵、奶油玉米可樂餅、蕃茄乳酪手工披薩……只要是看起來順眼的都在捕食範圍。

阿塵拿了兩罐啤酒，回頭見子緣抱著滿懷食物，錯愕地問：「你食量還是這麼誇張？」

「嗯。」子緣把蕃茄肉醬義大利麵放回冷藏櫃，改拿青醬蛤蜊口味的。

「這麼多你吃得完？」阿塵問。

因為阿塵的發問，讓子緣忽然停下來思考，冷藏櫃玻璃門上有他沉思的倒影。

正當阿塵以為他要反悔的時候，子緣竟然另外多拿兩包辣味炸雞球，然後去櫃台結帳。成堆食物被一股腦放上櫃台時，店員的臉也垮了。

「請問要微波嗎？」店員臉色僵硬地問，微波爐空間有限，這麼多的食物必須分批微波，處理起來實在麻煩。

「嗯。」子緣從口袋挖出一張皺巴巴的千鈔，換回找零後連同發票隨便塞進口袋。遞錢時，店員的視線停留在子緣的拳頭幾秒，很快就明白還是別惹子緣不開心比較好。

後續結帳的阿塵跟店員要了幾個紙袋，對著子緣指了指座位區。「去那邊等你啊。」

店員把第一批微波好的食物裝在盤上，回頭繼續處理剩下的。飢餓的子緣沒讓肚子空太久，拿起辣味炸雞球在櫃台前吃了起來。一次往嘴裡塞進兩三顆，胡亂咀嚼後吞嚥下肚，不到三分鐘的時間已經吃光一袋炸雞球。

子緣邊等邊吃，想到應該配個喝的，所以去飲料櫃拿了兩瓶無糖烏龍冷泡茶，還順手加購兩根熱狗。

又一次結帳，正好所有的食物都微波完畢。子緣端回的托盤堆滿袋裝食物。他撕開包裝，用塑膠叉捲起綠色的青醬義大利麵條，九層塔的香味伴著熱氣竄出，被他一併送進嘴裡。

子緣咀嚼的同時手沒閒著，另外叉了一塊奶油可樂餅。

手拿啤酒的阿塵忘了要喝，只因為被子緣的吃相震驚。「你是多久沒吃東西了？」嘴巴塞滿食物的子緣沒回答，顧著把蕃茄醬擠到熱狗上，不忘順便喝一口無糖烏龍茶。托盤上的袋物以飛快的速度被清空，只剩最後兩包辣味炸雞球。

子緣終於放下叉子，用手背抹去嘴邊沾上的醬料，吁了一口長氣。

「哈，吃太飽了吧？分我一點當下酒菜。」阿塵幸災樂禍，伸手要拿，結果子緣動作更快，直接叉起三塊炸雞球。阿塵愣了愣，收回手放在桌上，指尖敲了敲桌面，嘖嘖說著：「你的胃是無底洞啊？」

「餓了。」子緣平淡表示，終於放下叉子，悠哉喝起僅剩的無糖烏龍茶。所有的食物都已經橫掃下肚。

阿塵苦笑搖頭，「我看你應該去參加大胃王比賽，搞不好比現在賺得更多。」他在桌下打開搶來的ＬＶ包，露出塞滿的鈔票。

去除蟑螂預先拿走的部分，餘下的這些就是阿塵跟子緣對分。阿塵搬磚頭似的把一綑又一綑鈔票放進紙袋，發現多出的尾數無法均分。

「這要怎麼辦？」他晃了晃塑膠袋，裡面堆著從捐獻箱搜刮來的零碎銅板。

「都給你。」子緣拿回他那份裝錢的紙袋，沒確認數目便直接將開口折起。

「這怎麼好意思。」阿塵嘴上這樣說，倒也沒在客氣。他乾完啤酒，把空罐留在桌上。

「就這樣啦。後天記得啊，不要遲到。」

子緣敷衍應聲，把托盤推到一邊後拿出手機。打開網頁，預存的頁面就是實況台。

實況主的長相神似藝人許慧欣，同樣的長髮、白如雪的皮膚。戴著耳罩式耳機的她閉上雙眼，唱著歌。

子緣往右耳塞進耳機，便聽見她的歌聲。很輕，像羽毛、像飄落的細雪，不帶負擔的重量，卻足夠打動人心。

聊天室不斷跳出網友的留言，誇讚實況主的歌聲或是美貌。這個實況主只施以淡妝，穿得簡單沒有過多的裸露，但擁有不少觀看人數。或許是以許慧欣為靈感，她的暱稱正是欣欣，以好歌聲聞名於實況界。

唱完最後一句歌詞，聊天室的留言像海嘯大量湧進，迅速刷洗掉舊留言。「戀愛了！」「欣欣好正❤」「6666666666」「欣欣嫁給我！」「耳朵懷孕了怎麼辦？」

調整耳機的欣欣撥順頭髮，臉微微趨前看著螢幕確認網友留言。子緣也跟著留言：「好聽。」

「謝謝。」欣欣好像在向子緣道謝似的，同時對著螢幕用食指與大拇指比出小愛心。「再來是今天最後一首歌囉。」

欣欣點下滑鼠，歌曲的前奏便傳進子緣耳內，他知道是哪一首歌，再熟悉不過。

「居然是這首！」「七月七日晴！」「神曲！」聊天室又是一波留言洗版。欣欣看著鏡頭，於是每個觀眾覺得欣欣彷彿正對著自己歌唱。

七月七日晴忽然下起了大雪，不敢睜開眼希望是我的幻覺……
我站在地球邊，眼睜睜看著雪，覆蓋你來的那條街……

唱至副歌那情緒最強烈的部分，就連凡事冷漠的子緣都有一種心揪住的感覺。他把音量再調大，整個世界只剩欣欣的歌聲，連帶看見歌詞所描繪的白色風景。

歌聲停歇後，子緣久久沒能回神，停留在剛才的七月七日晴。

「今天就到這邊囉，我要關台了。大家新年快樂，晚安！」欣欣對著螢幕揮手，幾秒之後被切斷的視訊鏡頭只剩下黑畫面，一切悄然無聲。

子緣摘下耳機，回歸現實後，眼前只剩帶著油污的桌面跟托盤。

他臨走前在櫃台買了菸，夜深的溫度比早些時候更冷，只穿單薄外套的子緣無動於衷。肩膀顫抖，精神上卻沒有寒冷的感覺。肉體是肉體，精神是精神，切割開來便再也沒有關係。

點菸後燃燒的菸灰又擅自扮成雪。可是這依然不算數。他哼起七月七日晴的旋律，徒步穿越信義區。

在十字路口，一個駝背的老婦趁著紅燈沿車叫賣玉蘭花。漆黑的車窗冰冷，沒有一扇願意降下。

綠燈。推銷落空的老婦只能站回分隔島，等待下一次機會。

等著過馬路的子緣看見了，手指一彈，菸蒂飛到幾公尺外。

幾十秒後又是紅燈，車子停在斑馬線前。老婦端起花籃，挨著車窗可憐兮兮地詢問。

「喂。」子緣的呼喚嚇著老婦。她遲疑抬頭，不明白。

攔人的子緣看向遠處閃爍不停的燈牌號誌，不耐煩地再點了菸。

老婦膽怯地後退，怕這個一臉兇相的年輕人要找麻煩。在街頭討生活什麼狀況都遇得上，被找碴羞辱也不是沒碰過。

子緣煩躁吐煙，這次不像對待大學生那樣朝著對方的臉猛吐。幾秒後才從齒縫迸出一句：「花怎麼賣？」

「一朵二十……」老婦小心回答，怕這價格惹得人不開心，說不定會一把掀翻了花籃？想到這，老婦不免雙手緊抓著花籃邊緣，跨年夜的人潮熱鬧，對玉蘭花的銷量卻沒有幫助。冰冷的城市依然坐擁冰冷的街，每一輛停等綠燈的車都有各自的無情。

子緣往口袋摸索，掏出一張千鈔放在花籃上。

老婦為難地說：「大鈔找不開，沒這麼多錢……」

「不用找。」子緣取走一朵玉蘭花，頭也不回繼續過他的馬路。他不缺錢，不需要這些多餘的錢。

「弟弟！」老婦突然喊。子緣隨便回頭，斜瞪的眼一如平常令人膽怯。

「謝謝喔！謝謝！新年快樂！」老婦連連道謝，開心地收下千鈔。

子緣不習慣看見人的笑臉，還加上這樣的場合，只有跟著回應：「喔，新年快樂……」

老婦沒看見，子緣也沒發現自己的耳根子困窘地發紅了。直到離開幾條街外，才讓夜間的風冷卻。

五、火與雨的雙股螺旋

回到棲身的小窩，子緣進門時踢到空瓶。寶特瓶跌跌撞撞，空虛的瓶身碰出不相稱的巨大聲響，敲擊粗陋的房。

他把外套隨便扔上晾衣架，裝滿鈔票的紙袋也胡亂塞進床底。沒放心上的事情太多，更不在意房間有多狹小，只要能提供基本的容身功能即可。但幸運有窗。

雕花窗面將透入的路燈暈成一片黃。單薄的玻璃窗擋不住光更難抵聲音，有車經過就像輪胎輾印上來，要把每次引擎的震動都踏進窗面的紋路。常人多半難以忍受，對子緣卻只有一半的殺傷力。

席地坐下的他打了呵欠，低頭看見鞋面斑駁不堪，鞋底的溝痕幾乎踏平，蒙著累積多日的沙泥。無所謂，他想，鞋子爛了無所謂。

他摸索來還未開封的瓶裝水，仰頭灌進半瓶，餘下的封好往旁扔開。就是如此粗魯隨興。沒放在心上的事情太多。燈也不開，只借外頭的光。

真的安靜了。在夜最深的時候，停滯街上的人車如世間的良心般罕見，萬物歸於滅絕似的死靜。

不動的他好久才慢慢張嘴，洩出長而緩的疲憊，擠壓後的肺終於鬆懈。

入室的光覆住半邊身體，逆光的另外一半被室內的陰影佔據。像在分食，各占領他一邊一半。

主動打破這僵局，子緣脫出兩者的拉扯。褪下鞋衣褲後從晾衣架翻找輕便的運動服裝，選中棉質長袖上衣與黑色排汗短褲，然後再披起外套。

腳步聲貫穿樓梯。子緣插在口袋的手攪著鑰匙串，鏘鏘的金屬摩擦，直到下樓後還殘存在階梯表面，浮盪在空氣裡留成脆弱的殘響。

煙火沒了。人都在好遠好遠的地方。

子緣變成街上唯一的人。

在夜最深的時候。

時速破百，總讓人以為自己化成了風。

子緣催緊油門，固定住風的感覺。刀割似的利風不停颳來，凍得手指麻痺甚至發紅，好像在抗議這分天真錯覺——人就是人，不會是風。不與它們同類。

硬氣如他不作辯駁，只再催動油門。人與車與呼嘯的風狂闖在疏洪東路，沿著河堤外夜奔三重。風終於奈何不了他。

子緣陡然鬆手，壓車過彎，劃出一道俐落黑線越過捷運站。摘下安全帽時，髮根都已經出汗。

就在捷運站的出口旁，他踏進二十四小時營業的健身房。這裡全年無休，隨時歡迎入場。面無表情地向櫃台微笑的服務人員出示會員卡，子緣步向重訓區，放眼所見盡是各式健身器材，種類與數量豐富得令人眼花。定期保養總是光亮如新，更別提附帶的免費課程。沒有比這裡更好的健身房了。

即使是跨年夜，還是有幾組熱衷訓練的人放棄與人潮為伴，獨自與啞鈴奮鬥。子緣挑了最偏僻的一張臥推床，把脫下的外套隨意捲成一團扔在地上。

活動關節作簡單熱身後，他躺上臥推床，就著空槓繼續熱身。一組兩組三組，身體逐漸發熱冒汗。是添加槓片的時候了。一片兩片三片……增放的重量與子緣的身材看起來比例懸殊，尤其在臥推床就定位時，掛在支架上的槓鈴更顯巨大，距離頭頂好近。

抓出最習慣的握距，子緣穩定身體後雙手向上一推，槓鈴應聲脫離支架，懸在半空。雙臂維持穩定的速度下放，離心收縮的壓力拉扯開肌肉，胸肌與手臂的三頭肌跟著擴撐。

壓下來了。槓片帶來沉重的壓迫感，重得子緣整個人都要陷進臥推床。

他穩住發顫的手臂與身軀，努力對抗這分重量。下移的槓鈴觸及胸口，子緣故意停頓幾秒，隨即一次推起。

反覆幾次，子緣頭部開始脹熱。汗水隨著升高的體溫溢出，從頭皮緩慢滲開。

壓下來了。再推遠。又壓下來。推遠。

如果當初就擁有這樣的力量……子緣臉孔因為出力扭曲，猙獰成受刑般的痛苦模樣。額頭浮起連串青筋，雙臂的肌肉要脫出皮膚似的膨脹起來。

如果當初。壓下來了，推遠。不夠，再推遠。壓下來了。推遠。如果當初，壓下來。如果如果如果……力竭的子緣嘶聲低吼，用盡僅存力氣撐起槓鈴，在脫手前往後一放。槓鈴在巨響中撞回支架。

久壓的重荷陡然卸下，輕得子緣彷彿要漂浮起來。但是坐起的過程並不順利，脫力的手臂與肢幹不受控制地發抖。他喘息急促，汗水一滴兩滴落在腳邊。熱氣洩出毛細孔，挾熱的血液衝上頭顱，臉孔跟著發燙，像被火烘烤。

人在健身房的子緣幾乎能聞到當時火燃的惡臭，伴以蜷繞上升的黑色濃煙。擋不住火光。燒亮的夜空泛著妖異的橘紅。然後是雨，不是那個燃燒的夜晚，是發生在另外的白晝。他獨自走在雨裡淋得一身濕，路過的貨車輾開水窪，髒水濺了滿身。

分明是兩件事。火與雨。卻如雙股螺旋相互糾纏，從外界進入，改寫序列並重置子緣的內在。

他甩了甩頭，健身房播送的音樂只聽得一半，是近期熱門的流行音樂。很耳熟，多是這幾首反覆播放。一半，從那之後聽力就剩一半。他斜眼瞄見幾個健身房員工拿著抹布，依序擦拭器材。館內的人變少了，大概是練完了收拾回家。

子緣不急，他不趕時間。確認肌肉的恢復程度再躺回臥推床，握槓後重複同樣的步驟。起槓，放下。壓下來，推遠。

他在推動對抗的，不只是手握的槓鈴。

可以推起破百公斤的重量，卻推不走積累的記憶。過去就是過去，沒有如果，沒得改變。壓下來了，壓下來。

歷經一個小時的訓練，一身汗的子緣拖著乏力的身體踱步進淋浴間。脫去衣服後露出本來被遮掩的肌肉。他低頭審視，充血的胸肌飽滿聳起，手臂的三頭肌鼓脹不已，負責拮抗的背部亦微微發脹。

這厚實的身材都被外衣給藏住，難怪稍早前那群瘦得只剩腹肌的大學生會蠢得向子緣挑釁，落來被教該如何作人的下場。

從牆面的給皂器擠出沐浴乳，子緣緩緩搓開泡沫，驅使不停發顫的雙手往身體塗抹。手掌捧人的傷口被沐浴乳刺激，像針扎進肉裡，帶來密密麻麻的刺痛感。

子緣沒有因為這點疼痛而吭聲，淋浴間依然安靜，相鄰的幾間無人，只有從館內傳來的依稀音樂聲，聽在他的耳裡又更細微難辨了，反倒是手指在髮內搓動的聲音要來得更清楚。同樣，只有一半。

像這樣慢吞吞洗澡，他經過好一段時間才適應。沒有被大聲催促、沒有限定時間，也不必擔心熱水突然轉冷。當初想盡辦法終於離開。從那之後所謂的時間再也不能對他造成限制，會在耳邊咆哮的人已經不在了。

偏偏，那幾句禱詞又反覆在腦海旋繞。

愛是恆久忍耐、又有恩慈。愛是不嫉妒、愛是不自誇、不張狂……
不輕易發怒、不計算人的惡、不喜歡不義、只喜歡真理……
凡事盼望、凡事忍耐。愛是永不止息……

子緣跟著默念，情緒接連轉變，憤怒與恨交雜，然後咬牙直到要崩斷了牙根。這幾句話他以前未曾聽說，第一次知道的時候偏偏是由最不恰當的人帶領。

全部都錯了。他的人生從某個節點開始便是一連串的錯誤，沒有修復的可能。

關上蓮蓬頭，沒帶毛巾的子緣一身濕穿上內褲，就這麼踏出淋浴間。拿吹風機把身體吹乾，這又花費了好一些時間。

「掰掰！」離開健身房時，櫃台的服務人員一如往常親切道別。子緣也是一如往常面無表情。他不擅長打招呼。

天色已經微亮，新的一年的第一個早晨。陷在淡薄晨光的街要比真正的白晝時乾淨，好像所有的一切都重新歸零。真正的新開始。

子緣的第一餐又是選擇超商，拿了四袋炸雞球還有蛋炒飯，配上兩盒無糖豆漿。他在無人的用餐區選了靠窗的位子，用運動後乏力的手指扯開包裝，把食物大口大口往嘴裡塞，咀嚼的模樣像餓慌的貪狼。陰沉的眼睛瞪向外頭。

偶爾會有結束整夜狂歡的情侶摟摟抱抱走過，又或是年輕的學生組合。當他們不經意往超商一望，與子緣對上眼時都會匆忙避開，好像多看幾眼會惹來殺身大禍。

與粗魯兇猛的阿塵不同，子緣像一把銳利的兇刃，要將面前的所有人切裂開、要與所有人為敵。

他進食的速度依然極快，蝗蟲過境般掃光桌面的所有食物。大口灌完最後的無糖豆漿，子緣用超商附贈的餐巾紙抹嘴，留下散亂的桌面，踱步離開。

在迎面吹來的冰冷晨風裡，子緣不客氣地打了長又響的飽嗝。閒晃到捷運站附近的河堤，大清早的尤其又是跨年後，只有一兩個晨起的老人牽著狗散步。

他在堤防坐下，俯瞰底下的寬闊綠地。這裡風大，試了幾次才成功點火。涼爽的藍莓味與薄荷衝進口腔，從鼻腔洩出。

從鼻孔吐煙的子緣看起來像一台故障的蒸汽機。徹夜未眠又歷經激烈運動，睡意卻沒有如期造訪。反正他的睡眠極少極淺，但不睡覺的人便少了一種打發時間的選項。

還早。反正他也不趕時間。

「哇，阿公快點快點！」一個綁著小馬尾的小女孩興奮地從階梯跑上河堤，被遠遠拋在後頭的老人拖著駝背的身體追趕。

子緣把抽沒幾口的菸捻熄，不讓它繼續燃燒，也沒給小女孩吸二手菸的機會。

「阿公快點啦！」小女孩喊。落後的阿公好不容易才喘著氣慢慢登上堤防，小女孩一溜煙衝向成片綠地，阿公又是喘著氣一步一步登下階梯，追著活潑的孫女。

子緣注意到老人的腋下夾著風箏，尾條被風打得晃盪，一次又一次拍在老人身上。風箏的形狀總讓他想到被左右剝開的生物皮囊。

一陣難忍的噁心，子緣背離老人與小女孩，踩下堤防斜坡直接離開。

為了逗孫女開心，老人吃力地跑跑停停。終於乘風飛起的風箏在空中舒展開來，慢慢往上再往上，彷彿要碰到雲朵。

子緣沒看到這幕，他不會看的。

火與雨。那一天，當他狼狽脫逃，在暴雨浸淋的街上殘喘時，就註定永遠無法擺脫父親被虐殺的情景。父親畢生虔信的神佛沒有施予援手，也許到了最後父親亦失去禱念求救的力氣，只顧著放聲哀號。

兇刀依然劃開父親的肚皮。遭人開膛的父親遺失了大部分的臟器，左右外翻的肚皮看起來就像只風箏。

一只破破爛爛、不斷滴血的醜陋風箏。

六、排泄出的人與糞

年末已過，新到的一年不帶塵囂與驚喜，又是往常每個日子的複製，平凡無趣，該上班的上班，該怎麼度日便怎麼度日。

這日早上，老劉像平常一樣來到經營的香火鋪，開鎖後拉起鐵捲門準備營業。他才剛伸起懶腰舒展微疲的背，就被忽然闖來的年輕人推進店內。

踉蹌的老劉踢倒堆放的金紙，勉強扶住櫃台才站穩。他驚愕回頭，看見鐵捲門刷地一聲降下，阻去巷裡的日光與出口，人在自家鋪子的他此刻竟像給囚禁似的。

兩個年輕人手抓鋁製球棒，哪怕老劉再傻都明白是蓄意找碴的，他沒印象招惹過誰。老劉擔心或許沒辦法報警，該不該先從後門逃出去？

可惜年輕人沒給他脫逃的機會，其中一個拖著鋁製球棒，在水泥地劃出難聽的摩擦聲。老劉受驚的視線隨那人移動，眼看他走過身邊，堵死後方所有退路。

「別緊張，現在才想逃已經來不及了。」阿塵反握球棒，用力往地上一敲。

「看你傻傻的好像什麼都不知道？那個叫『天池聖仙』的神棍你有印象吧？好啦別裝了，我知道你會跟客人推薦他。搞得像直銷一樣還弄下線幫忙招攬信徒，真的很會做生意。怎麼了？師父沒聯絡你？」

「我不知道，什麼都不知道！」老劉搖頭裝傻。

「沒關係啦，我知道貴人多忘事。你等一下絕對會想起來。」阿塵不懷好意地笑。

子緣掄起球棒，直接砸爛玻璃櫃。展示販賣的香爐伴著玻璃碎片落了一地，老劉的膽子在這瞬間嚇得支離破碎，整個人絆到堆地的成綑金紙，一屁股跌倒。

老劉按住發痛的尾椎，驚惶張望占據兩側出路的阿塵跟子緣，心想難怪啊、難怪師父忽然斷了聯絡。本來以為又是上酒店找女人，原來是給人陰了。

「你們不要亂來，我後面也是有人的。」虛張聲勢的老劉想唬住阿塵跟子緣。他跟自稱「天池聖仙」的神棍都是同樣的貨色，是全心鍛鍊嘴上功夫的類型。

這番威嚇卻招來反效果，子緣扛起球棒，虐狗般往老劉的手臂一陣亂砸。

「啊啊！」老劉抱著骨折的手臂慘叫。不懂罷手的子緣對準膝蓋揮落。伴隨重力的加乘效果，這一下痛得老劉叫不出聲，反倒是抽了一大口涼氣，彷彿要給空氣噎死，喉嚨冒出窒息似的阻塞聲，泛著血絲的眼睛跟著暴突。

「有人？都叫出來。」子緣甩了甩球棒，揮出恐怖的破空聲。老劉實在可惜了，只能靠一張嘴的他在絕對的暴力面前只有絕對受難的分。

坐都坐不穩的老劉只能挨著地板，可憐兮兮按著傷處。不敢多看子緣一眼，連連搖頭的他是真的怕了，趕緊改口：「沒人、沒人！」

阿塵在老劉面前蹲下，拍了拍那張鬆垮垮的臉頰。「好啦好啦，不用這麼害怕嘛是不是？我們又不是壞人。只是想請你幫個小忙，就是咧……就是要幹嘛？我忘了，哈哈哈！」

阿塵大笑之餘故意大力拍打老劉半殘的膝蓋，痛得他縮腿避開，眼淚都噴了出來。

「喔對啦，我想起來了。」阿塵按住老劉的腿，姿態像把活魚按上砧板，「就是啊，別再幫師父介紹信徒了。這樣比直銷還惡劣，真的不太好，是不是？我相信你活到這個歲數了，一定是個懂事的人。對吧，要乖喔！」說完對子緣使了眼色。

老劉不由自主地隨著那高舉的球棒仰起頭，卻沒能跟著墜落。

這一下來得太快、太快。老劉只有扯開喉嚨放聲大叫，試圖吐出所有疼痛：「腳、我的腳！腳啊……腳……」

在老劉的慘叫中，轉移目標的子緣開始搗毀鋪裡所有能夠被破壞的物體，從展示香爐的玻璃櫃到待販售的未開光神像無一倖免。被砸到牆上的土地公像噴飛了頭顱，撞到牆架後落地滾了滾，斷頭仍然掛著的慈祥笑臉看來格外詭異。

成串懸掛的紙蓮花被扯下、踩爛。散亂的線香折斷後隨便扔灑，連老劉打發時間用的小電視也沒放過，螢幕給敲出無數裂痕，縱使能夠打開開關也看不見任何畫面了。本來寧靜的香火鋪彷彿狂亂的群象過境，糟蹋得不成模樣。

老劉滿臉黏滿哀戚老淚，用力閉眼忍受一切過去。這間鋪子是他好多年來的心血，短短一個早晨就給破壞殆盡。他不過是從師父那邊收了一點好處，稱不上多大筆的錢，怎麼會招來這種凶神惡煞？

「不好意思啊，年輕人做事比較衝動一點。麻煩多包容啦，你年紀大嘛，該有的肚量還是有吧？還是你想要檢討年輕人？這我沒問題，歡迎。反正我能跟你慢慢算。」阿塵刻意露出深深的笑容，故意補上一句：「到時候就看你先死還是我先死，很簡單不是嘛？」

在阿塵戲弄兼威脅老劉的時候，進行破壞作業的子緣正把鋪內成綑的紙錢堆積在一起，還拿出打火機。

阿塵聽見喀嚓一聲，視線的餘光接著瞄見竄出的火光，嚇得飛奔過去，一把拍掉打火機。

「喂喂喂！你在幹嘛？想放火？你以為放火燒完就剩粉這麼簡單？你能不能稍微具備一點點、只要一點點就好的基本常識？」阿塵不能理解地問：「你到底有什麼毛病？三不五時就想燒東西。」

「燒了乾脆。」子緣說得像是一加一等於二般理所當然。

「乾脆個屁！到時候整排房子燒掉看你怎麼收尾。」阿塵嘴上邊說，邊往老劉走近，踩蟑螂般猛然踏住那隻鬼鬼祟祟的老手。老劉取出的手機再也沒有撥出的機會，好不容易抓到的報警空檔就這樣沒了。

阿塵咳了幾聲，清了喉嚨後說：「劉先生請自重啊，不要偷偷摸摸報警，對大家都難看。抱歉啊剛才我們內部的運作稍微有點分歧，不過現在沒事啦。記得我的警告啊。掰！」

阿塵與子緣就這麼乾脆離開，並不是走正門，而是從老劉原先預計逃脫的香火鋪後門。他們早就把這裡的構造摸得再熟悉不過。

出了隱密的後門，窄巷裡有斜射的陽光與沿著牆縫生長的青苔，凹凸不平的水泥地藏著細散的泥土。誤入小巷的微風挾來洗衣精跟遠處人家早起開伙的油煙味。

在後門等候的蟑螂仍是那副金屬細框眼鏡與藍色牛津襯衫，鏡框在陽光底下發亮。

阿塵指了指香火鋪內，說：「輪到你了。他已經被打殘了，沒機會還手。」

擁有會計師架式的蟑螂點點頭，提醒：「今天下午兩點，西門町老地方。」

「明白。先走啦。」阿塵把球棒扛上肩，側身讓蟑螂入內。

癱躺在鋪內的老劉動也不動，傷處的劇痛不斷放大，剝奪僅存的思考能力。他的臉挨著斷頭的土地公神像，上頭沾滿被打翻的檀香粉末。

他聽見腳步聲，本能而生的恐懼令他像個嬰孩瑟縮。直到對方來到身前，老劉才畏懼地微微抬頭。

來的這人他有印象，是這陣子常來的新客人！老劉忽然像覓得一線生機，著急懇求：

「你、你快點幫我報警！」

「不能。」那人冷酷拒絕，手指推正臉上的金屬細框眼鏡。「你必須聽從我的指示。」

「什麼跟什麼？快點報警，我的店都給砸了、人也被打成這樣！」老劉既是訴苦又是求救，偏偏與他對話的人冷然得不見一絲同情。

「剩不到半年了，你希望令嬡可以平安從小學畢業吧？」

老劉愣住，這個人怎麼知道？他現在單身，可是離過婚，當時女兒的監護權歸給妻子。老來得子的他可是非常寵愛那個女兒的，到現在都還會去偷偷探望。這個祕密連喜歡打探別人隱私的街坊鄰居都沒發現，為什麼這個新客人會知道？

「我希望令嬡可以平安從小學畢業。」那人無感情地說。

不必多餘的威脅來建構恐怖的後景，單是這樣就已經足夠，足以讓老劉痛苦地閉上眼。原來剛才那兩個年輕人還不是最恐怖的。

「你必須聽從我的指示。」那人又重複。

想到女兒的安危，老劉別無選擇，只有概括承受。

週末的西門町一如往常被密集的人群覆蓋，像爬滿螞蟻的糖片。無數黑點攢動，塞在星巴克與UNIQLO前的廣場。

本地人與外國遊客交雜擁擠，穿插出不同的口音。散發高濃度二氧化碳的人潮蔓延至成都路，捷運站的六號出口化成這塊鬧區的肛門，排泄般不斷擠出新的人群。

六號出口的電梯斜坡外，阿塵與子緣一站一蹲。

阿塵的雙腿分得老開，蹲姿像就地把西門町當成廁所。粗硬的手指夾著菸，另一手拿著辣味摩斯漢堡。走出電梯的幾個大嬸紛紛嫌惡側目。

「看什麼看？」阿塵抬著下巴質問，兇戾的眼神來回掃視。大嬸們趕緊別過皮膚鬆弛的臉，可惜刻薄的嘴唇少不了蠕動，用蒼蠅似的音量喃喃碎念。

「皺紋都擠出來了還廢話喔，快去補妝！」阿塵粗聲吼著，看似威嚇實則戲耍的成份更多。果然嚇得大嬸們身體一震，像誤觸捕獸夾的野狗，倉皇避開。

阿塵得逞地笑了笑，咬了一大口漢堡。溢出的肉醬沾在臉頰上，被他隨意用手抹去。

子緣倒是懶得計較。這些活了超過半個世界、存活意義只剩探究別人私事好生產八卦的物種，沒有費神的價值。他的視線飄過馬路對面的紅樓，在搔首弄姿拍照的遊客頭上，團狀的雲塊懶洋洋漂浮過樓頂。

整整三十個小時沒有睡眠，子緣的精神有些渙散，拿著的漢堡也沒興趣入口了。他一向難以入眠，好像被睡魔拒於門外，久了索性放棄睡覺，等到身體撐不住失去意識再說。於是他的作息就像房價再也回不去了。

好像該睡了？子緣不是很確定，混亂的思緒像天上的雲沒有規律。

「借根菸。」想提神的子緣討錢般伸手。

「你自己不是有？剛剛還看你在抽！」阿塵不耐煩地拍掉，以為子緣在鬧。

對喔。子緣這才想起來，翻找口袋後果然菸盒跟打火機都在。叼在嘴上點火時發現手指出乎意料的無力。好不容易點著菸，入口卻是淡薄無味，嚐不到藍莓的香，只有燃燒的紙卷焦味。倦意讓味蕾都開始罷工。

「你看，那邊那個女的。穿長靴的那個。好正！」阿塵用手肘頂了頂子緣，睡飽吃飽的他倒是精神很好。

「隨便。」子緣放空的雙眼瞪著天空，雲已經飄成枕頭的形狀，看起來柔軟好躺。

「那個也不錯，短髮，我喜歡。」阿塵搔著下巴的蓄鬚，像在超市挑選新鮮肉品。

子緣沒聽進去，視線開始亂飄。好幾輛機車停在紅燈前，久候的騎士臉色難看。綠燈後油門齊催搶著脫離，偏偏又給擅闖馬路的行人擋下，騎士的臉只有越加鐵青，奇妙的是沒人按喇叭沒人叫罵。

應該當場下車痛揍這些不懂規矩的行人，子緣心想。拳頭握了握，先前毆打神棍所產生的傷口本來結起薄薄的痂，經過香火鋪的激烈運動又裂了。不過無妨，年輕的好處就是復原力好，傷口不礙事。

他突然記不得那個師父是什麼來路？好像自稱天池什麼的？好一個荒謬的頭銜，還真有人搶著要信。

他吐了煙，奇妙的是嘴巴的味覺麻痺了，鼻子倒是嗅出甜甜的藍莓味。七星牌香菸的特色是燃燒速度極快，抽沒幾口便見底。

子緣把菸蒂丟在腳邊，點起新的菸，也不怕被埋伏的稽查人員開單罰錢，反正用錢就能打發掉。現在這世道，能用錢解決的從來就不是問題。

在定點久站不走的兩人實在太顯眼，很快就成了某些單位的目標。

「同學你好！我們是設計系的學生。這是我們自己設計的包包，你可不可以幫忙一下？支持我們的夢想？」三人一組的推銷團笑得誠懇，遞來的文具包足有人臉那麼大。

不單是子緣，蹲在旁邊尋找漂亮正妹的阿塵也被纏上。推銷三人組其中之一笑嘻嘻地把文具包塞進阿塵懷裡，完全走著標準套路。

要知道，阿塵跟子緣不是尋常的和善路人，而是散發著會讓人下意識避開的危險氣勢。這種推銷舉動實在太大膽了。

「喔。」子緣竟然出乎意料地配合，拿出千鈔付錢。推銷組接過鈔票，文具包同時交在子緣手中。

「感謝感謝，謝謝支持！」皮笑肉不笑的推銷員連連點頭。

「喂，下次早一點啊。我菸都抽半包了。」同樣買了文具包的阿塵抱怨。推銷三人組會心一笑，不沾塵似地退開，沒多久便隱沒進人群。

子緣掂了掂文具包，重量不如外表看起來輕飄飄的。他知道內藏的東西是什麼。

「好啦，我走啦，要去找可愛年輕的漂亮妹子了。」東西到手，阿塵也憋不住了。

「本票跟筆帶了嗎？」子緣隨口問。

「媽的，別咒我。都付錢了還要仙人跳，搞屁啊！」阿塵咧開一邊嘴角，洩出大團煙霧。他投飛鏢似地舉起菸蒂，精準射進幾公尺外的水溝蓋。「怎麼樣？要不要一起來？到時候可以交換啊。」

子緣一臉無趣地看著馬路，故意裝成沒聽到。這副死樣子令阿塵啐了一聲：「無聊，沒意思。你不是單身狗嗎？去找個女人吧。」

在阿塵走了很久之後，慢慢回神的子緣拿出手機，看著的又是實況台的頁面。那名暱稱欣欣的實況主正在開台。

他想起阿塵剛才的話。

好啊，就是她了。

子緣起身，留下吃沒幾口的摩斯漢堡還有半根菸，離開不斷排泄出人潮的西門町。

七、YOU DIED

「哈囉，大家午安！今天先玩個《黑暗靈魂3》，要挑戰教宗沙力萬。如果順利打完的話會唱個歌跟聊天，到時候歡迎大家點歌喔！」

帶笑的欣欣對著視訊鏡頭打招呼。今天的她套上寬鬆的大件襯衫，一副慵懶的居家模樣。放下的長髮蓋住臉頰兩側，讓那張瓜子臉更加小巧。

隨著欣欣開台而慢慢增加的觀眾接連在聊天室留言：「欣欣午安。」「今天穿男友襯衫？」「欣欣有男朋友！」「欣欣是不是死會了？」「可、可惡，退訂閱啦！」

聊天室的反應讓欣欣哭笑不得，安撫小孩般解釋：「大件的襯衫穿起來比較舒服呀。等我一下噢，現在開遊戲。」

欣欣操作實況軟體切換成遊戲畫面，然後改拿手把。工作桌有基本必備的電腦，旁邊並列著PS4主機，充電架還有另外的備用手把。兩個螢幕分成進行遊戲、觀看觀眾留言的用途。視訊鏡頭與收音良好的麥克風更是缺一不可，光是準備這些設備就燒掉了不少錢。

除去基本的器材設備，欣欣在環境的布置也下了功夫，沒有多餘讓人煩心的雜物，只擺著幾組粉紅兔子與白色小鳥組合的卡娜赫拉的小動物的玩偶，相當療癒紓壓。實況區的兩側以隔間櫃遮去了家居面貌，保留隱私。

這間承租的套房還算寬敞，在欣欣的整理下明確劃分各處的用途，入了玄關就是充當客廳的小空間，擺著松木咖啡桌跟無扶手的雙人座綠色布沙發。再往內是實況時的工作區，藏在最深處的是臥床與衣櫃。

身為一個實況主，一旦開台就得長時間待在這個空間，就某種層面來說也是辦公場域，只是少了鄰桌的同事與隨時想找麻煩的主管。

在沒接觸的人看來，實況不過就是打電動或講講話，到底有什麼好看的？但在現代人的交際圈被限縮，與他人的關係越來越冷漠之後，這種新興行業適時填補了寂寞的空缺，伴以手機的普及，好像擁有一個隨時隨地能夠見面的朋友，還能藉由留言與之互動。

實況主各有特色，有的遊戲技術極強，有的擅長製造各種效果逗觀眾開心，當然也有兩者兼具的，平台上聚集大大小小懷抱夢想希望成名、又或是單純希望與人分享打遊戲樂趣的實況主，儼然是個大實況時代。

身在《黑暗靈魂3》世界的欣欣操作著人物，踏進地板光滑如鏡的莊嚴聖堂之中。高大恐怖的BOSS教宗沙力萬矗立在聖堂的另一端，纏繞在雙劍上的火焰騰騰燃燒。

這是第五次挑戰了，前四次欣欣都慘死劍下。初次遭遇這個關卡頭目的時候，甚至連它十分之一的血量都沒能損去，就直接被送回重生點。

欣欣不敢眨眼，小心舉盾防禦，注意教宗沙力萬的任何動靜。戴著罩面金盔的它不見臉孔，移動雖然緩慢但攻擊範圍極廣，帶來沉重逼人的壓迫感。

欣欣不停移動走位，試圖保持安全的距離，卻沒避開教宗沙力萬忽然刺出的利劍，瞬間損失三分之一的血量，嚇得她不斷翻滾躲避，沿途撞碎好幾張木椅，好不容易才躲到角落，趕緊使用道具回復血量。

追來的教宗沙力萬揮舞大劍，欣欣一個翻滾，驚險閃過劍鋒還有飛旋的餘流。她順勢繞到教宗沙力萬的身後，舉劍猛砍。教宗沙力萬往後一躍，又是同樣的劍招。欣欣這次看仔細了，直接撲前，往它身上又是一陣猛攻，順利將頭目的血量消耗到只剩一半。

眼看教宗沙力萬突然跪地，急於戰勝的欣欣衝上前追擊，忽略了聊天室那些早已受過這款遊戲摧殘的觀眾的警告。教宗沙力萬突然渾身冒出紫黑色的焰火，緊接著爆炸。被炸飛的欣欣瞬間血量見底。

《黑暗靈魂》真不愧是令人髮指又滿布惡意的硬派遊戲，任何失誤都可能賠上巨大的代價。

「怎麼會這樣！」欣欣驚呼，道具耗盡的她無法補血，只能硬著頭皮小心走位。誰知道更狠的還在後頭，教宗背後突然竄出骨狀雙翅，甚至還產生分身。

欣欣緊張得手心冒汗，手指不自覺顫抖起來。

騰空飛起的教宗沙力萬與分身一前一後撲擊，欣欣連滾帶翻，結果卡在牆邊，躲不過接下來的迴斬……

「啊！」欣欣與人物的慘叫同時出現。

看著又一次轉黑的遊戲畫面，欣欣呆握手把，久久說不出話來。連續挑戰失敗，讓人心好累。她放下手把，咕嚕咕嚕喝了好幾口水，撥順瀏海的時候才發現額頭微濕，竟然冒汗了。

「我……先叫麥當勞外送好了。午餐到現在還沒吃，好餓。」決定轉換心情的欣欣點開外送網頁，選了板烤雞腿堡餐跟焦糖奶茶。

觀眾們沒放過開玩笑的機會，紛紛起鬨：「胖。」「肥！」「是不是有九十二公斤！」

「哪有肥，我有在運動！」點餐後的欣欣嘟著嘴抗議，終於有空檔能夠好好看聊天室的留言。正如實況主類型各異，觀眾更是什麼種類都有，有好心鼓勵的、有開玩笑調侃的，當然也有莫名其妙惡言相向的。

「爛死了，到底會不會玩遊戲？」聊天室突然跳出這樣的留言。欣欣也看見了，但她只是笑一笑，沒特別放在心上。

這種微不足道的惡言不痛不癢，打從欣欣第一次開台便不時遇到。這類敢公開留言的還算光明正大，多的是直接私訊，有亂罵的也有寄陰莖自拍照的，更不乏開價包養或要約旅館的。

前幾次碰見，欣欣還會覺得難受，後來開始感慨大自然的奇妙，明明是同樣的物種，卻能有這麼多相歧的表現，真不愧是多元化的社會。

不過她不在意，不代表其他觀眾會噤聲旁觀。幾個熱心抱不平的首先出聲，直接嗆了：「罵人的是多厲害？開台來看看。」「你行你來。」

那嗆人又被反嗆的馬上予以回擊：「騎士團好兇喔，這麼喜歡臭海鮮？」

雙方就這麼互相嗆著，聊天室鬧成一團，嗆人與被嗆的、起鬨的、勸大家冷靜的都有。好歹欣欣經營得不錯，擁有一定的觀眾群，偏偏人一多就會吸引無聊又愛鬧事的傢伙，就像現在，大量的留言不斷洗版。

「好囉，大家冷靜點。再這樣我要鎖人了喔。」欣欣提醒，「我希望大家都可以開開心心看我玩遊戲，不要吵架。」

欣欣說得真誠又有些委屈，聊天室的粉絲附和：「不吵了不吵了，大家可以回家啦。」「聽女神的話，我們要奉行有禮貌運動，尊重包容友善。」

這一連串的留言逗得欣欣開心起來，她又拿起手把：「我再試試看，多打一定有機會贏的。趕快打贏，然後來唱歌！今天唱孤單芭蕾好了！」

再次挑戰的欣欣又踏入了BOSS所在的聖堂。

欣欣深呼吸後勇敢前進，看準揮來的劍尖後精準避開，還能抓住空檔反擊，連砍兩下後她記起上一場的教訓，機警退開，正好閃過突刺。

「穩！」「這場有機會喔！」「我老婆好厲害❤」

激戰之後欣欣的人物只剩不到一半的血量，不停翻滾奔跑躲避襲來的連續攻擊。好不容易抓到空檔，趕緊補充人物的血量。

教宗沙力萬雙劍飛舞，流燄碎散。欣欣本來就危險的血量更是瞬間見底。

欣欣緊抿著嘴，眉頭苦惱地鎖在一塊。要是血量再次歸零，就得重新再來了。

在這種生死交關的絕命時刻，門外電鈴突然跟著響了。欣欣分心回頭，同一時間人物被BOSS一劍貫胸。

聽見尖叫的欣欣趕緊看回螢幕，YOU DIED這行紅色大字如鮮血烙印般悽慘浮現。

欣欣放下手把，久久不說話。

電鈴再響，聲音被桌前的麥克風清楚接收，聽到電鈴聲的觀眾紛紛起鬨：「查水表囉！」「全台灣第一個被查水表的女實況主！」「不要開門，上次我有個朋友被查水表，然後就……」

「是麥當勞外送啦，我去拿，你們等我一下噢。」想起來剛剛叫了外送的欣欣暫停實況，雙手合十道歉，不忘小小吐出舌頭，離開座位去應門。

等在門外的卻不是該出現的外送員。

「咦？」欣欣在驚呼中掉了手中皮夾。

對方的眼珠下移看往攤開的皮夾，沒幾秒便移開，從欣欣赤裸的腳踝一路往上，越過寬鬆的襯衫下擺與領口，直到又一次停留在那張微微漲紅的臉頰上。

「怎麼會？」欣欣愣住，連皮夾都忘了撿。

「東西掉了喔。」對方提醒。

說到做到的子緣就這麼現身，竟然真跑來找欣欣。

八、聽見聽不見

突然出現的子緣提著大袋小袋，有連鎖店的速食也有路邊攤販的小吃。從肯德基的全家桶炸雞餐跟蛋塔，到滷味、酸菜鴨腸、臭豆腐、起司雞排、車輪餅、四海遊龍鍋貼與酸辣湯、咖哩飯……

有了吃的當然缺不了喝的，幾家知名手搖杯店的招牌飲料如香蕉串般拎在手上，提袋內佈滿凝結的水珠。

「咦？」面對突然現身的子緣，欣欣一副無法理解現況的模樣，微微偏著頭，本來應該出現的麥當勞外送員呢？板烤雞腿堡套餐跟焦糖奶茶呢？

至於佇立門外的子緣，沒有闔眼的時間邁入第三十四個小時，有一種靈魂要脫竅的虛浮感。可是睡意仍未拜訪，還得繼續清醒。

肉體越是疲倦的時候，感官反而越加敏銳，他清楚聽見屋內傳出的音樂聲，順便問了：「你還在開實況？」

這一問欣欣才想起來，那些觀眾還在等她回去呢。「啊，對啊！你先等我一下。」

欣欣匆匆跑回電腦前，倉促向觀眾交代：「對不起，因為臨時有事，今天先到這邊喔！下次開台時間我會在臉書上通知，掰掰！」

苦等的觀眾突然接到這樣的通知，當然覺得意外。不少人開玩笑地留言：「真的被查水表。」「就說不應該開門的。」「我們懷念她。」

欣欣無心細看這一串留言，只顧關閉視訊鏡頭與麥克風，接著快速收拾屋內雜物。

「好了，你……進來吧？」欣欣忐忑地邀子緣入內，像第一次招待同學到家裡玩那樣，既期待又擔心對方的評價。

不過這並非子緣第一次來訪，兩人早已熟識。可是欣欣仍忍不住緊張。不是因為子緣外顯那看似要與所有人為敵的兇惡。她知道，這個人絕對不會傷害她。

子緣沒直接進門，先拾起欣欣一直未撿的皮夾，才把破爛的運動鞋踩下，留在門外。

欣欣幫忙接過飲料，順便取回皮夾。「你應該先通知我的，房間都還來不及整理呢……你的手怎麼了？」

子緣的手掌滿布傷痕，帶血的破皮累累，交雜紫黑色的瘀青。在稍早闖進香火鋪的行動之後，原本開始癒合的傷口又全裂了，還滲出血來。

「小傷，沒事。」子緣在咖啡桌旁席地坐下，打著又重又長的呵欠，順手把食物堆放到桌上。空間有限的咖啡桌看似要承載不住這些重量，鐵鑄的纖細椅腳看似隨時會斷折。

欣欣跟著在他的右手邊坐下，關心地問：「你又沒睡覺了？」

「睡不著。」

「超過二十四小時？」欣欣無奈地猜。

「三十四。」子緣雙眼無神，手倒是仍然有力，撕開包裝不成問題。隨著袋口打開，各類食物的香味混雜竄出，蓋住房內淡淡的芳香精味道。

「又破紀錄了。你一直不睡覺會死掉的。」欣欣取來醫藥箱，暫時阻下子緣的動作。

「我餓了。」子緣放下剛拿起的竹籤，籤上還串著鴨腸跟酸菜，伴以些許辣椒碎末。他雖然口頭上抗議，人倒是安分讓欣欣處理手傷。

「會有點痛噢，稍微忍一下。」欣欣用紗布沾取生理食鹽水，仔細擦拭傷口做初步清潔。生理食鹽水一觸及破皮的部分，像有好多針往肉裡扎。感受到疼痛的子緣沒有太多的表現，這種程度對他來說像給蚊子咬般微不足道。說不定被蚊子叮咬還要更煩人一些。

他看了看沒能入口的鴨腸，決定等下要多摻一些香菜配著吃。

欣欣捧著那雙新舊傷痕遍布的手掌，用棉花棒沾藥後在傷處輕輕塗抹。蓋上敷料再用紗布一圈一圈包紮妥當。她的步驟相當熟練，畢竟不是第一次為了子緣包紮。這個粗魯的男孩總是能在身上製造各種傷口。

「試試看，會不會影響動作？」

子緣終於能名正言順叉起鴨腸跟預謀好的大團香菜，過程中不受一點阻礙。

這吃相讓欣欣明白大概是沒問題了，放心收回醫藥箱，再坐回子緣身旁。她沒怎麼碰食物，只拿了一杯手搖飲喝，更多的時間是在看著子緣狼吞虎嚥。

她手撐著頭，嘴裡咬著吸管。水果茶的滋味酸甜，嘴裡盈滿鳳梨還有蘋果的香。

「你都不吃？這間的雞排味道還可以。不過老闆臉臭，應該是沒被打過。」子緣插起切塊的雞排，遞給她。

欣欣微笑婉拒：「我有叫外送了，你吃。」

「這樣喔。」子緣咬下雞排，半融化的起司漏了出來，隨便咀嚼後直接吞下肚。他看了看滿桌食物，說：「幫忙吃一點，我吃不完。」他捏著左耳垂，不管是表情或語氣都不太自然。

這是謊話，欣欣知道。子緣捏著左耳的這個動作通常有幾個含意，有時是為了掩飾說謊、有時是不耐煩，更多的時候是一種類似確認的用途。

「你的耳朵……有改善嗎？」欣欣鼓起勇氣問，她沒辦法不在意。

子緣吞下沾滿醬汁的鍋貼，又捏了左耳耳垂。「還是聽不見。反正聾了這麼久，習慣了。」

他的雙耳唯獨右側正常，左耳只剩裝飾的功能。接收的聲音剩常人的一半，好處是噪音之類的困擾也減半。好與壞都是一半一半。

欣欣用著自己也不太相信的聲音安慰：「說不定有一天突然就好了。」

「耳朵？都無所謂了。」子緣用力吸著吸管，手搖杯的珍珠綠茶瞬間見底，誇張的食慾簡直沒有盡頭。「別管這些了，吃吧。」

在子緣又一次的催促下，欣欣總算動了筷子。她剛剛不吃，是因為子緣的食慾過人，所以想把食物都留給他。子緣之所以買如此誇張分量的食物，卻不全然是想填飽口腹的慾望，反倒是為了讓欣欣吃點有趣又不一樣的。

欣欣一個禮拜內有五天都在開實況，三餐總是隨便將就，早餐也許是附近的麥味登或超商隨便買買，午晚餐通常湊成一餐一起吃，常常直接用外送解決，就像今天。

又一次電鈴響起，終於是麥當勞外送。子緣靈敏退到會被店員發現的範圍之外，藉著書櫃藏去身姿。欣欣付錢後領取久等的套餐，親切道謝然後關門。她把裝餐的紙袋放上茶几，上面的食物被子緣清去一半了，現在多出不少空間。

她發現子緣站在電腦前，看著螢幕的遊戲畫面出神。

「這什麼遊戲？」子緣直接在電競椅坐下，拿起手把試著移動人物。

「《黑暗靈魂3》，很虐待玩家的一款遊戲。你來之前我正好在打王。」想起沒能順利攻略，欣欣既苦惱又疲倦，這款遊戲實在是太消耗精神了。

「贏了嗎？」子緣逐漸摸熟操作方式，人物奔跑翻滾不成問題，還能配合視角移動。

「死到快哭出來了。那個教宗沙力萬好難打喔。」欣欣抱怨，另外搬了張椅子在旁邊坐下。

「教宗？」聽見關鍵字的子緣臉色陡變，眉頭不自覺地皺起，因為失眠而無神的雙眼赫然凌厲，「這遊戲也有宗教？」

欣欣無聲地吐吐舌頭，知道這傢伙不會善罷甘休了。她故意說：「不知道耶，可能是名字亂取吧。這遊戲很多背景故事跟設定沒有明講，要玩家慢慢摸索。不過很有趣就是了，可以從各種線索慢慢拼湊出來。雖然遊戲有難度，可是真的很精緻噢，你看，這張地圖是冷冽谷，很漂亮吧？」

子緣轉動視角，瀏覽這個中古世紀歐洲風格的世界。近處的屋簷與岩磚地積著白雪，遠方的城堡籠罩在極光裡，繁星密布的夜空懸著月輪，彷彿某種遺落在人間之外的美好仙境。可惜內藏的敵人凶險，絕非適合觀光的好地方。

「教宗沙力萬在哪裡？」子緣完全不在乎景色如何，一心追問教宗的下落，連口氣都不自覺兇了起來。

「這只是遊戲而已，你別生氣。」哭笑不得的欣欣好聲安撫。

「不管。我要幹掉它。」子緣執拗地說，探索四周尋找教宗沙力萬的蹤影。

欣欣的堅持沒有太久，很快就放棄了，開始幫忙指路：「喏，從這裡過去比較快。」

在欣欣的指引下，子緣順利踏進聖堂。等在盡頭的仍然是那森然嚇人的教宗沙力萬。

子緣二話不說上前猛砍，初次接觸這遊戲的他沒有足夠的技巧，全是憑著狠勁行事。這分凶狠在現實中可以讓他輕易地蹂躪詐騙的神棍，但在《黑暗靈魂3》的世界裡與自殺無異。

欣欣知道這個道理，不過沒有急著提醒，心想直接讓子緣死個幾次，才能切身體會這款遊戲有多險惡。

一味猛攻的子緣果然連一分鐘都堅持不到，就被教宗沙力萬亂刀砍死。他被送回傳生點後一言不發重頭來過，再次踏回聖堂，然後又給送了出去。

這樣反覆幾次，欣欣忍不住安慰：「這遊戲真的不容易，連我玩了好幾天也還是常常死呢。」

子緣沒有應聲，顧著埋頭嘗試。直到剩餘的食物涼了、手搖杯飲料的冰塊也都退了冰都還沒能成功攻下。

欣欣頭靠在子緣坐著的電競椅的椅背，打了小小的呵欠。雖然今天到目前為止只開了實況，但也足夠累人了，既要玩遊戲又要同時作效果好讓觀眾看得有趣，這可是相當消耗腦力的。所以她真不知道子緣究竟是如何撐著超過二十四小時不睡覺。

現在的子緣什麼都聽不進去，連滿身的疲憊都暫時拋開，除了幹掉教宗沙力萬之外不作他想。這分對宗教的憎厭實在太強烈，鮮明得讓欣欣害怕。

「你還在幫少主做事嗎？」欣欣明知故問，她早知道子緣的手傷為何而來。

「嗯。」子緣緊盯螢幕，閃過斬落的大劍。

欣欣輕輕拉住子緣的外套，在一聲長而無聲的嘆息後說：「你要不要考慮跟我一起實況？我們的組合說不定很有趣，會很受歡迎。開實況沒什麼風險，也能賺錢。」

子緣沒說話，又專注回遊戲。在連續的死亡教訓後，他已經摸透教宗沙力萬的行動模式，抓準迴避後反擊的時機。憑的不全然是腦袋，更多的是為了斬殺這冠有教宗之名的遊戲角色。所有與宗教有關的，無論虛擬或現實，都是他的眼中釘肉中刺，只有拔除並銷毀一途。

欣欣知道子緣沒聽進去，她鬆開手，靜靜陪著。她害怕子緣在外從事的工作，這甚至不能以工作稱之，更確切的形容應該是「犯罪」。

專門找上那些搞宗教詐騙的神棍，以暴力脅迫其解散。雖然子緣只輕描淡寫帶過，說是檢舉詐騙，但從三不五時出現在他身上的傷口，還有那日漸深沉的戾氣，欣欣能猜出大概。

這樣不好，她卻沒完全的把握能夠勸服子緣，這是個要比誰都固執的人。她見識過，這分固執大概構成子緣百分之九十九的精神內在。

瞥見子緣拳面那些斑駁殘缺的皮肉，欣欣不免祈禱，願這分固執不要害了子緣。

子緣一次又一次挑戰，陪伴在旁的欣欣哼起歌，是許慧欣的〈七月七日晴〉。對於這首歌，她沒有特別的喜惡，知道子緣喜歡，所以她唱。一次，又一次。

「五指之間還殘留你的昨天，一片一片，怎麼拼貼完全……」欣欣輕閉雙眼，歌聲與線上歌手相比毫不遜色。「我望著地平線，天空無際無邊，聽不見你道別……」
她像重複播放的點唱機連續唱著，直到教宗沙力萬終於跪倒在地，化成黑霧消失。
「殺掉了。」子緣放下手把，舒緩僵硬的手指，不帶一絲雀躍的情緒，這對他來說只是必須要做的事，與喜悅與否無關。
欣欣莞爾不已，沒想到自己卡關這麼久，卻讓子緣解決了。明明他玩遊戲的經驗很少，是個連手機遊戲都不怎麼碰的人。真是可怕的執念。
「你喔……嘿，我們一起開實況吧？你這樣可以開技術台噢！」欣欣又一次提議。
「我的工作還沒結束。」子緣否決，「等到那時候再說吧。」
「你真的這麼相信少主？」
「對。這些詐騙的垃圾都要解決掉。只有這樣才會變好。」
「少主說的？」
子緣沉著臉回答：「跟是不是他說的沒有關係，我就是這樣認定。」
你還是想要報復那些人吧，欣欣心想裡著，沒說出口。她沒必要也不想激怒子緣，不是怕他生氣，只是不想造成多餘的不愉快。子緣身上擔著的東西已經太多了
子緣離開實況區，在滿桌的食物裡翻找，最後拿出一個塑膠袋，裡面有用紙團包著的，也有從西門町推銷三人組那邊買來的文具包。文具包內塞著滿滿的千元鈔票，是少主固定支付給

子緣這類人的佣金。

子緣抽出好幾張鈔票塞進口袋，剩下的全部交給欣欣。

欣欣婉拒，「我不需要這些……我開實況的收入算穩定。你留著吧。」

「就當幫我保管。這麼多錢我留著也不知道用在哪。」子緣把提袋硬放在欣欣的手心裡。「總有一天，等我把這些垃圾都解決掉，想找個鄉下或是海邊住下來。再也不用管那些有的沒的，也不會有莫名其妙的爛貨來鬧。你幫我存，我數學差，對錢沒什麼概念。」

單從手中傳來的重量，欣欣就知道這筆錢有一定的金額。她了解子緣不單是要存錢，另一方面也是為了她好。「好啊，那你要儘快。趕快把那些人都解決掉，不然我會帶著你的錢偷偷跑走。」

「那都給你吧。找一個地方好好生活，也不用陪笑臉應付觀眾。」子緣無所謂地說。

「你這種反應……真的不適合開實況喔，要再多練習！開玩笑的，這些都是你的錢。我會好好顧著。可是你要小心，別受傷。」

「那些只靠一張嘴的白痴神棍又動不了我。」子緣囂張表示，不屑地冷笑：「我更不是會盲目亂信的智障信徒，在神棍開始胡說八道之前，我會先把他們的牙齒都打掉。」

「這樣真的不好。」

子緣反駁：「這樣才好。如果我早一點開始，當初就不會被送進那種地方。你還記得吧？

愛是恆久忍耐、又有恩慈、愛是不嫉妒、愛是不自誇……這些他媽的垃圾鬼話你都記得嗎？記得吧，你一定記得！」

欣欣遲疑著，然後才慢慢點頭。明明是讚揚愛的話語，聽在耳裡卻格外諷刺。

「打著神與慈悲的滿口屁話就能亂來。那些愚蠢的、只看表面的人還相信這一套，信他們裝出來的嘴臉。這不公平！多虧這些人，我的左耳毀了。」氣憤的子緣用力拉扯左耳。可是無論他如何惱怒，毀壞的耳朵沒有復原的可能了。

欣欣被他突來的兇勁嚇到，不自覺退後。然後心疼上前拉著他的手腕，哀傷地說：「不要去想這些，沒事了。他們都不在了。不是嗎？你已經自由了。」

「沒有，還沒有。只有把這些東西都毀掉才算數。不說了……我撐不住了，要睡一下。」子緣像忽然給重槌敲擊腦袋，頭鈍重得彷彿灌鉛。

霸道造訪的並非全然是睡意，是肉體與精神過度消耗後的深沉疲憊，從身體每個細胞竄了出來，要把子緣的意識拖進無底的黑暗深海。

他終於無法再支撐多一秒，整個人面朝下摔進沙發，頭自動埋在雙臂之間，遮去室裡的光。在反射性吐出的虛弱呻吟後，意識中斷。

欣欣疼惜地望著子緣的背影，罩在外套下的他看起來好像比以前又更壯了。在她努力經營實況的時候，子緣不單是為少主工作，更不間斷鍛鍊身體，這是他自保的方式與少數可以依靠的手段。欣欣幫不上忙也無法介入，只能祈禱，願他早日脫離這一切。

她安靜收拾茶几上的食物，把未吃乾淨的殘渣集中起來、拆散的包裝整齊折好，全部收進塑膠袋暫時擱在玄關旁的角落。把濺灑到食物湯水的桌面擦拭乾淨後，欣欣到浴室洗手，抬頭看見鏡中的自己，猶豫之後拔下隱形眼鏡，反正今天不會再開實況了。

回到小客廳，欣欣關掉大燈，點亮星空造型的夜燈，無數星辰便落在屋內的各處角落，一伸手彷彿便可摘星。

她抱著膝蓋坐在沙發旁的地上，幾坪大的空間頓時好安靜，除了偶爾從浴室水管傳來的流通聲。她仰頭看著天花板的人工星辰好久好久，身後傳來子緣低低的打呼聲。

她抱來兩份毯子，其中一條替子緣蓋上。望著從雙臂中露出的部分側臉，她伸出手指，停在子緣的臉頰邊好一會，才輕輕點了一下。

收回手的欣欣用另外一條毯子把身體包裹起來，把頭倚在椅墊上調整舒適的角度。

「晚安。」她說。

子緣沒聽見。

他聽不見的，太多了。

九、可以吞下的肚都吃

火與雨。

暴雨來臨前的那一天。

烏雲滿布的天空黑沉得彷彿能壓垮市區，空氣黏著厚重的濕氣。子緣打算帶傘，卻被父親否決。父親說向神明求過了，這幾日都將無雨，出門無虞。剛放學抵家的子緣就這麼放下書包和雨傘，隨著父親出門。

他們要拜訪一名師姊。子緣只知道這些，儘管興奮的父親說了很多很多，卻都是他聽不明白的，不能理解那些神是如何靈驗、師姊的道行又多厲害。只知道父親日夜向眾神祈求大富大貴，家裡卻一天比一天窮，每隔幾日還會多出來路不明的神像，或是用途難辨的器具。

子緣踩著磨損嚴重的舊鞋，跨上父親那台老舊的機車。引擎聲聽起來有氣無力，不比父親乾枯帶黃的面容健康。可是父親在訴說神明相關事蹟的時候，眼裡總是透著異樣的光，是狂熱的，不帶理性可言的神采。

機車以緩慢的時速行駛出熟悉的日常街道，四周的景色陌生難辨，子緣終於記不得路，只認出雲層的顏色越來越深，好像與父親兩人正往最不透光的地帶前進。明明離落日尚早，馬路旁的樓房卻已覆著暗塵。

離開樓房交錯擁擠的地段，這裡的獨棟宅子給圍牆分隔開，這些華美的外觀子緣只在派發的傳單上見過。原來真有人住，不單是宣傳的商品。

父親匆匆按下入口門鈴，對講機傳來禮貌但疏遠的聲音，問來訪的是誰。雖然不見對方，父親仍陪著過分客氣的笑，說明與那什麼師姊有約。順利入屋後，在管家模樣的男人招待下，子緣與父親在沙發等待。

子緣環顧室內，沒想到單是客廳就要比自家的租屋寬敞。不禁猜想，說不定廁所會比他的房間還大？

師姊終於出現，是個肥腫得像灌壞的糯米腸的婦人，褲腰還擠出一圈幾乎要撐破衣服的肥肉。闊嘴塗上麥當勞叔叔般誇張的大口紅、黏在浮腫眼皮上的假睫毛長度參差不齊，像菜市場沒拔淨雜毛的豬肉塊。

師姊刻意發出嘻嘻呵呵的俏皮笑聲，與年齡毫不相稱。當她開口說話，濃重的口臭令人下意識屏住呼吸。子緣亦是緊緊忍住，就怕吸進了會毒發身亡。但是父親卻能熱絡與之交談，完全不被惡臭影響。

交談的內容全是淺顯的白話，可對子緣來說毫無邏輯可言，無法準確捕捉其中含意，甚至連完整成句都有困難。好像是來自外星球物種的語言。

那些關於神明的一切，他都不懂。慈悲救人也好、給予警懲也罷，都是要比天方夜譚還要虛幻的故事。

子緣開始有股衝動，想大力搖晃父親的肩膀，要他醒醒。若真有神，若神在看顧，怎麼會讓母親離了家從此不再往來？

這是祂們——那些名為「神」之物所樂見的嗎？

他忽然想起父親眾多關於神的話語中的其中一段：「是你媽媽不好，她不懂事。」不知道父親有沒有看過母親偷偷哭泣的模樣，他見過嗎？

父親與婦人說得興起，口邊都積了白沫。正好管家端來兩個瓷杯，分別放在子緣與父親面前。杯裡的液體清澈透明，說是沁涼的山泉水，拿近卻飄出符水特有的燒紙與香灰味。

婦人笑著示意兩人喝下，口渴的父親一飲而盡，繼續侃侃而談。

子緣遲遲沒有動作，他不渴，也不想亂喝這些撒了有的沒的東西的髒水。以前他喝過幾次，無一例外都以腹瀉收場。

子緣的抗拒被發現，婦人又一次邀請他飲用，父親跟著回頭，來到這裡這麼久了，這是他第一次正視子緣。喝啊，快喝。父親催促，見子緣依然不碰，急了，直接拿起瓷杯要強灌。加上婦人與身後管家視線施加的壓力，子緣終究得屈服。

味道嗆人的符水入口，子緣險些嘔出，好不容易才吞嚥進肚。符水通過食道時冰涼滑溜，讓他起了雞皮疙瘩。

見他全數飲盡，婦人滿意地笑了笑，又繼續與父親聊天。子緣靠著沙發，慢慢消化這股噁心感，可惜沒有退散，反倒逐漸頭暈，開始反胃想吐。彷彿有成團蟲子從胃袋湧上。礙於父親會責罵所以只能強忍。

直到終於支撐不住，子緣決定詢問廁所在哪，一直苦忍的他才發現父親沒說話了，身子早已軟倒在沙發上。

子緣強忍暈眩，搖了搖父親，不料稍一施力，眼前的景物開始模糊、旋轉。

他看見婦人的粗口紅拉成一圈又一圈的紅。這個人正在對我笑。子緣心想，渾身發冷後終於忍不住倒回沙發。那一圈又一圈的紅越來越近。婦人在接近他。

他知道事情不對，真的不對。符水有問題。不該喝的，不該……

「哇！」子緣驚醒，卻被睡得痠麻的雙臂影響，又倒回沙發。

他頭抵著椅墊，維持趴睡的姿勢。雙臂彷彿通了電，又麻又重，連挪動手指的餘裕都沒有。他難受地喘息，腦內有心跳劇烈鼓動的迴響，砰砰砰砰地不斷撞擊腔室。

幸好、幸好頭不暈。現在的他沒碰符水。沒事，噁心的婦人不在。

夢回往事並非愉快的體驗，尤其這是他被欺騙因而厭惡宗教的開端。對，是開端而非結果。他人正在這段漫長的過程上，要砸開一條血路。看最後究竟是他先萬劫不復，抑或滿口虛妄謊言的神棍先入地獄。

在一次次的行動中，那些裝得煞有其事的神棍大抵上少有反抗機會，遇到純粹的暴力，再滑溜的舌頭也避不過。

子緣特別記得，奪去神棍積蓄的錢財時，浮現這些人臉上的表情是有多麼痛不欲生，好像給人砍去命脈。當然他不會僅僅因為這樣就滿足，會必要性地施以拳腳製造疼痛。

對，他給予，這些人領受。

躲不過的，神棍因為鈔票還有受人崇拜的快感而遲鈍。子緣則把牙磨得極利，隨時隨地準備好要撕咬這些神棍的咽喉，逼他們喪命。

務必全部，屠戮殆盡。

室內的大燈忽然亮起，子緣聽見沙沙的腳步聲接近。該死的手還在麻。惡夢的餘韻讓他下意識戒備起來，扭頭盯著聲音接近的方向。

「你醒了？」那聲音輕輕地問，像雪、又像羽毛不帶重量。

完好的右耳接收到，辨識出來。是欣欣。子緣才想起來是在欣欣家睡著。心安的他放鬆全身的肌肉，卻牽動麻痺的雙手，那股麻勁一陣陣擴散開，蔓延整條手臂。他忍不住吼出聲：「啊──」

「身體不舒服？」欣欣關心地問。

「手麻……」

「噢，」欣欣的聲音聽起來在笑，「我幫你按一下？」

「嗯。」子緣接受提議，但是當欣欣冰涼的指尖觸摸到手臂時，不斷泛起的痠麻感還是令他難受。耐痛的子緣對這真的沒轍，咬牙強自忍受，不能理解怎麼能痠成這樣。

「我睡多久？」他問。

「差不多兩天囉。還好你都有打呼，不然以為你死了呢。」欣欣盡量控制按壓的頻率與力道，免得子緣太難受。她按了一會，伸手把垂落的頭髮放到耳後，露出完整漂亮的側臉。

「怎麼可能。」子緣冷哼。

「是齁？」欣欣故意加重力道，害得子緣叫出聲。

「喂，你故意的！」

「沒有，不小心。」欣欣裝傻，順便岔開話題：「我有買吃的回來，你睡這麼久一定餓了。」

「是有一點。」隨著子緣越來越清醒，誇張的食慾也跟著復甦，還靈敏地嗅出食物的味道：「炸雞？」

「還有壽司。剛好你醒了，不然放久不新鮮。」

「頂多拉肚子。好了，已經不麻了。」子緣慢慢抽回手，按著沙發坐起。跪在沙發前的欣欣穿戴黑色鴨舌帽跟寬鬆的牛仔外套，內裡是白色T恤。

「你是剛回來喔？」

「對呀，你等我一下。」還沒換回家居服的欣欣起身，拎來兩只運動用品店的紙袋，那期待的樣子彷彿是她自己要拆開禮物，「打開看看？」

子緣瞥了袋內，裝的都是鞋盒。於是心裡有底。

「尺寸跟版型應該都合，我先量過你那雙舊鞋。你喔，鞋子要定期更換，鞋墊磨成那樣，穿久對腳不好。」

「懶得跑鞋店，應付店員很麻煩。」子緣把鞋盒放在腿上，打開一看是黑色adidas PureBOOST慢跑鞋。編織的鞋面減去不少重量，拿在手中很輕。

他套進試穿，鞋底足夠柔軟，穿起來跟那雙面目全非的舊鞋完全是不同檔次。

子緣原地試著跳了跳，還行，感覺很好。

他打開另一箱，這雙鞋的造型與一般的鞋子不太一樣，鞋底特別墊高且偏硬。「深蹲鞋？」

「對呀，」欣欣開心地說：「誰叫你是重訓狂，所以我想換專門的用鞋應該訓練效果會更好？可是只剩紅色的，顏色應該沒關係吧？」

「我記得這不便宜。」子緣翻了翻口袋，從大疊的千鈔抽出一半。

欣欣拒絕，「不要，我不收。小禮物而已。而且我欠你的太多。」

「你又沒欠我什麼。」子緣拉住她的手腕，硬是扳開掌心把錢塞入。

子緣手掌因為握槓結出的厚繭很粗糙，讓欣欣以為自己的手被砂紙磨過。拒絕不了的她只能暫時把錢拿在手裡，然後挪出另一手攤開子緣的手掌。指根結著碩大的厚繭，手指上的皮膚粗糙龜裂。這是長久以來累積而成的。

她忍不住用指尖輕撫。

「怎麼了？」子緣一臉莫名其妙，手掌有什麼好看的。

「你要好好休息。別把自己累垮。動不動就不睡覺真的對身體很傷。你這樣有一天會暴斃。」欣欣嘆氣，「快吃東西吧，你需要補充能量呢。」

子緣放下鞋盒，在咖啡桌旁坐下。打開塑膠餐盒直接徒手拿起鮭魚壽司，一個接一個往嘴裡塞，連醬油跟芥末都省了。

看他吃得這麼急，貼心的欣欣打開日式綠茶，預備好先放在一旁。果然沒多久子緣噎著，趕緊拿綠茶猛灌。打了個嗝後他又什麼事都沒發生過似的，繼續往嘴裡塞壽司。

子緣吃得如此起勁，欣欣看了也放心，很高興能餵飽他。她脫掉鴨舌帽放在一旁，開始玩起手機。

「你在幹嘛？」子緣隨口問，已經解決掉三盒壽司的他開始吞食炸雞。

「回訊息呀，我創了Line群組，成員都是固定支持我的觀眾。」欣欣邊回答，手指邊飛快鍵入文字還附上貼圖。「有時候還會辦固定聚會，下次你要不要一起來？順便介紹朋友給你認識，我的觀眾有好幾個可愛的女生，應該會喜歡你這種囂張的屁孩。」

「不要。你才是屁孩。」子緣往壽司的塑膠空盒扔雞骨頭，抓起整袋麥克雞塊。咬沒幾口卻突然放下，好像突然喪失對食物的興趣。「喂。」

「嗯？」欣欣抬頭，不太理解子緣突然嚴厲的口氣，難道是因為他比較喜歡肯德基而不是麥當勞？

「不要跟他們太親近。」臉色陡變的子緣警告，氣勢與虐打神棍時有幾分相似，「保持距離，不要讓他們發現你的祕密。」

原來不是生氣，是關心。欣欣忍不住開心，微笑著說：「不會的。只有你知道。」

子緣伸手按在欣欣頭上，揉亂了她的髮絲。

「自己小心啦。」子緣生硬地說，關心人的話實在不適合從他嘴裡說出來。

「你才要凡事注意。真的有危險就聯絡我，好嗎？」

「出事連逃都來不及了，哪有時間找？不要跟我有聯繫比較好。」子緣沒繼續說的是，他怕哪些真的意外出事了，那些人會找上欣欣。

他不蠢，知道自己的工作具備一定的危險性，可能連累身邊的人。所以沒留給欣欣聯絡方式，會來拜訪也是久久一次。所以欣欣看到子緣出現才會那樣意外。

兩人僅存的固定互動，只有欣欣開台而子緣在聊天室留言的時候了。

「至少除夕夜一起吃年夜飯吧？年菜我準備，現在預訂還來得及。你有什麼不吃的嗎？」

子緣霸氣回答：「可以吞下肚的都吃。」

「好，那約好囉，除夕那天我等你！」

十、年夜飯讀取中請稍候

農曆年節近了。

從派報人那收到的「白紙」隨之暴增。這幾日的子緣彷彿衝往下坡的車輪，一但滾動便無法停下，暴力輾壓列於「白紙」上的名單。

號稱轉世活佛的聖僧，被子緣打到不敢再以此自居，自承是無藥可救的騙子，哭求子緣放過他，來生做牛做馬必定報答。

以修煉抗火神功當噱頭，藉此廣納信徒的祕教教主被子緣燒光頭髮，頭皮冒滿噁心水泡。所謂的神功護體完全不敵超商販售的二十元打火機。

曾經上過電視節目，自稱擁有天眼能夠洞悉前世今生的靈媒，差點被子緣拿菸燙瞎眼珠。原來不管怎麼看，都沒料見這次的劫難。

沒完沒了，無窮無盡。這些騙徒堪比蟑螂，滅去一隻，暗處還躲著幾十隻。

子緣的拳頭不分晝夜，反覆沾染鮮血。傷口綻裂，他無心包紮。近日行動的頻率密集，負傷的手部沒有時間休養，每次揮拳都能確實感受到疼痛。偏偏執拗的他要以這種接近自殘的方式，施予最嚴厲的教訓。

終於，來到除夕當天。解決名單最後一個目標。

子緣用那雙染紅的手點起菸，指尖未乾的鮮血滲進濾嘴，脫力的手指不受控地顫抖。縱使他還年輕又擁有強壯的體能，仍是難掩疲憊。

放空的眼神越過冉冉上升的煙霧，投向精舍一隅懸掛的窗簾。簾間縫隙滲出餘暉，在地板化成橘紅色的光磚。

時間還早，能趕上與欣欣約定的年夜飯。

子緣鬆了一口氣，甩甩手，脫出的血珠灑開一道紅痕。菸蒂從手中掉下，落在血上熄滅。他跨過菸蒂，走往半死不活的神棍，在那驚惶的目光裡，他揪起對方衣服，拭淨手中的黏滑血污。拳頭表面滿是破碎的皮屑，鮮血斑斑。拳上大大小小的傷口在發燙，猶如火燒。

本來以為能夠撤退了，不料進行善後作業的蟑螂帶來新消息，要求子緣支援別處的行動。

「怎麼找我家子緣？什麼狀況需要這麼衝動的傢伙？」阿塵在旁說閒話，沒事的他樂得輕鬆，藏不住笑意。

「正是需要他的狀況。」蟑螂的回答與敷衍無異。

自討沒趣的阿塵不再多問，拍拍子緣的肩，「好啦，能者多勞。玩得開心一點。我要去找妹子吃年夜飯啦！」他把分得的鈔票塞進口袋，吹著輕快的口哨離開。

子緣沒理會阿塵的調侃，惦記與欣欣的約定，知道她一定會精心準備。那個傻子比誰都還要貼心，說不定現在正忙著把菜擺上桌。

他遲疑了一下，放棄詢問新派遣的行動會花費多久時間，這事沒有人說得準。蟑螂也不見得會透露。這些臥底的反應很單調，只說必要的話，更多的時候是沉默或敷衍。

既然自己是被特別指派的，就代表某種程度的肯定。子緣非常樂意能為少主效命，可是仍不免希望能夠盡早了結，不願讓欣欣苦等。

「車在樓下。」蟑螂交代，是慣有的語調，冷淡得像與陌生人交談，卻又補了句：「凡事小心。」

「哇，你今天好像特別親切喔？轉性了啊？」阿塵稀奇地說，上下打量蟑螂。被盯著瞧的蟑螂沒有多餘反應，直接當阿塵不存在。

子緣點頭，表示明白了。

下樓之後，便看見等待他的黑色廂型車停在路肩，駕駛是其他眾多的蟑螂之一。

子緣一坐定，黑色廂型車隨即出發。

在市區行進的半小時，子緣與駕駛的蟑螂沒有任何交談。他沒有主動詢問行動的詳細情況，蟑螂亦顧專注開車。

直到又一次在路肩停下，另一個支援的刑組上了車。

除去固定搭檔的阿塵，子緣對刑組的其他人毫不熟悉，不如說是從沒放在心上。厭煩與人打交道的他不是會主動套關係的人，卻對現在上車的這人有印象。

那是極少數會讓子緣特別記下臉孔的傢伙。這人二十來歲，生著一張國字臉，總是笑笑的，一副隨和容易相處的好人模樣。可是手段兇殘，與子緣是刑組內著名的狠角色。

子緣思索，是什麼樣的狀況需要同時派上他跟國字男？

國字男打過客套的招呼，子緣快速點點頭，擺出「我現在不想說話」的臭臉，望著車窗放空恢復體力。

曾幾何時台北每到除夕便成了空城。在夜裡，就連車流量極大的忠孝西路偶爾才有車輛駛過。可是隨著近幾年的年節氣氛越來越淡，市區的車流與往常無異，甚至還要擁擠得多。

廂型車開開停停，好不容易脫出擁擠的鬧區，行經高架橋後來到工廠密集而住宅零星的地段。多數工廠因為年假所以鐵捲門閉緊，只剩少少幾間有人出入。

廂型車拐進彎路，輾過窄道散落的碎水泥塊，最後在一間修車廠外停下。

廠外堆著報廢的舊輪胎，拉掩的鐵捲門覆著土塵。子緣注意到，廠邊的角落停著另一輛黑色廂型車。

上車這麼久，蟑螂終於說話。

「這次負責押送誠德會的幹部。會臨時調派你們，是因為原本負責的刑組人馬受傷，現在缺人。我們這車開路。最後面有工具，自己挑順手的。」

子緣與國字男雙雙回頭，後面座位擱著幾支金屬球棒、大鎖、甩棍、開山刀……

「誠德會背後有黑的？」國字男選了金屬球棍，握在手中確認手感。

「對。本來要直接押走幹部，結果被圍場的攔到。沒人死，但有幾個不能動了。所以派上你們。」蟑螂說話的時候，傳出手槍的上膛聲。

「我能拿槍嗎？」國字男笑問。

「就這一把。我拿。」蟑螂把手槍放到副駕駛座，用黑色刷毛外套蓋好，隨後取出手機聯絡：「到了。」

蟑螂通知完，手機同樣丟到副駕駛座。「這次的風險大，報酬也比較好。」

「就當領額外紅包。」國字男仍是那張隨和笑臉，可是眼裡不帶笑意，不時看往被藏掩的手槍。

子緣眼睛掃過後座的工具，選中開山刀。他解開纏繞刀身的布條，改捆在握柄防止手滑。指尖撫過剛硬的刀脊，冰涼的觸感沒害他骨寒，反而一陣心癢。

誠德會的名號他是聽過的，是有名的宗教組織，台灣幾個主要城市都有據點。這次擄走對方的幹部，實在是一大斬獲。正面跟誠德會槓上，讓子緣有股坐立難安的興奮。

至於背後有黑道撐腰，他完全不以為意，這早已是檯面下公開的祕密。錢的氣味恰如甜美誘人的果實，足以引來各路牛鬼蛇神。別說是黑道，與政客名流掛勾的也不少，更不論愚昧盲信的諸多信眾。

這些醜陋的養分，讓偏離善旨的宗教團體張狂生長，最終為禍。

子緣把開山刀橫放膝上，雙手各別按上刀身與握柄。他挺直腰桿，有一種莊嚴悟道的態勢，彷彿等待捨身殉道的教徒。可是剛硬臉龐顯露出的，盡是兇戾的修羅氣燄。

以戰養戰，用各式殘虐手段凌逼騙徒，要脅他們罷手不幹這些低劣的詐財勾當。久浸其中的子緣日復一日不斷推移，終究跨向偏離常軌的極端。

「你的手很精彩啊，難怪別人都當你瘋狗。」國字男盯著子緣滿目瘡痍的手背，語氣聽不出是褒是貶，或是與同為刑組的較勁意味。

子緣不答不理，雙眼保持直視前方。

修車廠的鐵捲門緩慢升起，在半空戛然而止。兩名氣勢剽悍的男性率先鑽出，確認附近沒有異常，鐵捲門才繼續上升。幾人陸續現身，同樣身懷危險的氣息。

一個短捲髮的墨鏡阿伯被包圍其中，雙臂被左右兩旁的刑組夾著。嘴角不屑地撇向一邊，即使被擒，還是保有慣於發號施令的人特有的跋扈。

尚未被刑求的他臉上無傷，行走也無礙。

「原來幹部長這樣子，標準的流氓臉。金項鍊也沒少。」國字男打量車外，「那些人也是刑組？沒見過啊。」

「負責的行動層級不同。」蟑螂簡單說明。

這恰好是子緣在意的部分，這些現身的刑組顯然比其他人沉穩，年紀也更年長。面對斂財神棍時見多了虛張聲勢的威嚇，更讓子緣明白，這些刑組內斂的氣勢下暗藏的危險性。

這些人押了誠德會的幹部進入另一輛黑色廂型車。容納不下的另外兩名刑組來到子緣這車，於是子緣跟國字男退到最後面的座位。

子緣當然不是遵從長幼禮序或輩分的無聊人，全是出於對同業的尊重。這些人同樣是少主的手下，負責的行動也更為重要。這就足以令他讓位。

比起讓位這種小事，子緣更聚焦在自己有沒有進入高等刑組的機會？他快要無法被慣見如雜魚的神棍滿足，開始渴求誠德會這種規模等級。

上車的兩個刑組沒有選取武器。子緣在猜，說不定有佩槍。

押送誠德會幹部的廂型車閃爍了幾次車頭燈，是出發的信號。

「等等如果有狀況，直接動手。」蟑螂出發前提醒，自然是向子緣還有國字男交代。

車子駛出碎石路，天色已然全暗。路燈的橘黃光芒照得路面昏黃，帶著酒吧似的頹靡感。

在交錯的光影間，子緣端坐按刀。

哼著歌的欣欣顯得心情特別好，旋律是她作為實況主的成名曲、亦是許慧欣經典的〈七月七日晴〉。雖然是好久以前的歌了，但經典就是經典。

她把剛收到的年菜一盤一盤擺上桌，從冷盤開始的紹興醉雞、涼拌海蜇皮、麻辣牛筋，接著是肉品類的黃金蹄膀、獅子頭、蒜苗炒臘肉、八寶鴨，當然少不了海鮮的花雕蝦、彩椒糖醋魚、乾燒魚頭，還有湯品的鮑魚佛跳牆跟四寶豬肚湯。

有了前菜主菜與湯品，更不能缺少撫慰心靈的美味甜點，最後是奶皇包跟桂花糖藕收尾。

原本的咖啡桌當然不夠擺，她特地多買一張，就為了放下全部的年菜，方便子緣取用。

訂年夜飯的餐廳是她專程向實況台的觀眾募集意見，選出好評數最高的前兩家，就怕不小心踩了雷訂到難吃的菜色，掃子緣的興。

從約定吃年夜飯的那天起，欣欣便一直掛記這件事。忙完的她滿意看著豐富得嚇人的兩桌菜，完全不擔心子緣吃不下。

她知道子緣曾經長期挨餓，吃不飽也睡不好。後來養出的恐怖食量，像是要彌補那時的食物匱乏，也或許是怕餓了會想起那些日子。可惜睡不好的毛病擺脫不掉，超過二十四小時不睡覺是常態。

她真的很擔心，怕子緣有天會累倒。

可是那個比誰都頑強的傢伙一定會再爬起來的。這幾年子緣的掙扎，欣欣都看在眼裡，有時候會心虛地反省自己是不是太幸運了呢？實況主當然不是輕鬆的工作，但比起子緣，她的那些辛苦都不算什麼了。

她常常盼著，能替子緣分擔一些。偏偏他總要自己擔著，還嘴硬地都說沒事。但他陸續以來的改變與積累的傷，她亦看在眼裡。

子緣已經陷入極端，她拉不回，只能試圖別讓子緣陷得太深，失去回頭的可能。

欣欣一直不肯細辨對子緣抱持的情感，能明確區分出的是謝意，子緣在她最無助痛苦的時候拯救了她。在感謝之外的，她不敢、也不能去想。

子緣是不可以接受她的。

欣欣忽然泛起微笑，那是苦澀的，與喜悅無關。她自認的缺陷，讓所有的奢望從一開始便胎死腹中，連乞憐的資格都沒有。

只求子緣可以早日擺脫這一切吧，別再被昔日的夢魘禁錮。或許再找個伴，一個可以照顧他、容忍他所有脾氣的好女孩，開開心心在一起。

欣欣越想，笑容越苦。她不再哼歌，開始留意時間。

手機跳出通知，Line有人傳來訊息。欣欣想著也好，趁等待的時候在群組向觀眾們說聲新年快樂。已經預告過今天不會開實況了，想專心在約定好的年夜飯上。

她點開手機，傳訊息的是相當熟識的女觀眾，叫小茄。

這個女觀眾很熱心，幾次欣欣與觀眾們的聚會都是她主動幫忙，省去不少麻煩。現在的訊息除了拜年之外，又提到那件事，讓欣欣看著就頭痛。

小茄的為人雖然熱心，可是常邀欣欣去參加宗教團體的聚會。一再強調師父有多厲害，大抵上不脫那些虔誠信徒的吹捧。

她嘆了氣，耐著性子應付小茄的糾纏。她對宗教相關的事物同樣是敬謝不敏，絲毫沒有出席的意願。可是小茄一直給予不少幫助，總是拒絕也是尷尬……

欣欣再次嘆氣，希望子緣快點出現，讓她暫時擺脫這些煩憂。

兩輛黑色廂型車一前一後，以穩定的速度穿梭在市區內，行經的盡是偏僻少人的道路，顯然早有規劃。

紅燈。
黑色廂型車在十字路口的交通號誌前接連停下。
綠燈持續倒數，忽然一輛暴衝的白色裕隆汽車橫攔在斑馬線上，擋住去路。
居後的黑色廂型車果斷倒車，忽然又闖來另外一輛白色的裕隆汽車斷去退路，形成前後包夾的情勢。
白與黑，恰如對峙的棋面。
橫攔在前的白色裕隆汽車忽然降下車窗。一隻手臂探出，掌間的手槍黑沉，彷彿吸飽漆黑的夜色。
火光、硝煙。街道被巨響劃穿。
子彈射穿黑色廂型車的擋風玻璃。

十一、優渥報酬的代價

蟑螂早有預備，在對方探出手槍的瞬間彎身躲避，腦袋逃去中彈的命運，貫穿擋風玻璃的子彈鑲進駕駛座椅背。

車內遇襲的眾人紛紛壓下身。子緣提刀在手，尋找下車反擊的契機。意圖阻擾似的槍聲又響，擋風玻璃再破開龜裂白痕。

反射性低頭的子緣對這樣的舉動感到可恥。找上門的必然是誠德會那夥無恥騙徒，現在不是龜縮在車裡的時候。

鄰近的國字男皮笑肉不笑，三角眼閃過狡詐的光：「難怪報酬好，是賭命呀。」

子緣沒理，在制衡發自求生本能的恐懼，要讓戰意凌駕於其上。過去不是沒見過人拿槍，深知其中危險性，只要一發子彈就能奪去性命，毫無失誤的空間。

何況子緣的作風雖狠，卻不是會隨意送死的人——**從來他都只想當最後活下來的那一個。**

「穩住。」蟑螂踏下油門，黑色廂型車像脫出獸閘的奔牛，撞上面前的白色裕隆，擋風玻璃碎冰般灑落在引擎蓋上，連帶暫停對方的槍擊。

沒等車身的震盪退去，蟑螂與兩名刑組掏槍開火。槍聲轟爛了除夕夜該有的安寧，吵醒附近停放的小客車，警報器接連作響。混亂的聲浪席捲十字路口。

另一名刑組趁隙推門下車，藉著掩護不停射擊白色裕隆的駕駛座。發燙的彈殼墜地冷卻，在裕隆的白色車身留下醜陋的黑色彈孔。

蟑螂開槍之餘不斷從後照鏡確認後車狀況，一再閃爍的火光證明後車同樣陷入交戰。

蟑螂對子緣還有國字男使了眼色：「去幫後車！我掩護你們。」

收到命令的子緣與國字男趁隙從後座鑽出，挨在後車的車頭伺機而動。可惜流彈不斷，只有躲藏的分。

這邊幾名刑組亦有佩槍。國字男看了看手中的金屬球棒，又打量子緣的開山刀。「你真想拿這種東西拚命？別傻了！留給蟑螂跟那些刑組吧！」

「為什麼？」子緣不時探頭找衝殺的機會。他發現掌心冒著濕黏的汗，趕緊往衣上抹乾。

「因為他們有槍，我們沒有。除非你是瘋了！」國字男將球棒抵地，投來蓄意挑釁的目光。即便以國字男手段兇殘聞名，遇上這種局面也得優先考慮如何自保。

「就當我瘋了。」子緣握緊開山刀。

忽然一陣慘呼，一名刑組中槍倒地，冒血的右胸成片濕紅。忙於交戰的其他人無暇顧及，國字男爽笑一聲，扔下球棒衝了過去。他扳開那名刑組的手指取過手槍，全程無視那名刑組因為劇痛發出的呻吟。

終於得逞的國字男舔了舔嘴唇，將槍好好端詳後上膛，衝著子緣笑：「還是拿槍好，現在就殺給你看。」連帶說出真話：「今天以後其他人就會明白，我比你這條瘋狗更兇。」

「隨便你。」子緣冷淡以對，頓時將這人的評價貶至最低。原來是個在意名聲的蠢貨。

「哈！」國字男笑得歪嘴，有槍在手的他忍不住狂妄，霍然站起扣下扳機。

槍聲之後，子緣臉上忽然一陣溼，國字男同步仰倒，後腦重重撞擊柏油路面，濺開暗紅色的溼滑鮮血與頭顱碎塊。

子緣的視線隨著落下。

國字男被子彈貫穿的右眼化成漆黑孔洞，像一口細小深井，通往生命的盡頭。幾秒前才宣示要大開殺戒的人，現在成了連呼吸都辦不到的肉塊。

近在眼前發生的死亡是如此霸道。

子緣抹去噴飛在臉頰的血跡，赫然驚覺雙腿竟不能移動半分，失卻重新站起的力氣。

他想起欣欣的臉，如果出事，她會有多擔心？

遲疑之間又有一名刑組倒下。撕裂臟腑般的哀號穿越重重槍聲，灌進子緣耳中，聽起來很痛、很痛，連飽經歷練的高等刑組都忍受不住，要像個驚慌的孩子亂叫……

幾輛黑色馬自達洶湧疾駛過來，將子緣等人包圍在車道。一看就知道絕非增援。果不其然，蜂擁下車的盡是面目兇惡的黑道中人，刺青與刀械全沒少，其中幾人手按腰間明顯藏槍，人數更是子緣這方的數倍有餘。

擔任行動負責人的高等刑組立刻下令：「撤、全部都撤！」

「誠德會的幹部怎麼處理？」蟑螂冷靜詢問。

「不管了！」負責人率領殘餘活口逃命，子緣跟著跨越分隔島，一夥人狂奔逃脫。

這個舉動彷彿點燃巢穴，引出憤怒的蜂群。對方幾十人拔腿衝來，喊殺聲不絕噴出。

子緣衝過馬路，穿越沒能散去的硝煙奔往對街，身後是舉刀追殺的大批流氓，刀鋒反射路燈的光，刺眼而眩目。他逃跑間倉促回頭，目睹誠德會的幹部已經被手下救出，正遠遠看著他們逃竄。

子緣看不清那張臉的表情，頓時有個念頭閃過——誠德會的幹部說不定正冷笑著，笑他們如螻蟻般要被輕易捏死。

「分開跑！」一名刑組回頭連開數槍，首當其衝的流氓手臂中彈，又叫又跳退到路旁，緊抓流血的手臂，其他流氓暫時因為忌憚放慢腳步。

子緣這方立刻分散開來。他仗著驚人的體能，加以腎上腺素的作用更是速度飛快，與身後的追兵拉出距離。

眼看即將擺脫之際，前面街口忽然傳出槍聲，落單的子緣直接遁入騎樓尋找掩蔽。直到小孩的笑聲傳來，才明白那是鞭炮而非槍響。

渾身汗溼的子緣為這樣的提心吊膽感到可笑，更是可恥。這次行動徹底失敗了，讓少主蒙羞，還放跑誠德會幹部。明明發過誓要將這些騙徒剷除的，竟然敗給怕死的恐懼。

子緣最不能接受的，終究是對於能夠逃跑這件事感到慶幸，完全是苟且偷生的膽小鬼。過去父親誤信邪教，害子緣差點陪葬。當時的他毫無反抗餘地，可是現在不同了，他不該再是過去那個愚蠢的、天真的、只能等死的無助孩子。

被懼意壓制的戾氣逐漸復甦，從子緣全身毛孔散發出來，化成長期纏繞在身的暴戾氣場。

追兵又來了。子緣快速潛入鄰近一棟大門未關的公寓，悄聲將門帶上。陣陣密集而急促的腳步聲從門外竄過。

他手按門把，凝神靜聽所有動靜。腳步聲漸遠，他拉開一道縫，倚在門邊確認現況。還有兩個流氓在騎樓徘徊搜索。

子緣竄出公寓，手握的開山刀藏在騎樓污穢的陰影裡，不帶一點光。那對黑白分明的銳利雙瞳直盯兩個流氓，未曾眨過。腳掌踏地即起，快速的步伐帶起一陣風，拂動纏身的殺氣。

雙方距離越來越近。

終於有一人發現子緣，伸手指著的同時呼喊同伴。子緣跨步，揮落的開山刀劃出撕裂空氣的銳響。

一根帶血的手指落在地上。

這流氓痛苦握拳，將傷指藏起，緊接著亂吼舉刀反擊。子緣動作更快，往手臂斜斬過去。鏘啷一聲，對方的刀應聲掉落，手臂創口鮮血泉湧。

子緣任其蹲地哀號，直接迎上另一名流氓。

那流氓看起來相當年輕，沒比子緣大上多少，身材與精壯的子緣相比更是乾癟如猴。此刻他被子緣的狠勁嚇著，刀舉在身前，人卻是不斷往後退，嘴裡叨叨念著：「靠北咧……敢過來試試看……」

子緣如那年輕流氓所願，步步進逼，更逗弄獵物般不斷以開山刀或敲或撞對方的刀，碰出陣陣令人牙酸的金屬聲響。

「啊！」年輕流氓一退再退，竟蠢得絆倒自己。

毫不留情的子緣手起刀落，飛濺的鮮血灑上握刀的虎口，滲進拳眼。彷彿掌心貪婪吸取鮮血。他將刀換手，把手掌血跡抹在年輕流氓扭曲的臉皮上，隨後睥睨螻蟻般舉腳跨越過去。年輕流氓連抬頭的勇氣也沒有，兀自激烈喘息。

巷尾處，幾名折返的誠德會流氓群聚在那，一字排開的視線遙遙對準子緣。

子緣把開山刀舉在身側，刀身的顫晃不是因為恐懼，是徘徊生死邊緣的快意。心跳如擂鼓砰砰不停，用力撞擊胸腔，發燙的血流竄遍全身。

他驀然聞到灼燒的焦臭——來自好遠的那天。

當時是他親手縱放的兇猛烈火燒盡一切，在那之後便無退路。所有的身後身不復存，都與冉冉升天的焦煙共同逝去。如灰燼般殘留下來的，就是這條爛命。

現在，子緣的雙眼如火灼人。熱氣伴隨低吼吐出，在這寒夜化成大團白霧，被冷風吹散。他並非不要命的瘋子，反而比誰都還要瘋狂地想活下去。之所以主動迎戰，純粹是不想愧對本心。發誓要除盡的對象就在眼前，說什麼都不該避卻。

子緣大步邁出，誠德會流氓亦圍攏過來，瞬間戰成一團。

棒球帽被掃飛到半空的同時，子緣驚險躲開從鼻尖削過的刀鋒，立刻反手回斬，劃過一名黑臉流氓的胸口，抓住對方膽怯的機會欺身上前，揮棍般將開山刀往黑臉流氓肩頭砸去。

「哇啊、呃！」開山刀砍上鎖骨，換來黑臉流氓的驚恐大叫。

逼前的子緣另一手按住開山刀刀背，費盡渾身力氣往下猛壓，深陷肉中的刀鋒拉扯住整件衣服，從黑臉流氓的鎖骨一路劃過胸膛，帶出更加殘酷的慘叫。

血噴上子緣臉龐，害得那張臉猙獰如鬼。他用力一推，黑臉流氓踉蹌跌倒，無法再起。

搶攻的子緣跟著付出代價，後背遭砍一刀，幸虧即時避開沒傷及致命處。偷襲得逞的平頭流氓撇嘴賊笑，露出慣吃檳榔的滿嘴髒牙。

子緣不退反進，衝著平頭流氓猛砍，驚得平頭流氓邊躲邊痛罵：「我操你媽！我操！幹！」

亂鬥中子緣又挨上幾刀。沒能迴避的手臂被砍傷，外套的左袖緊貼皮膚，吸飽傷口的滲血，無法吸取的部分便凝聚指尖，在呼吸間墜落。

他死護要害，強硬與誠德會的流氓周旋。偏偏對方人數占優，來回之間子緣再添幾道新傷，骯髒的黑色柏油路遍灑察覺不易的血跡。

子緣微屈上身，呼吸越來越重。凌亂的瀏海披散額前，沾染發冷的汗水，痛楚開始放大，連帶拖緩速度。刀身不停又不停地顫抖，握刀的手臂脹疼不已，每一條肌肉束都在罷工邊緣。動啊、砍啊、為什麼、為什麼……子緣不甘心，難道一對多的極限到此為止？

「來啊，再來啊！不是很兇？」「糙俗辣，再來啊！」誠德會的流氓也察覺子緣的疲態，開始衝著他叫囂，不時揮刀恫嚇。困獸般的子緣落得只有狼狽退避的分。

平頭流氓見這是砍死子緣的大好機會，赫然欺身逼近。他正舉刀，子緣卻忽然迅速撞來。

平頭流氓愕然瞪眼，嘴角流出一道檳榔汁似的紅痕。

那是不折不扣的血。

平頭流氓嘴巴半張，吐著依然難聽的髒話：「操你……」然後再也無話。因為子緣手中的開山刀沒入他的腹中。

子緣慢慢退開。這不是故意示弱誘使對方上當，全然是臨死關頭的奮力一博，賭的是自己的刀更快。

現在，只有子緣最明白是真正到了極限。

他重重喘氣，趁另外兩個誠德會流氓都看傻，轉身便跑，毫不保留地壓榨僅存的體力，每一步都牽動傷處，得要拚命克制才能不痛叫出聲。

但子緣就是跑。現在除了逃別無選擇。

誠德會的流氓追趕在後，接連衝過幾條街。沿路經過的民宅亮著燈火，滿溢圍爐的溫暖氣息，門外卻是無盡的冷風與舔血的亡命之徒在拚死追逃。

負傷的劇烈奔跑讓子緣胸痛難忍，彷彿肌肉纖維被撕扯拉裂，呼吸變成越來越困難的事。

在這瞬間他再次想起那個問題、以及沒能赴約的年夜飯……

十二、雨和雨

好晚了。

欣欣獨自守在偌大的房，與她作伴的只有滿桌沒碰過的飯菜。封蓋食物的保鮮膜布滿凝結的小水珠，曾經興奮的心情已經逐漸冷卻。

欣欣不時看向牆面的鐘，時間一直走，卻等不到癡癡盼望的電鈴。她坐在織布地毯上，挨著沙發。雙臂環抱住蜷起的膝蓋，慢慢、慢慢、慢慢抱緊，然後將頭深深埋在膝蓋之間。

子緣為什麼還沒來？她抬起頭，無力地靠在膝上，像一隻疲憊的貓。

今年除夕被寒流侵襲，偏冷的氣溫令窩在家中苦等的欣欣有些畏寒，所以換穿長褲。是她偏愛的丹寧布質料，有一種安心的牢固感，與臉頰摩擦時，會感受到特有的粗糙。

不要緊，這是欣欣需要的——她從不穿裙子，衣櫃也沒有。那種輕飄飄的布料太脆弱了。像紙，能被恣意撕開。

她現在好想要聯絡子緣。可惜在子緣的刻意保護下，她沒有任何能與之聯繫的管道，只有子緣主動來訪，或是她開實況時子緣會在聊天室留言。

欣欣覺得或許沒必要這樣極端，連手機或通訊軟體的往來都排除掉。偏偏固執的子緣不肯，她只好順著他。她都知道的，一旦子緣決定的事情，那是鐵打不動的。當初也是這點讓欣欣更加肯定，子緣在外從事的行動絕對具有相當的風險，否則何必如此？

這著實苦了欣欣。她會頻繁開實況，並不是想經營人氣，當然那對於一個實況主而言可能是最重要的事也不一定。可是欣欣說到底，還是為了讓子緣報平安。哪怕只是簡短幾字的留言，也能讓她開心一整天。

好像沒別的辦法了……有了主意的欣欣坐到電腦前按下開機鍵。

本來今天預定不開實況的，要把時間全部留給子緣，兩人好好度過難得的除夕夜。只有他待在身旁的時候，欣欣才能真正安心，至少知道他哪裡都沒去，沒有陷入危險的紛爭，不會又弄得遍體鱗傷。

有一股深沉的擔憂始終藏在心底，她深怕有一天子緣就這麼回不來了。

欣欣簡單測試過麥克風，然後點開實況軟體。收到開台通知的觀眾慢慢湧進，陸續留言：「不是說好今天不開嗎？」「新年快樂發紅包！」「欣欣有吃年夜飯嗎？」「今天怎麼沒開視訊鏡頭？」

隨著觀眾增多，留言慢慢覆蓋聊天室的視窗。欣欣無心細讀，不停往下瀏覽，好像放榜日緊張地想在榜單上找到准考證號碼，現在她一心只想看見子緣的帳號出現。

「怎麼都不說話？」「哈囉，欣欣你還在嗎？」「是不是喝醉不小心開到實況？」察覺不對勁的觀眾們不免困惑。

子緣依然沒有出現。又一次燃起的希望被澆熄。欣欣抿緊嘴唇，黯淡下來的眼神哀傷地望著螢幕，實況台視窗一片漆黑，眼前的電腦螢幕隱約能見到她模糊的倒影。

那首蘇打綠的〈我好想你〉在瞬間浮現欣欣的心底，自然而然地，歌聲脫口而出。

開了燈眼前的模樣，偌大的房寂寞的床……她單純清唱，那是令人聯想到無暇的白色雪山似的乾淨聲音，發自靈魂的最深處。她耗費好多的時間，才練就這樣的歌聲。

我還踮著腳思念，我還任記憶盤旋……還沒唱至副歌情緒最濃烈的部分，欣欣已先哽咽。被她歌聲撼動的觀眾亦無語，留言頓時斷了，都沉浸在她的哀傷裡。

淚水順著欣欣蒼白的臉頰蜿蜒滑落，下墜成雨。

豆大的雨粒不斷打在子緣臉上，冷峻的臉龐混著血和雨。

忽然的滂沱驟雨逼走了夜間逗留的行人。獨行的子緣用力眨動眼睛，想從蒼茫的白色夜雨中看清唯一的眼前路。

他身上大大小小的傷口不住滲血，被沖淋落地，在淩亂的腳步後留下帶血的水窪，肉體喪失行走的實感，雙腿只是依照本能不停往前邁出。衣物吸飽了雨水，增添冰冷的重量，他的每寸肌膚彷彿泡在水中，浸滿潮濕的寒意。

子緣的雙臂垂在身側，隨著蹣跚的步伐晃動。已經跑不動了。曾經握在手中的刀不知道何時丟了，只留下虎口綻裂的一道紅色口子。

不過即使刀還在也派不上用處，現在的子緣連握拳的力氣也幾乎喪失。

他不時回頭確認後方有無追兵。要從暴亂的雨聲裡辨識腳步聲本來就非易事，何況他還聾了半邊的耳朵，只能靠雙眼去看。

雨水冰寒刺骨，他卻覺得腦袋發熱、渾身的傷口有怪異的灼熱感，伴隨著逐漸麻痺的痛覺。他忽然納悶，究竟是夜比想像得更黑沉，抑或視線開始發黑？

子緣不停吐出厚重的喘息，好想就地倒下。現在支撐他的僅是精神的韌性，是那股比誰都強烈渴望活下去的意志。

轉過街角時，子緣回頭後望，大雨的盡頭有路燈反射的刀光。誠德會的人追來了。

他同時記起刀的去處——是在斬斷一名流氓的手掌時，為了躲開其他人追砍而被迫棄刀。值了吧？子緣幾乎以為要死在今晚的混戰之中，能夠拖這麼多人下水，已是拚盡全力。哪怕現在只剩逃跑的分，絲毫無愧本心。

他掙扎著邁開大步，每一步都是踉蹌欲墜。

終於，乏力的雙腿不再受控，子緣整個人摔倒在地，嘴裡嚐到帶著泥臭的雨水。他匍匐著，用雙肘強撐爬行，手掌被粗糙的柏油路面磨得破皮。

混亂的雨聲都像追殺而來的人，就近在後頭。偏偏這條路上沒有掩蔽物，子緣知道自己足夠顯眼，只要那群人轉到這條街上，他就會被輕易鎖定，像任憑老鷹抓取的兔子。

不遠處有光，子緣困頓抬頭，看到繽紛的五顏六色。遮雨棚下是一盆盆盛開的花，原來是間小花店。他彷彿看見救命的希望，奮力爬去，狼狽地瑟縮在牆一般的眾多花盆之後，恰好藏住身體。

子緣壓抑疲憊的喘息，盡可能放輕呼吸。這裡不再有傾瀉的大雨，溫暖許多。他忍耐疼痛，凝神注意所有動靜。視野被展示的花盆擋住，看不見外面的景象，只能倚靠殘存的聽力。

腳步聲赫然在他身後出現！

子緣愕然回頭，驚惶退開的身子撞上花盆。他下意識想要揮拳，可惜無力的指節連握成拳也辦不到。

他終於看清楚了，那是一對與他同樣驚慌的眼神。是個女人。

在這樣的寒夜裡，女人只穿了單薄的黑色連身裙，露出雪白的兩條手臂。更怪異的是連鞋也沒穿，赤裸的雙足踩在濡濕的木板地。

驟亂的腳步聲逼近花店。女人隨即移開目光，朝向混亂的聲源，短短注視幾秒便移開。她離開子緣的藏身處，取出擱置角落的掃帚開始掃地。好像子緣不存在似的。

子緣無心細究女人的行為。他在聽，聽那些人是否遠去。偏偏一個口氣兇惡的聲音冒了出來：「有沒有看到一個男的經過？」

女人一愣，對著店外回答：「男的？」

子緣大驚，停擺的腦袋沒有關於逃命的任何藍圖。

「對，你有看到？」粗魯的聲音追問。

「好像有個人往那邊跑過去。」女人膽怯地指向巷子尾端，恰好與誠德會追趕的方向一致。

在這之後，便是凌遲般的沉默。

身處這樣的亡命關頭，子緣的心臟如馬蹄般砰砰作響，幾乎要踏破胸膛。只要誠德會的人起疑走近，就會發現躲藏的他。

屆時，除了死，再無任何可能。

在沉默之後，終於迎來漸遠的腳步聲。

「沒事了。」女人開口，探頭出去，從雨中帶回微溼的頭髮。「他們走了。」

「謝……」子緣沒料到陌生人會主動幫他一把。緊繃的神經終於鬆脫，癱地的他瞬間放盡所有力氣。全身的傷處約定好似地同時作痛，痛得子緣叫出聲來。

「你傷得很重。」女人抱著膝蓋蹲下，擔憂地審視他的傷勢。黑色柔軟的長髮順著纖瘦的肩膀垂下。

女人有股特別的氣質，絲毫不見常人慣有的、被庸擾瑣事纏身的愁苦。她似乎是從很遙遠的地方而來，來自人跡湮滅得以遠離塵世的淨地。這股純潔讓女人成了突兀的存在，尤其是在這樣混亂紛擾的城市，都要讓人擔心她會不會被市區的空氣給毒死。

「沒事……」子緣連說話都倍感艱難，視線忽明忽暗，如燈閃滅不停。他只想簡短地說：我馬上就走。

可惜沒能吐出任何一個字，他便先暈了過去。

火與雨。

昏迷的子緣回到雨的那一天，身陷夢魘般的腥臭暗室。

目睹父親被虐殺身亡後，子緣知道，下一個就輪到他了。

在這裡即使呼救也沒用，聲音傳不出去，被困死的身體連一步也無法逃出。父親的屍首相鄰在旁，垂滴的污血落在滑脫的腸子上，那已纏繞成圈，成了註死的結。

子緣的死期在那肥胖的婦人現身後，便加速到期。是這個婦人殺了父親，活生生剖開父親的肚子，愉悅而愜意地享受那不斷、不斷的慘嚎。像聆聽天籟。

父親死亡的過程歷歷在目，子緣沒可能忘記。現在，輪到他了，那些疼痛都將施加在他的身上，直至喪命。

然後，有個人現身了。

正如無法忘記父親慘死的經過，子緣也無法忘記這個人。而婦人的訝異不亞於子緣。這忽然現身的人擁有黑色深潭般不見底的眼瞳，在逆光的時候更是幽深。憑著一把小刀，俐落寫意地斷絕婦人的惡意。徹底將婦人的性命與再犯的機會一併除去。

連帶，解救了子緣。

他不知道那個人為什麼來到這裡，與婦人又有什麼恩怨糾葛。或許就像婦人獵殺如子緣和他父親這樣的平凡人，同樣有人專職獵殺婦人這類殺人狂。或許吧。這成了子緣未曾設想過的奢侈幸運。

命懸一線後的自由，讓子緣無暇再多想，只有逃。逃出暗室之外，衝向被暴雨侵襲的灰色城市。

那時的子緣不知道，曾經以為遁入自由，實際卻是踏入另一座牢的虛妄假象。另一波苦難才要開始。苦痛始終與他為鄰，因為人間即煉獄。

在日後受難時，子緣一再想起逃出暗室的情景。他多麼羨慕那個人所擁有的力量，不單能夠自保，還能反撲，逼那些施虐的人付出代價。

那個人的身影烙在腦海裡，成了指標，與子緣內在的精神層面相融。

不知不覺，子緣從羨慕變成渴望，最終付諸行動。

於是迎來烈火燒焚的那一天。

十三、不容反駁的一口價

半醒的子緣首先感受到的，是渾身難耐的痛楚。

高燒未退，彷彿有座鍋爐悶在顱內，以他僅存的體力為燃料不斷燃燒。燙人的熱度往每一處細胞延燒，伴隨眩暈與頭痛兩者相乘，頭部僅是些微挪動，整個世界便墮入馬桶沖水似的漩渦，激烈地旋轉不停。更別提遍布在身的大小傷口放肆作痛。

意識恍惚又虛弱不堪的子緣失去平時的忍耐力，鮮少呼痛的他發出低低的呻吟。蒸散的汗水化成濕氣，悶在被褥內無法散去。身體濕了又乾乾了又濕，來回反覆，如他睡睡醒醒。

這次醒來沒過幾秒，子緣又陷入昏睡。在之後的一次睜眼，他發現所見的一切朦朧難辨，只有隱約輪廓。雜亂的色彩滿布四周，紅的綠的黃的藍的紫的……好像打翻的水彩，狂亂地侵吞所處的空間。

他無力看清，短暫甦醒的意識又歸於黑暗，然後是很多、很多的聲音，零碎的片段接連浮現，好多張面孔冷不防竄出，他們尖叫、他們號哭、他們沾滿鮮紅的血……原來是遭受子緣討伐的神棍，這些都是受難時的面貌。

子緣沒有絲毫愧疚與多餘情感。這是夢。只能看著，隨夢境擺布，隨便這些面孔出現消失。

那些充滿痛苦的叫嚎被雙耳接收。因為這是夢。夢中的子緣擺脫殘疾，久違感受到正常的聽力。可惜入耳的盡與噪音無異。太清楚了，一直一直往腦內鑽。

沒耐性的他終於嫌煩，本能性地握拳猛搥，想摧毀這惱人的夢境。

砰的一聲響伴隨掌部疼痛襲來。子緣跟著清醒，驚覺拳頭正砸在床上。這是一張陌生的床，還有陌生的房。

他忍受還沒消退的暈眩，奮力睜眼確認周遭環境，終於看清楚那些紛雜的五顏六色的真面目。原來是一束束從天花板懸掛下來的乾燥花。他當然叫不出名，花的品種從來不在關心範圍。

整間房的牆面與地板都鋪著原木，家具也是相同材質，是溫馨的木屋風格。

少數與這木屋格格不入的，是立在床邊的點滴架。子緣扯去從手背注入的點滴針頭，冒出的鮮血馬上凝成豆大紅珠。他沒理會。注意到自己被更換了乾淨衣物，身上好幾處纏著繃帶，有部分滲出顯眼的紅。

子緣試著回憶昏迷前的情景，只記得躲在花店逃避追殺，然後便什麼都想不起來……纏身的厚重倦怠感逼得他又倒回床上，兀自大口喘息。

沒想到單是坐起身這樣簡單的動作，就能耗去大半體力。

雖然虛弱，子緣依然敏銳，注意到門外有人靠近。偏偏空有防備的意識，身體卻無法作出相對的反應，獨獨那雙眼睛瞪向門口。眼神是一如既往的陰沉。

木門輕輕打開。是那晚對子緣施以援手的女人。她仍是黑色連身裙的打扮，被某種執念制約似的裸著雙足。貓一般柔軟的腳掌無聲踏過地板，朝子緣走來。

「我聽到聲音……」女人瞧著被掀開的凌亂被褥。說話的聲音很輕，彷彿擔心會驚動任何一點塵埃。「太好了，你終於醒了。」

「為什麼幫我？」子緣質問，始終沒有放下戒心。不管是過去的經歷，或是長期在混亂黑暗的地下社會中打滾，都讓他認定人的行為背後必然有所圖謀。

何況事發當下他渾身是傷又惹來黑道中人，腦袋正常的人都知道該閃遠一些，免得遭到殃及。

子緣不信任的眼睛鎖著女人不放，想要從她身上找出任何一點不自然。這樣的目光足以讓尋常人膽怯，女人卻沒有顯露懼意，那對黑色眸子沒避開。

女人誠實回答：「我不知道。」

「不知道？」

「嗯……可能是因為你受傷，所以想幫你。」女人說。孤零零站在那的她像被盤問的囚犯。

這種天真令子緣嗤之以鼻，就差沒笑出聲。「有必要冒這種風險？」

「我覺得沒關係。」女人搖頭，關心地問：「你身體怎麼樣了？」

「沒事。現在狀況很好。」子緣嘴硬。正如野生動物不會輕易顯露痛苦，免得被掠食者盯上。他差點命喪在那晚的混戰，現在更是格外謹慎。「我的衣服呢？」

「啊……」女人發出短促的驚呼，匆匆跑了出去。

子緣一臉莫名其妙，不懂女人在玩什麼把戲？他打定主意一拿回衣服就走，現在這身寬鬆又陌生的衣物實在穿不慣。

趁女人離開的空檔，子緣加緊確認身體狀況：燒還沒退，頭不僅悶痛，痛楚還會猛然加劇。還沒痊癒的傷勢更讓他幾乎是半個廢人。

幸運的是至少沒死。只是花上大半時間養傷無法避免。

在這之間，女人已經抱著一團衣物返回。子緣一眼就認出那是屬於他的。女人像個無辜的小動物，呆呆地說：「我……忘記從洗衣機拿出來晾乾了，還是溼的。」

「沒關係，給我。」子緣伸手，沒有輕易起身，就怕現在還站不穩。他可不想讓女人發現此時困境。

「我拿去烘乾好不好？很快，不用多少時間。」女人提議。「外面很冷，你穿濕衣服會感冒。啊，你的燒退了嗎？」

女人說著就往子緣接近，騰出手要探他額頭確認體溫。子緣喝止，一手阻擋在前：「停下。不要過來。我燒退了，現在很好。」

「真的嗎？」女人很擔心。

「真的。」子緣口氣難掩煩躁，實在不擅長應付這樣熱心的傢伙。

他又一次認真打量眼前的女人，明明是個成年人，卻還像不諳世事的小女孩，擁有太多餘的善良。

好蠢。他在心裡暗罵。天曉得這樣的人前後吃過多少虧、挨過多少暗地裡的捅刀？

這一來一往的折騰，頭痛難忍的子緣不免倒回床上。「衣服放著。濕了就濕了，沒差。」

咕嚕咕嚕咕嚕……他說完沒幾秒，久未進食的肚子發出巨大而難以忽略的聲音，在空蕩蕩的腸胃迴響。

「媽的。」他低聲罵著，為什麼偏偏是在這種時候。

「你一定很餓吧？你昏迷的這三天都沒吃東西。我去煮粥？」

「不，不用。」子緣拒絕，但肚子倒是相當誠實地繼續作響。

「煮粥很快，加雞蛋可以嗎？我不太會用菜刀，困難的料理做不出來……」女人殷勤地問，又怕招待不周似的補充：「你會不會介意配罐頭吃？我有一些鮪魚罐頭，還有肉醬！咦……你的臉好紅，又發燒了嗎？」

「沒有。沒事。」子緣盡可能不去聽肚子持續撒野的咕嚕聲。

「那你等我，很快就好！順便把你的衣服烘乾。」女人抱著懷裡的濕衣服，匆匆忙忙跑出房間。

女人離開後，獨留房間的子緣握拳搥了肚子，不忘飆出幾句髒話。這分誇張的食慾太令他丟臉了。

雖然女人說很快就好，不過這一折騰就是半個小時過去了。

期間子緣認命休息。他不得不承認，現在的身體狀況實在是爛到極致，根本是個廢人，連想走出這個房間都沒把握。他癱躺在床，放鬆痠軟的四肢。頭痛雖然還沒退去，但不至於阻礙思考。

他在想，這個女人真的很奇妙，是從未遇過的類型。她的成長經歷應該是被保護得很好，連受傷的機會都沒有所以不懂險惡的人心，才會被養成這種天真的模樣。

白痴一個。子緣下了更難聽的註解，雖然不討厭這女人就是了，只是嫌煩。

「好了！」女人回到房間，雙手端著一隻鐵鑄的煮鍋。本來服貼的長髮到處亂翹，好像剛剛經歷一場災難性的百米賽跑，額頭與頸間都布著細密的汗水。

子緣可以猜想女人下廚時絕對手忙腳亂，所以對即將現身的料理不抱太大期望。

女人把煮鍋放在床邊的小桌，淡淡的粥香順著熱氣飄了出來。

鼻塞的子緣當然聞不到。他在床沿坐起，端詳那鍋可能的驚喜。成品意外地沒有嚇到他，因為就是平凡簡單的粥，整體呈現淡黃色，可以看見蛋花跟剪碎的羅勒葉。

「快吃吧。味道應該還可以，我有試過。」女人忐忑地說，好像參加地獄廚神實境秀等待被評比的廚師。「羅勒葉是我自己種的，很香！」

剛才說好的肉醬跟鮪魚罐頭在哪？子緣雖然疑惑，倒沒有真的說出口。他抓起湯匙，舀了粥往嘴裡塞。雖然因為發燒嚐不出味道，但旺盛驚人的食慾還是被激發出來。

子緣一口接一口，胡亂咀嚼後就直接嚥下。吃相之兇猛嚇得女人咋舌，完全看傻了眼。

「你……這麼餓啊……」

子緣沒理，像狂暴的蝗蟲群掃光鍋內所有粥粒，連細碎的羅勒葉也沒放過，甚至雙手捧起鍋子，直接將粥往嘴裡倒。

嘴邊沾著蛋花的他放下空蕩蕩的鍋子，忽然陷入沉默。

女人不免擔心是不是有碎蛋殼掉進去吧？可是她有仔細檢查過的，還重新打過蛋花。這分困惑沒有持續太久，因為子緣的肚子又發出聲音，好像胃裡正在打雷。

「幹……」子緣尷尬閉眼。食量大是一回事，他從不介意吃給別人看，但肚子鬧事就另當別論了。

「還有麵包，你等我！」女人笑了，子緣這樣捧場讓她很開心。

再次返回的女人抱著幾條法國麵包跟罐頭，還端來煎過的火腿片。食物一放上桌，子緣伸手便抓，用力撕開乾硬的法國麵包，塞入罐頭的鮪魚片後大口咬下，然後又沾取肉醬品嚐。他根本懶得用湯匙，那會拖慢進食的速度，油膩的火腿也是徒手拿起就往嘴裡扔。

女人又一次看傻，微張的嘴巴忘了闔上。

現在的子緣根本不像人，與餓瘋的鬃狗更為相似。塊狀的法國麵包被他撕咬開的瞬間，彷彿還發出無辜的哀號。

子緣吃得滿手滿嘴都是油，麵包碎屑掉了滿桌。吞下最後一段麵包，子緣忽然噎住，瞪大的雙眼冒出血絲，脖子鼓脹起來。

「啊、水，我去拿水！」女人又一次慌慌張張跑出去，端著裝水的玻璃杯回來。子緣接過後猛灌，從嘴邊溢出的水灑濕了衣服。

子緣好不容易嚥下那截害他噎住的麵包，忽然打了嗝，然後慢慢喘氣享受重新呼吸的暢快。他把空掉的玻璃杯放在桌上，隨口道謝。

「要不要再一杯？」女人還是有點擔心。

「這樣剛好。」子緣搖頭，真的覺得好多了，病痛奇妙地減緩不少。果然人在飢餓的時候特別脆弱，暴食成性的他更是需要充足分量的食物。現在有重新活過來的感覺。

他脫掉弄濕的上衣，拿來抹手後便扔到小桌上。桌面殘留空鍋與幾個吃光的罐頭，裝麵包的塑膠袋胡亂散落，簡直像被強盜洗劫似的。

對於子緣的粗魯行徑，女人完全沒放在心上。她還陷在目睹那狂狠吃相的震驚之中，不免好奇計算子緣在這短短的時間內吃進多少東西：一大鍋粥、四條法國麵包、三個鮪魚片罐頭、一罐肉醬跟整條切片的火腿……

這可是能讓女人吃上好幾天的分量，對子緣而言卻只有填牙縫的分。

「衣服乾了嗎？」子緣認為不能再逗留了，還有事情得辦。

「啊，」女人這才想起來放在烘乾機中的衣服，「我去看看。」

子緣一邊收拾髒亂的桌面，一邊等待女人回來。他在想，剛才女人說他已經昏迷三天了，這期間不知道發生多少事？刑組跟誠德會之間的形勢如何了？這次行動失敗導致什麼後果，懲處又是什麼？

還有，那沒能赴約的年夜飯。

他真的沒忘記。現在卻不是貿然去找欣欣的時候。說不定誠德會仍派人搜索，得確定真正安全才能露面，免得拖累了她。

只要有任何牽連到欣欣的可能，子緣都會格外小心。他同時想到，失聯這麼多天，欣欣必然十分焦慮，必須留個消息讓她心安。得盡快到欣欣的實況台留言，不用特別交待目前沒事，欣欣只要看到他帳號出現就會明白了。

子緣習慣性地往口袋翻，結果只抓著空氣，才想起現在這身衣服是在昏迷時候被換上的新衣物，一些隨身物品都不在身上。

他倒沒懷疑是女人偷錢或偷偷拿去轉賣，這麼一個好傻好天真的傢伙不可能幹這種事。但是該問的還是得問，因此子緣拿回衣服後，馬上詢問手機的下落。

「你有帶手機？」女人驚訝反問。

「嗯。放在口袋。」子緣話才說完，女人的臉色驟然大變。這令他有不妙的預感。

子緣把手伸進剛取回的褲子中摸索，預感瞬間被驗證。他沉默拿出手機。女人倒抽一股涼氣。

原來手機一直都在口袋，還跟著進了洗衣機。

子緣暫時無視捂嘴驚呼的女人，按下開機鍵幾次，螢幕都是毫無反應的黑。他保持同樣的沉默，把手機塞回口袋，開始穿回原本的衣服。

「對不起，我真的沒發現。我賠給你好嗎……」

「你要賠？」子緣不顧女人還在旁邊看，直接脫下長褲，套回原本的運動束口褲。他想反正昏迷被換衣的時候就被女人看光了，還有什麼好藏的？現在至少還穿著四角褲不會暴露出私處，根本不要緊。

「嗯……你那支手機多少錢？」自責不已的女人倒沒注意子緣更衣。

「十萬。」子緣一口價不囉唆。

「現在手機這麼貴？」

「這還算便宜了。」

「那你等我，我去領……」女人還真的信了。

「喂，騙你的。不用賠了，這手機本來就爛，剛好想換新的。」吃飽喝足的子緣連說謊的力氣也有了，還撒了不只一個。

倒是女人反對：「不行，是我弄壞的。」

「我說不用就不用。」子緣看來看去，終於在布滿花草的房裡找到自己的鞋。這是最重要的，因為是欣欣特地送的。他雙腳套進鞋裡，拉上外套拉鍊。真的該走了。

「那五萬。」女人又說。

子緣挖出手機，在女人眼前晃了晃。「這台就算空機價也不到八千塊。剛剛吃你這頓算扯平了。如果你還是很在意很想賠錢，就讓我看看冰箱。」

「冰箱？」女人不懂，但子緣沒有解釋。

她乖乖領子緣離開房間，外面不再是木屋風格，而是十足的現代感。特別挑高的天花板鑲著幾盞崁燈，一道白色走廊直通階梯，窗欄邊放著好幾盆多肉植物，靜靜曬著午後的太陽。

下了樓便是廚房，旁邊有道半掩的門可以看出後頭是浴室。

子緣一路留心打量環境，發現女人真的很單純，家具很少，沒有額外擺設，只留必要的日常物品，多餘的則全部捨棄。

當然了，子緣沒漏掉瓦斯爐的慘狀，那裡散落半乾的黏稠粥汁還有形狀不一的蔥花。

「冰箱在這。」女人打開黑色的雙門冰箱，多是新鮮蔬果一類的食物，其中一層放著數個玻璃瓶裝的果菜汁。「東西不多所以我沒怎麼整理……」

子緣一眼挑中家庭號牛奶，又抓了兩瓶果菜汁。「再加這些就夠抵掉手機了。你沒欠我什麼了。」他邊說邊轉開果菜汁的瓶蓋，毫無戒心灌進一大口，隨即臉色難看地皺眉：「好甜。」

他說歸說，還是喝光了果菜汁，把空瓶留在餐桌。

冰涼的果菜汁沒減緩子緣的煩躁，他還是有些話不吐不快，忍不住嚴肅地警告女人：「下次再碰到像我這種人就不要多管閒事了，還傻傻把人帶回家照顧是瘋了嗎？」

「我沒瘋！」女人抗議。

「那也不遠了。」子緣直接從唯一的門口離開，瞬間踏入成片五顏六色的繽紛世界。原來外面就是當時的花店。

陳列的木架整齊擺放好幾個透明玻璃瓶，各別插著不同品種的花。牆面的幾幅畫框鑲有壓花。是個氣氛閑靜的小花店。

遮雨棚下又是那麼多盆花。花盆後的角落特別引起子緣的注意，想起躲藏在這差點被誠德會發現的情景。真是多虧女人幫忙解圍。

他回頭一望，女人在花店裡，顯然有點不知所措。子緣被這麼一看，最後道謝的話反而說不出來，乾脆頭也不回地走了。

十四、沒經歷過的永遠不會理解

離開花店的子緣沒忘了繃緊神經，留意街頭任何動靜。

他當然不會傻得以為誠德會就此罷手。儘管他在昏迷時完全銷聲匿跡，整整消失三日，誠德會仍有派人盯哨的可能，就為了抓出包含他在內的刑組餘黨。

即使一貫採取兇殘的行事手段，子緣卻非不會動腦的蠢貨，單純是倚賴絕對的暴力就能了事，所以省略思考。到了現在的局面，當然要揣測敵方可能的走向。

以當時誠德會劫人的規模來看，他們擁有充裕的人手也具備一定程度的火力，跟以往遭遇的等級完全不同。現在的子緣務必防範誠德會的全面性報復。

真的是差點就要被殺了，子緣沒忘當時的恥辱。竟然是想躲起來，因為怕死。

怎麼可能不怕？當自己爛命一條雖然是自暴自棄的心態，子緣仍想盡一切可能活下去，就因為曾經親眼目睹生命（父親）被殘殺的經過，才更加珍惜還能呼吸的時候。

何況這一路走來，他被奪去的東西太多、太多了。

子緣瞇眼看往遠處，現在該是大年初三了，行人與來車遠比除夕多上許多，已然退回平常煩擾吵雜的日子，讓混進人群掩藏成了容易的事。

手抓家庭號牛奶的他緩慢走在陽光下，像剛從超市購物完的年輕學生。過分晴朗的天氣彌補了夢一般消失的過年氣氛。反正年節的重要性逐漸稀薄，更多的是塞車返鄉的折磨，對子緣這類人來說更是無關痛癢。

他早就不必應付過年這個習俗了。已經沒了家人，家不成家。母親被癡迷邪教的父親趕跑、父親被邪教徒虐殺慘死。他從來沒對誰透露，更不讓欣欣知道。殘酷的祕密只由得自己藏好，深深壓在心底不要輕易揭開。

念及欣欣，子緣明白有些事得盡快著手。

他撐著疲弱的身體走過幾條街，途經假日的士林商圈。捷運站外四散幾團民眾，有一家大小出遊的、有情侶約會的、也有朋友嬉笑的……嗡嗡轟轟的笑鬧聲像蒼蠅與蜜蜂撞成一團在打架。

出於習慣，他捏了捏左耳耳垂。少聽些噪音也是好事。

他終於覓得在年節營業的通訊行。懶得理店員的推銷話術，直接拿型錄挑選順眼的新手機。舊的誤入洗衣機，讓他決定要找有防水功能的，多少賭一些挽救的機會。

等待店員驗機的時候，子緣忽然又餓了。為了防止吵人的肚子丟臉，乾脆仰頭猛灌家庭號牛奶止餓。

「加保護貼跟空壓殼多少錢？」子緣抹去嘴邊漏出的牛奶，從口袋抓出一大疊揉皺的千鈔，點過數目後付款，還把家庭號牛奶的空瓶留給錯愕的店員。

離開通訊行的子緣越來越餓，身體正激烈渴求食物，像乾枯的沙漠急需雨水滋潤。即使早些時候在花店大吃一頓了，但分量遠遠不夠、完全不夠。

除去詐財的神棍，他最厭惡的就是飢餓。

人在街頭的子緣躊躇思索，火燒難耐的飢餓感正在作祟。胃有股莫名的緊縮感。與他性格同樣狂暴的胃酸早已溶解完胃袋的食物。

強硬壓抑躁動的胃，子緣趕緊在路邊攔下計程車。已經逗留太久了，顧不得吃，必須趕緊離開才保險。

「帥哥，去哪裡？？」司機阿伯問。

「三和夜市。」子緣出於習慣，瞄過司機的執業登記證，記下姓名與車號，詳細的長相也沒漏掉。

「在三重齁？這麼早就去逛夜市喔？店都還沒開吧！」司機阿伯透過後照鏡看著子緣，露出自以為年輕人無知的嘲諷嘴臉。

子緣懶得接話，耐心從來不多。直接拿出新手機上網進入欣欣的實況台。頁面是黑的，現在是關台狀態。於是改搜索欣欣的臉書專頁，最新一則的動態貼文顯示她整個大半夜都在實況。現在多半疲倦入睡了吧。

盯著專頁的「傳送訊息」鍵，子緣猶豫不決，遲遲無法按下。憑藉發達的網路功能，人與人要相互聯絡比去超商買泡麵還簡單，多的是方法。

但是子緣不肯。

偶爾的拜訪與在實況台留言是他的底線，像是設下命定的觸發條件。一旦越過這道底線，欣欣將遭遇不測。

這種想法當然過於神經質，可是子緣的處境不得不這樣謹慎。他過去的經歷已然脫離常軌，幸運如尋常人無法想像；平時多數打交道的亦非善類，更令子緣無法用輕鬆的心態去看待所有潛在危機。

現在招惹黑道經營的誠德會，更讓他慶幸提前作出防範，如果對方調查人際關係，說不定欣欣會被揪出來。他不願想像那些骯髒的手段會如何招呼在欣欣身上。

子緣關掉臉書，讓網頁停留在實況台等欣欣出現。

司機阿伯彷彿幾百年沒與人互動似的，嘴巴說個不停，橫飛的唾沫灑在方向盤上，一路從經濟不景氣扯到中美貿易戰，還不忘抨擊政府當提款機灑錢搞外交。

「錢這麼多，現在一堆人吃不飽，怎麼不留在國內用！咱台灣人不是人？外國人血統比較高貴？」司機阿伯啐罵，每天忙碌掙錢只為養家活口的他實在氣憤，操著台語狂罵：「那些阿里不達的邦交國錢拿爽就跑，全部斷一斷乾淨啦，只會討錢，真正生雞蛋無放雞屎有！一堆背骨仔！」

子緣當沒聽見，只是淡漠望向車窗，不時低頭確認手機。依然是一片黑。

「臉很臭喔，沒拿壓歲錢？」紅燈時，司機阿伯隨便亂問。

「我不缺錢。」子緣冷回，看也沒看司機一眼。

「嘿嘿，是喔！」司機阿伯歪嘴笑了，繼續抱怨：「紅燈這麼久，是等人出殯喔？那邊怎麼一整團穿紅衣服的？每個都笑咪咪的，是在發紅包？」

紅衣服？這個特徵引起子緣注意。

「那是不是什麼『善祈堂』？現在一堆人在信，說那個什麼上師很靈驗？還有神通？我鄰居喔也是每天在拜，還一直要拉我入會。唉喲唉喲！怎麼都跪下來了！」司機阿伯驚呼。

子緣沒錯過這荒唐的一幕。馬路旁成群的紅衣信徒紛紛跪下，雙手合十低著頭，身體不停前後搖動，衣後燙金的「善」字微微反光，像成片細碎的魚鱗。

這些信徒全部面朝同一方向，向著那台停在路肩的黑色賓士。前座司機匆匆下車，恭敬為後座乘客開門。

踏出車外的是個瘦高的中年男人，罩在紅衣唐裝裡的他像根旗桿，立起一身紅旗。高聳突出的顴骨在瘦削的兩頰壓出陰影，卻掩蓋不了滿臉富貴的油光。

這人搖手微笑，像寵溺孩子的慈父。紅衣人們紛紛叩首，額頭緊貼地面，合十的手掌高舉在頭頂，形如某類詭異的瑜珈動作。
這人就是善祈堂的上師，所有信徒崇拜的最高人。號稱已然悟道成仙得證極樂寶殿，因不忍眾生受苦所以願留人世，盼能渡化眾人，引領入無苦痛煩惱的莊嚴淨土。
這些子緣都知道，他見過信徒分發的傳單。那彷彿擴散的疫病，往每個未染病的無辜市民散播。傳單內容全是大力吹捧，號稱上師如何無所不能。著實是字字狗屁，有礙觀瞻。
子緣老早就盯上善祈堂了，這可以說是全台灣規模數一數二大的宗教組織，成員遍布南北。可惜一直沒有接到相關的指派，目前經手處理的都是天池聖仙這種不敢拋頭露面的神棍。子緣相信少主的安排，總有一天會接到指令，能夠親手將之瓦解。
紅燈轉綠，計程車繼續前進。經過黑色賓士時，紅衣人們近在車窗之外。子緣目睹這些人接連抬頭，不少人眼眶泛淚紅了鼻，令他怒火中燒，心想全是一群愚信的白痴！
「哭成這樣，這個上師是有那麼厲害？信徒都不用上班跑來拜！這麼好我也要信，最好讓我發大財不用天天出來跑。現在公車捷運那麼多，路邊臨停等客人又被警察開單，難賺啦！」司機阿伯嘖嘖搖頭，恨世道艱難賺錢痛苦。
「信這種垃圾有用的話，狗屎都能當飯吃。」子緣嘲笑。
「帥哥你很氣喔，被騙過喔？」
被戳中痛處的子緣咬牙，兩頰現出繃緊的肌肉，連帶死握手機彷彿要將之捏碎。好久才從齒縫迸出一句：「不用踩過狗屎，也知道狗屎髒。」

「哈哈，是啦！加這種宗教都要捐錢，什麼名目都有。我那個鄰居每次都說啥每個月只要繳一千塊供養上師就好，還強調很便宜。一千塊耶！拿來當油錢都來不及了還養師父是當我撞到頭？欸帥哥，你要前面捷運站停嗎？這邊迴轉不方便。」

「前面停。」子緣說。會選三和夜市就是因為鄰近台北橋捷運站，能順便尋找派報人。

把找零隨便塞回口袋，子緣下車後再次確認，可惜欣欣還是沒開台。只好半放棄收回手機。同樣落空的還有派報人，這名負責派發少主指令的傳令者沒有出現。

子緣本來預期能從派報人那邊得到消息，確定接下來該採取什麼動作。他確認過日期，今天是派報人固定出現的日子。沒出現是謹慎起見想避風頭，或少主認為沒有需要交代的命令？

關於少主，子緣沒有任何聯絡方式。

兩人的因緣起自某段子緣急需幫助的艱困時期，就是在那樣狼狽的日子裡，偶然遇見少主並獲得接濟，成了子緣少數幸運的事。更幸運的是少主擁有的宏願，正是除盡所有以宗教為皮行詐騙之實的劣徒。

子緣義無反顧加入，就此成為刑組一員。

徘徊的子緣終於失去耐性，改往夜市走去。時間尚早，夜市的攤販比社畜的年終還少。子緣按著腹部四處掃視，終於發現目標。

「你好，請問一位嗎？」牛排館的店員問。

子緣點頭後讓店員帶位，點上兩份雙拼排餐，然後直接進攻沙拉吧連舀幾碗玉米濃湯，各類小菜胡亂夾進盤內堆成小山。

店員端來牛排時難免側目，以為這是哪來的餓死鬼？子緣不會在意這樣的目光，這些人不懂飢餓。真正的飢餓。

這些人不懂頭暈到只能蜷成死蟲的虛弱感，變得遲緩的感官像連線品質差勁的網路，總是隔了幾秒才能產生知覺。可是胃啊，空無一物的它卻有那樣鮮明而漫長的絞痛，好像有刀片在削切胃袋的內壁，一刀一刀、一劃一劃，這種痛楚會擴及腹部，讓人以為被整塊掏挖……

對，這些人不懂。子緣叉起整塊牛排，大力撕咬起來。飢餓是多麼恐怖，沒經歷過的人永遠不會理解。

子緣回到獨居的粗陋小套房。這個陰暗狹窄的空間還像他離開前，瀰漫潮濕的霉味，彷彿踏進一只骯髒的大魚缸。

玻璃窗是成片黯淡的灰，天色已暗，還有大雨欲來的陰鬱感。

子緣脫去全身衣物，光著身體鑽進被窩。老舊的彈簧床慣例發出彈簧擠壓的咿啞聲。他輾轉翻來覆去，直到最後一次拿出手機，又是落空。

意識毫無預警斷線，子緣陷入深眠。

細密的雨水終於從萬里高空降落，輕打在窗。

在他沉沉睡去的時候，徹夜未眠的欣欣卻正好醒來。

十五、就用這種樣貌活著不被誰左右

欣欣坐在床邊發呆好久。接連幾天徹夜開實況，讓體力與精神消耗大半。這一覺直到傍晚才勉強醒來，現在仍是疲憊纏身，甚至些微心悸。

抱著棉被的她不小心倒回床上。枕頭有柔軟的香氣，飽含睡意的慵懶味道。在寒冷的冬夜更是充滿誘惑，相當引人入眠。

好冷。欣欣把暴露在外的雙腿縮進棉被，慢慢闔起眼睛。身體疲軟無力，直想陷入其中跟著化為床的一部分。

她試著回想是怎麼睡著的，發現鈍重的腦袋一片空白，好不容易才勾出印象。是一路撐到日出之後，好幾次不小心打瞌睡，讓觀眾擔心得紛紛勸她休息。後來是真的支撐不住，才匆匆向觀眾道別，只來得及關閉實況軟體，其他的主機跟螢幕顧不得，便搖搖晃晃倒上床。

她粗略計算從除夕夜到現在大年初三所累計的開台時數，三十六個小時跑不掉。整個年節都在電腦前度過了。

不過不要緊，她沒什麼家人。說穿了就是孤零零的。這倒也好，一個人有一個人的輕鬆自在，像新年這類講究闔家團圓的節日更是不受拘束。

「唔……嗯……」欣欣發出難受的呻吟，混亂的作息讓頭部隱隱發疼。她翻過身，頭抵著冰冷的牆面，發出低低的嘆息。

她往床頭櫃摸索，搆來手機。臉書專頁跟Line有好多未讀通知，她大略瀏覽過，確認有無重要的訊息。其中Line的一則未讀最令她在意，是那個綽號「小茄」的熱心女觀眾。

雖然還沒點開，欣欣心裡已經有底，一定又是邀請她去參拜師父。

前前後後欣欣已經推託好幾次了，小茄依然不死心，逮到機會就要詢問，令欣欣非常、非常頭痛。這比臉書收到男性的陰莖自拍照更困擾。

儘管過意不去，欣欣決定暫且當沒看到，現在真的沒力氣與小茄周旋。

就在欣欣準備擱下手機繼續放空的時候，小茄撥來Line的通話，手碰螢幕的欣欣好死不死順勢點開……

「喂？欣欣，你醒了嗎？身體還好吧？你已經連續幾天通宵了耶！」手機傳來小茄的聲音，彷彿人就近在身旁，嚇得欣欣差點從床上跳起。

她困擾地盯著手機，好想直接按下紅色的停止通話鈕。稍微呼吸幾次鎮定情緒後，欣欣才開口：「還好，剛醒。」

「那就好，你這樣連續開台身體負擔得來嗎？群組裡的觀眾都很擔心噢。」

「沒事的，我還好。」欣欣盯著眼前死白的牆，真的好想結束通話。欠人情債就是這樣難還，何況對方沒有惡意，就是一個對信仰十分虔誠又熱心的人，善良的欣欣實在不好意思嚴厲拒絕。

「對了，雖然你一定聽得煩了，但我還是要問。」小茄停頓幾秒後，繼續那一百零一次的邀約：「你到底什麼時候要來見『龍王』師父？真的很靈驗，只要你的願望不是太自私或想傷害別人，都可以實現喔！」

欣欣早有準備，立即給出一套說詞：「最近可能不太方便，我想趁現在寒假觀眾比較多時間看台盡量累積時數，順便吸引新的觀眾。」

「不用這麼急啦，穩紮穩打就好啦！現在實況圈已經飽和了，就你們幾個人氣高的實況主在瓜分觀眾，短時間沒辦法衝太高啦。」小茄突然驚呼：「這個你可以請『龍王』師父幫忙啊！只要誠心去求，師父絕對會幫你。」

「這個……不一定有幫助吧？觀眾很難討好的。」欣欣不免在想：假如拜師父就有用，那她過去為了經營觀眾群而耗費的心力又算什麼？哪有這樣一步登天的輕鬆事？

「對呀，就是因為不容易才更要找師父幫忙，讓他推你一把！」糾纏不休的小茄簡直像回話機器人，不管怎樣都能接話，還導向設定好的意圖去。

「吼喲，你是不是很排斥這些東西呀？欣欣，我跟你說，在接觸之前我也覺得什麼宗教啦、神啊、師父的都是騙人的，可是這個『龍王』真的不一樣！跟那些詐財的真的不同。你如果不信的話，我傳師父的照片給你，你先對著他求求看！一定有幫助！」小茄說完還真的傳了張照片過來。

欣欣半信半疑點開。所謂的「龍王」與龍無緣，倒是更像彌勒佛。

照片的中年男人擁有卡車輪胎般的圓腫身體，以及一張臉盆大的豐腴臉頰。套著擠出肥肉的黑色T恤，一條金色的龍圖騰以右肩為起點，跨越整個胸口直到腹部，部分還陷進肥肉的溝槽之間。

故作正經表情的「龍王」師父看上去有說不出的滑稽，抿緊的嘴唇旁是兩道深刻的法令紋，還有幾顆紅腫的痘子。眉毛倒是算濃，而且生作劍眉形狀，如果能成功瘦下來說不定挺有英氣。

可惜的是沒有如果，現在欣欣看到的，就是一個頭髮油膩的肥腫胖子。

「怎麼樣？師父看起來很慈祥對吧！」小茄喜孜孜誇耀。

「對、對啊……」欣欣昧著良心附和。身為一個高人氣實況主，當然擁有良好的應對進退技巧。

「求求看啦，快點！對著師父的照片求！什麼願望都可以喔，只要不是害人的！」小茄鼓吹：「像你剛剛說的希望觀眾人數可以增加啊，也可以求財運順利、或是家人平安之類的，都可以噢！」

家人平安？欣欣馬上想到子緣。約定好的年夜飯落空了當然令她難過，可是更在乎子緣的安危。過去子緣不是沒像人間蒸發般憑空消失、好一段時間杳無音訊。

偏偏這次不同，兩人有約在先。子緣縱使突然不能赴約，也該給個交代。念及子緣，欣欣便心亂如麻難以冷靜。如果不是為了這個暴躁又我行我素的傢伙，她又何必連續幾天開實況苦等？

欣欣再次點開「龍王」師父的照片，默對那圓滾滾的肥臉，她試著祈求能早日有子緣的消息。

「怎麼樣？求了嗎？」小茄急切追問。

「嗯……」欣欣不確定那算不算求，有種對流星許願般縹緲的空虛感。

「那你可以放心啦，一定會實現！」小茄大力保證。欣欣當然半信半疑，不過也沒損失，何況她是真心希望子緣好。

好不容易應付完小茄，思緒困頓的欣欣被這樣一攪亂也跟著清醒。她抓來床邊的絨毛外套披上，不忘踩進室內拖鞋好避開冰涼的地板。

欣欣慢慢踱步到冰箱旁。途中聽見窗外的淅瀝雨聲，心想難怪今晚更冷。一點胃口都沒有的她從中拿出瓶裝蔓越莓汁，坐到沙發小口小口喝著。

年夜菜動都沒動過，至今仍擱置在桌維持原貌。她一口也沒吃，本來就是為了子緣準備的。她的胃口與子緣的下落一併喪失。幸好本來就冷的天伴以寒流，食物還沒飄散酸味。

直到現在欣欣還是不想整理，整顆心都懸著，哪顧得了這種小事？沉默聽雨的她放下喝沒幾口的蔓越莓汁，坐回睡前來不及關機的電腦前。

為了不把負面情緒帶給觀眾，她反覆深呼吸作調整，強逼自己進入工作狀態。實況主不是打遊戲嘻嘻哈哈賣笑就好，是一份工作，更有其專業性。

「哈囉，大家晚安。」她開朗地打招呼，壓抑住所有不快的陰霾。看起來雖然是獨自對麥克風說話，實際卻是傳送給近百名觀眾。進入實況台的人數隨著時間增加，不到十分鐘便超過千人觀看。

「欣欣晚安！」「過年連續開台是要賺紅包錢嗎？」「回鄉下過年沒有電腦可以用，只好看實況。還好有欣欣……」「今年開始包紅包了，大失血嗚嗚嗚嗚。好想繼續當小孩。」「今天要唱歌還是玩遊戲？」

手撐臉頰的欣欣露出微笑，陸續回覆留言：「今天嗎？我其實還沒決定。你們想聽歌還是看遊戲？我繼續把《黑暗靈魂3》破完，之前卡關就沒動過了。還是最近有什麼有趣的遊戲？」

「大過年的，還玩《黑暗靈魂》太虐人了吧！」「欣欣你除了唱歌有沒有考慮朗讀故事？有個叫崑崙的作家，他的小說都很有病。想聽你念！」「唱歌一票。」「唱歌+1，一直聽親戚碎念快煩死，讓我聽正常人的聲音。」「開放點歌拜託！」

「念故事？好啊，看你們的反應都滿熱烈的。叫崑崙嗎？我去找來看，有機會或許朗讀他的書。那我今天就先唱歌囉？」欣欣莞爾，面對觀眾的時候真的很開心。這是她苦心經營而來的成果。

過去的她不是這樣樂觀大方的人，擁有的是不變的善良。光有善良不足以支撐她面對群眾，能用現在的樣貌活躍在世人眼前，更是從前不敢踰越的事。

直到下定決心逼迫自己跨出那道界線，才發現原來自身所擁有的可能性如此巨大。一個接一個的支持者持續增加、逐漸在實況圈打響名號，欣欣終於能夠毫不退避地去面對這個世界——以她冀求的樣子。

欣欣沒有因為成名就得意忘形，她知道的，那些盡力掩藏的祕密始終見不得光。得要守著，像此時此刻守著子緣歸來，要好好顧牢。不只是她的祕密，還要連同子緣的一起。

「今天第一首想聽什麼？先說好不要〈七月七日晴〉，我暫時有點……嗯，想說先不唱好了。」欣欣盯著聊天室的視窗，觀眾正接連扔出歌名。「嗯？〈朋友bang不見〉是什麼歌？我沒聽過。〈沒把你當對手〉又是什麼？等一下，你們認真點歌啦。不然我就唱自己想唱的囉！」

聊天室又是一番吵鬧，欣欣終於看到還不錯的提議：「〈冬季到台北來看雨〉嗎？好適合的歌，現在下雨、又是冬天。那就決定是這首囉。」

欣欣調整麥克風到最舒適的位置，點開音樂。哀傷的曲目本來就是她的強項，即使這首歌沒唱過幾次，也是駕輕就熟。瞬間將觀眾帶入歌中情境，彷彿置身大雨滂沱的灰色城市。

天還是天喔雨還是雨，我的傘下不再有你……

我還是我喔你還是你，只是多了一個冬季……

欣欣唱著，把這幾日積累的哀愁濃縮入歌，令觀眾鼻酸。

然後，毫無預兆的，像清醒時乍聽的雨聲。那個令欣欣日夜反覆焦躁等待的傢伙、那個脾氣比誰都暴躁的大男孩驀然出現在聊天室，伴隨簡短卻令她滿足的留言──好聽。

欣欣揚起嘴角，奪眶而出的眼淚成雨，帶著喜悅的溫度落下。

她伸出手，對著視訊鏡頭以食指和大拇指比出小愛心。聊天室因此暴動，紛紛傾倒告白。只有欣欣知道，這分心意不被接受也沒關係。這樣就夠了。子緣平平安安的，就很好。

她無法再奢求更多。

十六、成魔的人與披人皮的魔

仍是未開燈的租屋。

子緣趴臥在床，赤裸的上半身暴露在棉被之外。他的背脊線條分明，斜方肌堅實飽滿，肩膀的後三角肌隆成球狀；兩側發達的闊背肌讓身體呈現倒三角形。

這副結實的肉體藏在衣服底下不被人所見，正如越危險的刀，越需要不顯眼的刀鞘隱藏。

他所擁有的不是壯如牛熊的肉量、也不是刻意追求好看的線條，而是為了獲取貨真價實的博命力量。每寸肌肉，都是要確保能在拚鬥中活下來、抑或逃命。

子緣動也不動，被手機螢幕的光照亮臉龐。畫面裡的女孩在唱歌，美好的歌聲透過手機的擴音孔播放。

終於捎了訊息給欣欣，這讓子緣放下心中一件大事。從觀眾的留言中，他多少拼湊出欣欣這幾日瘋狂開實況的事。

真是有夠傻的，子緣心想，忍不住愧疚。她竟然當場落淚，這讓子緣的罪惡感再增添幾分。他現在能作的事有限，報平安是少數選項。風頭還沒過去，不能貿然去找她。

子緣翻過身，身上大大小小的傷口隨之牽動，像被眾多小獸齊咬。他讓四肢平躺減少負擔，手機仍在枕邊，欣欣的歌聲未停。

他眼睛往旁邊一瞥，看往房門。那邊暫以衣架跟桌子擋住，假如誠德會真的上門尋仇，至少可以爭取些微時間，取出藏匿在床墊下的武器——通體呈深灰色的開山刀，唯有鋒刃是銳利的銀。

這是子緣在返回租屋前專程購回的。他明白單靠拳頭已經不足以應付這些敵人。用刀與揮拳是完全不同的層次，不單是殺傷力的區別而已。劃開血肉時，從握柄回饋而來的震動令子緣顫慄發麻，還有伴隨而來的痛苦哀叫、濺灑的血花……真的不同。子緣覺得更趨近那長久以來追求的某種力量了，能夠不為誰所害、能恣意將之消滅。

但他不免想起負傷潰逃的那夜，一個人的力量終究有限……

信徒無知懦弱，所以被神棍給吃乾抹淨；詐財騙色的神棍則讓子緣這類習慣刀口舔血的凶徒侵吞，然後子緣又不敵具有蠻橫武力的黑幫。

終究是個人吃人的世界，多的是各種殺人不見血的方式。無論充斥多少偽善的謊言與自欺欺人的虛假美德，唯有恃強凌弱永遠不變。

子緣不願當愚蠢的羔羊，只想作貪血的鬣狗。

他感受到床墊下藏住的堅硬實感。儘管開山刀是沒有聲息的死物，子緣卻若有似無地感覺到這把刀是在沉眠，正等待甦醒。

子緣亦在等待，在傷勢痊癒之前只得躲藏。不急、真的不急，他這樣告訴自己，強迫發燙躁動的血液要安分。

現在還不是時候。

乍醒的子緣聽不見欣欣的歌聲，泛白的窗邊冒出稀疏鳥鳴。他完全沒發現什麼時候睡著的，還維持四肢平躺的姿勢。

他拿來手機一看，原來實況已經結束，現在畫面一片黑，顯示實況主已離線。

打過漫長的呵欠，子緣掀去棉被後直接赤腳踏上骯髒的地板，裸身鑽入浴室。鏡中倒影映出包紮在身的繃帶，他本來打算確認傷口的痊癒程度，但想到要重新包回去就嫌煩，決定作罷。

他用冷水沖頭，左右甩了甩濕漉漉的頭髮，雜亂的水珠紛紛濺上布滿水痕的鏡面。也不管會弄濕床鋪，就這麼坐在床邊，拿著吹風機隨便吹拭。

吹乾頭髮的子緣站在曬衣架前，架上是不按顏色分類隨意晾掛的衣物。他挑了長袖的黑色排汗衣跟寬鬆方便活動的束口褲，再抓了愛迪達經典黑白配色的運動外套。平常慣穿的外套被誠德會那夥人砍爛了，何況就算仍完好無缺也不能穿，以免被認出。

換穿完畢的子緣再回到床邊，將手伸入床鋪取出藏起的開山刀。刀收在皮製的鞘裡，只露出握柄。他謹慎地將刀連同棒球帽收進背包，再拿起機車鑰匙。

作足準備的子緣終於能夠出門，這趟的目的地正是要去找派報人。

大年初四，多是已經開始上班的可憐勞工。捷運站持續有通勤人潮進出，愁眉苦臉的，盡是永遠睡不夠的疲憊氣息。

子緣見站外沒有派報人的蹤影，特別下樓巡視站內，仍是尋找無果。

在一旁騎樓抽了根菸，他決定先解決必要的生理需求。反正派報人若是出現，也不會一時就走。

在附近的摩斯漢堡購買餐點，子緣邊吃邊等。後續的等待時間抽掉半包菸，還逛去附近超商買了冷泡茶跟無糖咖啡，不忘多買幾包菸，更沒忽略任何可疑的人。他不時移動，避免長時間待在定點。

出入的人流來去不斷、經過捷運站的路人亦不少，唯獨少了派報人。

當子緣捻熄最後一根菸，已經來到晚上九點。他決定放棄，派報人的出現有既定規律，從來不在七點後現身。

苦等未果的子緣返回租屋，途中刻意繞路並將車停遠，確保無人尾隨。多一點謹慎便多出幾分保障，再值得不過。

這夜，子緣隨便吃過東西便上床就寢。畢竟是個傷患，需要靜養。

隔日同樣是天一亮，自動醒來的他再次前去台北橋捷運站。這樣的尋覓作息維持將近一個禮拜，派報人沒見著，得到的只有越來越不耐煩的焦躁。

期間恰好遇見阿塵，他倒是一臉無所謂，嘻嘻哈哈地說：「沒出現就沒出現啊，過年前累得像條狗，現在放假正好。」

子緣省了廢話。從阿塵的反應可以推敲，與誠德會的糾紛很可能只有當事人知道，消息還沒在刑組內擴散。

得不到半點訊息的子緣只能臆測：是少主還沒決定對策、又或者認為這事微不足道，沒必要特別示警？也不排除是另外找人擺平。

忽然，子緣有個大膽的想法，不多廢話便跨上機車，直接前往台北市區。

誠德會既然是檯面上的宗教團體，據點當然不難找。子緣在Google Maps鍵入「誠德會」，果然出現好幾個精舍。他直接從台北本部開始找起。

座落在忠孝東路的誠德會台北本部是棟大樓，一樓入口的招牌註明「誠愛精舍」。子緣車停在巷內，人則坐在精舍對街超商的露天座位，假裝是時間太多的普通民眾。

子緣喝起超商買來的盒裝綠豆沙牛奶，表面上就像個放假的悠閒學生。他很清楚，這處是敵人大本營的中心地帶，有多危險自然不必贅述。

現在他掌握的優勢是對方不能光天化日在街頭逞兇，太多事得暗地裡來，不能輕易見光。就像沒有天天過年，也沒有天天在劫車或街頭槍戰的。但沒傻到失去戒心，該注意的、該盯緊的一個都沒放過，藏刀的背包更是不離身。

精舍入口免不了把守的保安，視力良好的子緣多少能看清面貌。那名保全並不特別，沒有低階的黑道中人慣有的痞氣，可能就是普通的受雇者。

除去固定的信徒，偶爾還有客人進出精舍，其中有一兩人令子緣格外注意，那氣質與尋常百姓不同，有股令人作噁的官員氣味。

所謂相由心生，外顯氣質無法盡藏，特別是當一個人認定自己是官的時候，那種凌駕百姓的優越感更會使其漏餡，更別提隨扈過分恭謹的表現，完全說明他們伺候的不是一般人物。

子緣暫且記下長相，能弄清楚誠德會背後的利益網是件好事，至少知道要與哪些人作對。

監視精舍的他這時驀然驚覺，除去誠德會可能的報復，竟完全忽略警方的動向。大過年鬧出槍戰，可不是家中遭竊這類能被輕易吃案的小事。

子緣後頸一寒，恨這分輕忽的遲鈍，同步張望四周有無警車或便衣。他默默低下頭，把部分臉孔藏在束起的衣領裡，拿出手機搜尋近日槍戰的相關消息。

——沒有，完全沒有任何報導。這種理當引來點閱率的聳動新聞竟然一則都沒有。

子緣皺眉，改鍵入「士林槍戰」作搜尋，沒想到出現士林夜市必吃的十大美食推薦文。他不斷往下滑動手機，出現的搜尋結果都與那日槍戰無關。

他抬起頭，遙望隔了條大馬路的誠德會台北本部……難道誠德會真有這樣大的能耐可以封鎖消息？

手機被子緣牢牢握緊，他的嘴角忽然綻開，露出極為不屑的冷笑。原來他試圖消滅的，是比想像中更巨大又棘手的怪物。

子緣彷彿能看見，那棟誠德會的精舍大樓被無數盤根錯節的勢力所包攏，如此囂張無度地矗立在世人眼前。

他手按上背包，一如那日押送誠德會幹部時的撫刀。閉眼後重重呼吸，壓抑暴躁的殺性。手掌難以克制地發顫。

憤然起身的子緣再次跨上機車，催動油門後加速駛離，不顧前方紅燈直接衝過十字路口，左右來車在瘋狂的喇叭聲中急剎，街頭頓時混亂一片，而子緣早已揚長而去。轉入市民大道的他越加放肆，失控狂飆。

兩旁的景象被拉扯成線，化成模糊殘影。

十七、不存在的聽不見

在幾近失控的奔馳之中，有了宣洩出口的子緣終於得以冷靜。脫離市民大道後的時速銳減，他緩下油門融進車流，成了洄游的鮭魚群中安分的一員。

子緣在下個路口轉彎，暫時停在路肩。摘下安全帽時，一股熱氣跟著冒出，髮根已被汗水悶得微溼。路邊來去的大小車輛捲起了風，帶著都市特有的傷肺臭味，一併拂過他的臉龐。迎著充滿汽機車廢氣的風，人在機車上的子緣掏出手機，查詢誠德會在台北市的剩餘據點。不多不少，還有三個。

記下位置與大致的行車路徑，他又一次催動油門。

子緣先從距離忠孝東路本部最近的據點開始找起，依序經過木柵、南港，最後來到士林。這幾處與本部相似，只是在規模大小的差別。高懸的招牌難看而礙眼，鍍金的外觀更是俗氣又毫無美感可言。

不過從外看來沒有任何不自然的地方。對現在的子緣來說，所謂的「不自然」是指增添人力戒備或忽然關閉。入口保全只有一名，進出的信徒依然是那樣庸庸碌碌，平凡如蟻。

子緣獲取消息的管道有限，沒了派報人、也沒有侵入誠德會內部的手段。現在的他與盲人無異，只能胡亂摸象試圖拼湊整體面貌。

失卻目標的他胡亂兜轉，經過故宮、圓山大飯店、天文科學教育館、士林夜市……到處都有人的蹤影，每一個都不是他要找的人。

子緣終於發現無處可去，就連日常慣例的健身房也因為受傷的關係無法踏足，入館只能對著啞鈴乾瞪眼。這可是他少有的依託，是生活的兩大重心，另一項當然是討伐神棍。一旦這兩樣被移除，就剩虛無的空白。

茫然的他竟然繞去那夜的交戰地點。不久前才發生槍戰的十字路口，現在完全不留一點煙硝痕跡。

子緣遠遠打量斑馬線。就是那裡，當時他在車內，誠德會的座車忽然橫攔過來。緊接著招呼的便是探出車窗的手槍，那恐怖的深黑色與死亡劃上等號。他還能在腦中重現陣陣奪命槍響、迸發的火光、彈飛的彈殼……

因此子緣不由得再次慶幸，能夠存活或許是此生最幸運的事。即使幸運是個幾乎要與他無關的詞。

子緣覓了空位停車，故意趁紅燈時段走過斑馬線。途中不停打量，像在尋找遺失的銅板。

然後，他看見了。

雖然淡了許多，但柏油路隱約有不自然的汙漬，就藏在等待綠燈的車輛之間。

是血。

那位置他認得，是當時一名高等刑組中槍倒地之處。相隔不遠就是愉快取槍結果被爆頭的國字男，糊爛的腦漿噴了一地，還參雜頭顱的碎骨。

現在卻什麼都沒有。就是一片略髒的路面。

子緣收回視線，穿越斑馬線來到對街，忍不住回頭再看。呈現眼前的是再平常不過的日常景象，都市裡的馬路一隅。好像除了當事人，沒人知道這裡究竟發生過什麼。

他繼續走，心亂如麻地往口袋摸索菸盒。叼菸在嘴卻突然無意點燃。

子緣又一次瞥向紅綠燈前，現在多了停駐的汽機車對比，使他驚覺事發當晚沒有無關的路人在場。畢竟是人人顧著圍爐的除夕夜，這裡也不是交通要道，離住宅區更有大段路程。可能有人被槍響驚動，但在新年時節或許只被當成鞭炮聲。這些因素綜合起來，讓掩蓋消息變成相對容易的事。

子緣繼續猜測，是誠德會處理現場？後續是他們藉由背後的關係壓下消息？抑或兩者都是？當天受傷的高等刑組後來怎麼了？國字男屍首的下落？

越是往下糾結，疑惑越是更多。子緣頭痛不已，胡亂走動間發現竟然走在那晚邊戰邊逃的路上。

他記得，就是這邊一挑二砍傷兩個嘍囉。再往前走則遭遇折返的幾名流氓，他不幸挨了幾刀，但對方下場更加悽慘，有個人被子緣斬斷手掌。也許殘廢，總之沒死。

子緣握緊背包的肩背帶，現在擁有了更稱手更鋒銳的武器，與那晚隨意湊合的二手貨是天差地別。這足以逼退眾多走狗，甚至是取其性命。

他默默搖頭，帶著些許沮喪的成份。不，還不到殺害的程度。儘管手段兇殘嗜血，一直以來都是力求重創，盡量控制在喪命邊緣。

殺人與傷人終究是兩回事。他還沒準備跨越。

循著當夜逃命的路前行。同樣的街巷卻是截然不同的風景。現在已經沒有刺骨的凜冽驟雨、沒有追殺在後的流氓，有的只是午後街道的寧靜。探出牆的植物在路面落下葉影，斜照的暖陽讓這條街變成和煦的黃。

一隻黑白色的乳牛貓在鐵皮遮雨棚打著呵欠，抬頭的子緣瞥見了，與牠對望。懶洋洋的乳牛貓盯著子緣瞧，大方打了呵欠，露出小小的粉紅色舌頭。牠慢慢鑽過樓房外糾結的電線叢，悠哉晃到其他屋簷去。

乳牛貓與子緣走在同樣的方向，子緣邊走邊留意牠的動向。心想貓這種動物還真囂張，高高在上的眼神實在令人不爽。

把四處當成自家地盤的乳牛貓跳到一間樓房的遮雨棚上，回頭盯著子緣，隨後扭過身，晃著尾巴消失在防火巷的間隙裡。

子緣啐了一聲，有股被當白痴看低的不爽感。待注意力從貓身上轉移後，他發現來到花店之外。那個女人在遮雨棚下，悉心整理架上花草。又是那身黑洋裝打扮，不過這次有穿鞋，是簡單的黑色夾腳拖。

發現有人，女人親切問候：「午安，買花嗎？」待她看清店外駐足的人，不免驚呼：「咦？是你！」

「喔。午安。」子緣搔搔臉頰，他完全沒有遇見這女人的心理準備、更沒想過會再訪。更別提收受對方的幫助，現在見面格外尷尬。

空氣凝結幾秒，最後是打破沉默的女人誠懇地問：「你餓不餓？」

「啊？」子緣愕然。

被邀請入花店的子緣坐在木桌旁。這是一張簡樸而略顯粗糙的桌子，構成桌面的木板沒有完整對齊，露出幾道手指寬的縫隙。但是不令人感到窮酸，有著滿滿溫暖的手工感。

附有靠背的座椅倒是一看就知道是買來的，與桌子同樣是木頭材質，但經過打磨所以顯得光滑。子緣靠在椅上，手指刮著桌面分岔出來的木質纖維。說實話，他覺得這張桌子還不賴，明明是死物，卻含有特別的生命力。

滿屋的花草讓這個空間充盈植物的清香，讓被都市廢氣毒害的子緣感到意外的清爽。這些花草與其說是販售的產品，不如說它們真真切切活在這裡，沒有過分刻意的修剪，而是盡量讓其自然生長。此處就是一個隱藏在城市的靜謐花園。

一股濃郁的奶油香味飄來，子緣還嗅到火腿的味道。沒過多久，女人便從花店裡的小門出現，端來的托盤滿盛食物。

子緣的嗅覺果然靈敏，切片的火腿滿滿鋪在剖半的法國麵包上，還灑滿削成絲的帕瑪森乳酪。遇熱的乳酪絲在火腿片上融化，與黑胡椒粒交融。旁邊附了一碟生菜，是豌豆芽跟生萵苣、小蕃茄的組合，淋著散發果香的橙汁油醋醬。

省去拿起刀叉，子緣伸手一抓，張嘴就咬。分量豐富的火腿完全塞滿嘴巴，差點無法咀嚼。但子緣憑著凶狠的咬合力，還是將火腿與麵包咬爛。

在他野獸般進食之餘，女人沒忘上次教訓，這次提前拿來水壺待用，更先倒了一杯水放在桌邊。

女人托腮看著子緣狂暴的吃相，震驚程度雖然不如先前，還是難免詫異。

足夠提供三個人食用的分量被子緣吃乾抹淨，而他面不改色，一派輕鬆得好像只吃了幾片小餅乾似的。這次他亦學乖，沒有噎著。

喝完整杯水當收尾，子緣舒了一口氣。

「還要嗎？」女人問。

子緣搖頭。空氣又逐漸尷尬起來。他開始有點後悔，怎麼一聽到女人說要提供餐點，就馬上答應呢？

「味道應該……還可以吧？我有嘗試過鹽巴跟黑胡椒的比例。剛剛的豌豆芽是我自己種的，很新鮮吧？」女人相當在意。

「現摘的？」

「對啊，從後面陽台摘的！後來我有特別準備食物的庫存，擔心還會遇到類似你這樣的人。啊……不要誤會，我不是覺得麻煩……只是、只是想說提前準備比較好。」女人慌張道歉，帶著不必要的自責。

「你是不是很怕得罪人？」子緣問，他沒瞎。女人這樣過分小心翼翼的狀態太突兀了。

「有一點……」女人解釋：「我很不擅長跟人互動，擔心說錯話。還在學習。這真的好難。我花了好多時間，真的是很久，才比較習慣。」

「你這樣能跟客人互動？」

「勉強可以。」女人露出有些心虛的微笑，好像作錯事被逮個正著似的。「一開始真的很慌張，習慣就好很多了。會來買花的是固定幾個人，久了就熟了。這是我開這家店的原因。我在練習。」

「這麼大手筆？」子緣微微愣住，「就為了這個砸一大堆錢開店？」

「因為有些東西，錢買不到。」女人笑容不變，是既淺又羞赧的笑。在那之中顯露不宣張的堅定，可以看出女人對於「學習與人互動」這件事具備某種決意。

子緣嗯了一聲，同意女人的說法。他捏著左耳，再有錢也買不回完整的聽力。

「一直沒機會問，要怎麼稱呼你？」女人好奇地問，然後對自己冒失感到慚愧，趕緊補充：「我、我叫曇花。」

「是綽號？」

「算是吧……」

「那你叫我阿葉好了。」子緣說。還沒足夠信任這女人，不可能給出真實姓名。反正都是綽號，兩不相欠。他往口袋挖錢，放了幾張千鈔在桌上。「吃了你很多東西，這些夠嗎？」

驚慌的曇花連連搖手：「不用！不用付錢！都是小東西而已。不貴。真的！」

「我不喜歡白吃白喝。」子緣將鈔票推到曇花面前。

「可是我弄壞你的手機。」曇花把鈔票推回子緣面前。

「沒差，正好換新的。」子緣又推了回去。

「不行，我真的不能收……」曇花再次回推。

不耐煩的子緣決定改口：「那收一半。」他抽回幾張鈔票，不忘沉下臉好讓曇花知道別再討價還價。這樣的表情足以嚇到許多人，不料對曇花卻是無用。

明明與人相處是那樣小心翼翼深怕惹得對方不愉快，卻在這種事情莫名固執。子緣覺得頭好痛，曇花這女人的確如她所述，缺乏與人相處的技巧。

兩人僵持不下，直到被突來的訪客打斷。「午安！曇花你在嗎？」

「啊！」聽到呼喚的曇花匆匆起身，跑到店門口迎接。

趁著曇花離開座位，子緣立刻把錢留下，決定現在就走不繼續糾纏。這樣等到曇花發現時也沒拒收的機會了。

子緣將背包掛在肩上，直接往門口走去。店外傳來曇花與訪客的說話聲。隨著離門口的距離越近，子緣越覺得那人的聲音似曾相識。

「咦？你是子緣對不對？好久不見啊！」那名訪客熱情呼喚。

「符牧師？」子緣赫然止步。從沒想過會在這邊遇到過去的熟人。

經過這幾年，符牧師與子緣當初認識時的模樣差不多，是POLO衫跟牛仔褲的打扮，只是多了幾根白髮、髮線也高了些。大致上還是那副好爸爸的親切模樣。說話時會笑，眼角連帶綻開明顯的笑紋。他手拿禮盒提袋，大概是來向曇花拜年的。

「哇，真的是你！沒想到會在這邊遇到！」符牧師驚呼。

「你們認識？」曇花同樣驚訝。

符牧師懷念地介紹：「對呀。我們教會以前跟子緣念的國中有合作，當時會在假日舉辦活動，邀請學生來參加。有機會還帶他們參觀教會。子緣很優秀啊，常常主動幫忙，成績也很好。子緣，你後來是不是考到那個、那個……唉呀，我忘記是哪間高中了。記得是前三志願對吧？分數要求很高，真的不容易。子緣你現在過得怎麼樣？」

「還好。」子緣冷漠回答。

符牧師沒把子緣的反應放在心上，反而主動邀約：「這樣剛好，我現在在附近的教會服務。你可以跟曇花來教會看看、禮拜天一起作禮拜。」

「你上教會？」子緣質問曇花，口氣忽然轉兇。

曇花沒被嚇著，鎮定回答：「我想增加跟人互動的機會。我在學。」

子緣撇嘴。「去超商打工不就好了？機會絕對多到讓你想吐。」

符牧師跳出來替曇花說話：「子緣你別這樣，曇花很努力。我有看見她在慢慢進步。感謝主。你看起來心情很糟。有任何煩惱都可以向主祈求，主會聽到、會讓一切安好。子緣，不如我們現在來禱告吧？看你心中有什麼不愉快……」

「不必。」子緣冷冷打斷，「不需要浪費力氣。主聽不到。祂什麼都聽不到。」

符牧師嘴巴微張，沒料到會得到這樣的反應。他哀傷地說：「你好像變了一個人。我認識的子緣不是這樣的。他是很善良、很有禮貌的孩子。」

「你一定記錯了。那不是我。」子緣臉色陡變，視線銳利且猙獰，像要爭鬥的獸。

「是你。主給你那麼多美好的特質，賜給你那麼多禮物。你該好好珍惜。」符牧師忍不住惋惜。

「珍惜？」子緣指著左耳，又一次說：「主聽不到。不存在的東西怎麼可能聽得見禱告？全部都是你們這些白痴自以為是的一廂情願。如果真的有神，為什麼要讓我耳聾？我被毆打、被逼得挨餓的時候，神在哪裡？你他媽說這是祂賜的禮物？」

「耳聾？子緣你……」符牧師愕然，曇花亦是難以相信。

「告訴我。」子緣刻意壓低的嗓音燃燒著怒火，「神在哪裡？難道祂們就是以坐看我的痛苦為樂？還是我命賤不值得被救？」

符牧師無語。子緣更加凶狠地追問：「回答我！神在哪裡？」

「哪裡都沒有。神不存在。」出乎意料的，居然是曇花開口。她無懼地走向盛怒的子緣，護在符牧師身前。

「只有用力想活下去的人。」她說。

十八、變成這樣的人與花

「你在想什麼？」曇花溫聲問。

思緒飄遠的子緣被她的聲音拉回，定神後緩緩搖頭：「沒。」

子緣拿起面前用瓷杯盛裝的熱花茶，湊到嘴邊喝了幾口。淡淡甜味化作暖流，從喉嚨一路蔓延至肚腹，安撫了疲憊的精神。他慢慢洩出一口氣，纏身的疲累似乎被花茶淨化，就此排出體外，令他忍不住再輕啜幾口。

曇花介紹：「這是洋甘菊。可以幫助睡眠，還能緩解疼痛。」

子緣點頭，放下杯子。同坐桌邊的符牧師也是如此。

在稍早的爭執之後，現在的局面忽然變成他、曇花、符牧師三人共桌喝茶。出聲介入的曇花就這樣奇妙地消解子緣的怒火。

也許是那句話觸動了子緣。

——只有用力想活下去的人。

於是他對這個擁有多餘善良的女人起了好奇心。曇花看起來衣食無憂，少了常人具備的塵囂氣質。這分幾近無塵的純真甚至以她為中心，擴及整間花店，更影響周遭的人。

直至這刻子緣才注意到，這間花店的氣氛如此舒適，時間停緩了流逝的速度，花草在透窗的陽光中靜謐呼吸。

這種淨土般的存在帶來奢侈的寧靜，在煩擾的城市之中格外珍貴。

這分舒適令子緣不自在，長久以來宛如在泥濘掙扎的他無法適應這種平靜，盡是被錯置的違和感。

「你剛剛說……你耳聾、甚至被毆打？」曇花相當在意，憐憫地問：「是上次那些人嗎？」

「不是。」子緣知道曇花指的是誠德會，那些人與他過去的經歷無關，否則就算死也要多拖幾個人下地獄。

符牧師同樣困惑：「挨餓是怎麼回事？你後來到底怎麼了？你以前真的不是這樣的人。子緣，你有什麼困擾都可以說，我跟教會的弟兄姊妹會幫助你，可以為你禱告。請主保佑讓撒旦遠離你！」

這番話又一次點燃子緣積壓的憤怒，適合喝茶的祥和氛圍頓時被他的戾氣攪破。

子緣指著自己的左耳，滿是恨意說：「愛是恆久忍耐又有恩慈、愛是不嫉妒愛是不自誇不張狂……符牧師你對這幾句應該很熟吧？那個把我打成耳聾的垃圾常把這段屁話掛在嘴邊。還真他媽的懂愛啊？」

符牧師愕然，他再熟悉不過了，這是《聖經》〈哥林多前書〉的內容。

「不要為我禱告，沒必要。」子緣激動表示：「你應該要作的，是肅清那些偽善又喜歡把愛掛在嘴邊的垃圾，這種人比路上的狗屎還多！不只是施暴，你隨便在網路搜尋『教會性侵』就能找到一堆新聞。然後呢？你們這些信神的人作了什麼？包庇、都是包庇，裝作沒這些醜聞。對外繼續攻擊那些被你們當成忤逆神的旨意的人。」

「子緣……我知道有些教會內部真的有它的問題，但是……」急出滿頭汗的符牧師試圖解釋。

「幹他媽的旨意！」子緣猛然拍桌，根本沒聽符牧師說話。被震倒的瓷杯灑出茶水，濕了桌面。他衝著符牧師吼罵：「神的旨意根本不存在，是你們假奉神的名義任意解釋！如果真有撒旦，一定就是你們這些教徒！」

符牧師被吼得灰頭土臉。面對再次發怒的子緣，就像撞見一隻理智盡失的瘋獸，除了危險、還是危險。符牧師終於確定，這個兇暴的少年已經不是當初認識時，那個敦厚有禮的好學生了。

符牧師乾脆起身，將一直沒機會送出的新年禮盒留在桌邊。「曇花，新年快樂。雖然你說神不存在，但還是歡迎你隨時來教會。我跟其他弟兄姊妹會帶你認識神，了解祂的好。」

曇花露出歉意的笑，送符牧師離開。符牧師走到門邊時忽然回頭，哀傷地對子緣說：「有需要幫忙，還是可以找我。我都在教會。」

子緣沒吭聲更沒理會，兀自瞪著花店一隅。茶水接連從桌沿落下，滴上衣褲。他完全不在意。

符牧師扼腕嘆息，向曇花道別後黯然步出花店。

送走符牧師的曇花順便拿來抹布，擦拭被花茶浸濕的桌面。子緣仍然鐵青著臉，額邊的青筋顯眼可見。

「再來一杯好嗎？洋甘菊也有安定心神的效果。」曇花輕聲問，卻不是害怕子緣的狠勁，而是擔心再觸傷他的溫柔。

子緣還是沒說話。

曇花默默走開，回來時帶著一壺新泡的花茶，擱在桌上時冒出清爽的香氣。她倒了一杯給子緣，也為自己倒了一杯，然後在對面的位子坐下。

瞪著前方的子緣，視線就這麼和曇花對上。他微垂下頭，改看面前的瓷杯。時間漸晚，落進花店的陽光轉淡，微弱的陰影悄悄爬上窗台。不變的是子緣的沉默。

「一定很痛苦吧？」終究是曇花先說話。

「你懂什麼？」子緣尖銳地反問。

「你說的對，我不懂。」曇花坦率承認，「可是我知道那一定是很恐怖的事情。符牧師是個好人……」

「你要替他說話？」子緣不客氣地打斷。

「不是。符牧師認識你，還描述了以前的你是什麼樣子。我相信他說的話。其實我會怕你。在你生氣的時候，就像現在，連好好坐在你面前都有點困難。」

「你看起來倒是很輕鬆，平常怕人的樣子都不見了。我懷疑你是不是在裝膽小？」

「我沒裝。為了克服怕人，我花了很多、很多時間練習。」曇花強調：「真的很久。」

「有這麼困難？不就說話而已。」子緣冷哼。

「很難。我不懂你的遭遇，你也不知道我是怎麼掙扎的。」曇花不是怨懟子緣的不明白，只是明說誰都不懂誰。

「你作過什麼掙扎？」子緣問，正好藉機解開對曇花抱持的疑問：她究竟是什麼樣的人、怎麼會為了想與人互動這區區小事就開了間花店？

曇花的雙手忽然分別抓住洋裝裙擺，用力抓緊，直到被擠壓的指尖都泛成慘白色。身體亦微微發顫。好像恐懼的開關被打開，正逐漸將她吞噬。

曇花露出逞強的微笑，緩緩地說：「我以前……是個非常膽小的人。像個脆弱又沒用的娃娃，只能被人擺布。不能否認，現在的我還是容易畏縮，可是已經知道怎麼去對抗那種恐懼。那時候的我不懂、真的不懂，只想著要趕快跨出去。所以，我對自己開了一槍。」

「開槍？」子緣詫異不已，以為曇花在說笑。可是她現在的神情很認真。真正地將所有祕密掏挖出來。

「從這裡。」曇花指著頭顱右側，那邊看不出槍傷，全被髮絲遮掩住。「結果子彈從頭皮底下滑過，沒有射穿腦袋。很不可思議吧？」

子緣停頓很久，才有辦法回應：「如果是別人說的，我會當他是開玩笑。」

「你相信我？」

子緣點頭。曇花這種擁有多餘善良的傻子，的確可能幹出這種事。就因為太傻，才會選擇用傷害自己作了斷。

「你呢？為什麼變得跟符牧師描述的印象完全不同？」輪到曇花發問。

子緣抿緊嘴巴，忽然好想抽菸。沒想到曇花一個回馬槍，直接將問題丟來。

子緣記得很清楚，那些將他形塑成現在模樣的惱人往事，總是日夜反覆騷擾著、激怒著他，就像怕會被淡忘似的。每個細節與場所、每一張令人作嘔至極的臉孔，他都記得。

因為那些都飽含了他的血與疼痛。

逃出婦人魔掌的後續，子緣迎來一段混亂的日子。

他完全不知道該向誰求助。老早被父親氣跑的母親久無音訊，更別提要聯絡。其他親戚也因為父親對宗教的癡迷而少有往來。

孤立無援的子緣謹記著獲救時得到的忠告——保密，假裝什麼事都沒發生過。

於是子緣猜測，那個婦人的背後可能還有同夥，甚至是更龐大的勢力。輕易把事情抖開、讓虐殺的慘案曝光不見得是好事。

作為一個長期與氾濫的垃圾資訊為伍的現代人，子緣知道媒體將瘋狂報導。尤其是身處保護加害人，卻用盡全力揭露受害人隱私的病態社會，他的身家資料會被赤裸裸揭開，只為了滿足大眾的好奇還有嗜血成性的媒體。

婦人的同夥可能因此找上門報復。子緣將落得跟父親一樣被凌虐至死的下場。

他親眼目睹過，絕對不要讓那樣的慘劇發生在自己身上。

所以他亦無法向班導師求助，導師可能會試圖介入。父親的死藏不住。

縱使子緣能夠輕易應付課業與考卷試題，卻對眼前困境束手無策。他畢竟是個十七歲的孩子，從小就被困在學校接受為了應付考試而生的教育，有太多太多事不明白。因為考試之外的東西，學校不教。

後來子緣連學校也不去了，雖然試圖擺脫那份恐懼、還盡力裝成若無其事的樣子，卻無可避免生活開始失序。失去作為經濟支柱的父親，已經無法維持現有的生活。租欠房租的子緣被房東從租屋處趕出來，因為房東只認錢。

他就此流落街頭，攜帶在身的鈔票與銅板相加起來不超過一千元。即使再節省、即使每天只吃一餐，終於還是花光了。

沒有盡頭的飢餓成了漫長的酷刑，於是子緣開始偷竊。專門鎖定忙碌的超商，因為店員無暇顧及。來去的顧客比起注意子緣，更執著在邊走邊用手機傳著無意義的閒聊訊息。

子緣沒有因為飢餓就急躁行事。敏銳的他擅於觀察，而且不會重複挑同一家店下手，幸好台灣是超商密度極高的國家。

不過偷竊的物品倒是選擇有限，通常是御飯糰這種能在第一時間塞進背包的小物，偶爾偷點巧克力或糖果，因為補充血糖方便。畢竟不是天天偷竊，得備有存糧。

有時候運氣好能偷到冷凍櫃的袋裝食品，他會帶去家樂福超市，那邊的自助區有微波爐可以使用。

某天深夜，偷竊得手的子緣坐在公園的長椅，吃著微波過的熱雞塊跟炸雞球、還有草莓醬麵包跟鋁箔包裝的咖啡。這些是從不同超商取得的戰利品。

在街頭流浪一陣子，雖然露宿的生活辛苦，他還是保有固定清潔的習慣，趁半夜無人在公廁簡單盥洗身體。但是氣質已經開始改變，從有規矩的好學生變成舉止粗魯的傢伙。因為「禮貌」對街頭生活沒有太大助益，只有迂腐的社會賢達才看重這種表面功夫。

嚼著炸雞球的子緣有一種形似野獸的猙獰。眼神開始展露不屬於他這年紀會有的冷漠，彷彿就算有人當場在他面前慘死，也會無動於衷地看待那般。

不敢說子緣已經嘗盡人情冷暖，只是見多了以前不曾想像過的事。對這世間曾有過的純真跟期待都被無情地磨削殆盡。

在子緣埋頭進食的時候，公園一隅陸續聚集幾個國中生。這類會在深夜出來遊蕩的屁孩當然少不了嘻笑吵鬧，猴子般難聽的笑聲迴盪在公園，騷擾了鄰近的住宅。

很吵，但子緣當沒聽到，這都與他無關。懶得去管不必要的事情，節省體力比較重要。所以當那一隻不知道從哪蹓躂來的流浪狗坐在他面前，看似安分卻又一股勁猛搖尾巴的時候，子緣當場陷入猶豫。

手上的食物還剩半袋雞塊、三分之一塊的草莓醬麵包。更重要的是他還有點餓，吃飽是現在最重要的每日課題。

這隻不請自來的黑狗吐著舌頭，黏稠發亮的口水從嘴邊垂落。子緣轉頭不看，那口水實在有點噁心。他往嘴裡塞雞塊，嚼沒幾口忽然聽到可憐兮兮的嗚嗚聲。

黑狗垂下頭，無辜地猛盯著子緣、還有他手裡的雞塊。

「媽的。」子緣撇嘴。嚇到的黑狗忽然跳開，走沒幾步又駐足回頭，像個哀怨的小媳婦。嘆氣的子緣終於投降，把雞塊的包裝撕開，整袋放在地上。黑狗立刻開開心心搖著尾巴，奔上來大啖雞塊。

喝完剩沒幾口的咖啡，子緣又是嘆氣的分。看到黑狗吃光後便逕自走開，更讓他感嘆這年頭連狗都這樣薄情，拿完好處就當不認識了。

又變成獨自一人的子緣更覺得那些群聚的國中生有夠吵，還飄來菸味。回頭一看，果然見到那些穿著校服外套，內裡卻搭配便服的國中生籠罩在團團煙霧裡。

有個國中生掏出沖天炮點燃，發射的沖天炮在公園上空炸開。被嚇到的黑狗叫了幾聲。那群國中生興奮起鬨，新點燃的沖天炮直接往黑狗射去。黑狗汪汪跳開，倉皇逃跑。那群國中生追在後頭，雙手各拿打火機與沖天炮。

嚇壞的黑狗哀哀亂叫，跑過子緣身邊，直接往公園出口竄去。

帶頭追狗的國中生要跑過子緣身邊時，忽然整個人往前撲倒，手肘用力磕撞鋪地的石磚、手掌也沒少了擦破皮。那國中生愕然回頭，對上子緣冷漠的目光。

子緣默默收回腳。他判斷的沒錯，這個白痴果然得意忘形，沒注意腳下。

接下來的發展便是常見的套路，被絆倒的國中生惱羞成怒，衝上來理論。同夥的屁孩們不忘圍住子緣。

這時候的子緣還不是那個以暴力制裁神棍的凶徒，只是四處流浪的高中生。但是流落街頭久了，野性自然流露出來。在面對這些臉孔長歪的屁孩們的叫囂之中，省去理論的子緣採用最簡單的方式解決。

他的拳頭砸上其中一人的鼻子，拳面離開鼻尖時帶出點點鮮血。痛！這是子緣第一個想法而非逞兇的快意。還不習慣打人的他不懂其中竅門，胡亂揮拳只有兩敗俱傷的分，更別提一敵多是絕對的劣勢。

很快的，子緣就被毆倒在地。不服輸的他不願讓對方好過，混亂中拉倒其中一人，在地上扭打。同時後背不斷遭到屁孩們的猛踹或手搥。

早前這些屁孩的吵鬧已經驚擾了鄰近住戶，加上鬥毆，果然引來警察。子緣與這幾個國中生都被帶回派出所。

警察要求聯絡監護人。子緣無法交待雙親去處，連帶曝光了無家可歸到處遊蕩的處境。後續經過一連串他至今仍搞不清楚的程序，被送到某間私立的安置機構。

子緣在那裡發現，以為逃出囚虐的牢，卻又墮入另一個萬劫不復的深淵。

因為人間即煉獄。

十九、最溫柔的愛之展演

高掛牆頂的日光燈管布著細密灰塵，燈架的隙縫還藏有已成深黑的塵垢。一隻不起眼的蜘蛛攀在燈架上，那是不被光線照射到的範圍，細如髮的八條腿肢來回走動，忙碌地織出灰色的網。

網下的狹小房間被塞進四張分上下鋪的高架床，擠進八個未成年的少年。床鋪之間的走道勉強只容一人通行，走動時還得小心避開，否則肩膀會擦撞兩旁床架。床架的淺綠塗漆剝落大半，暴露出來的部分已然氧化，變成紅銅色的鏽蝕。

每個床位都像凌亂的廢墟，堆著衣服與個人雜物。現在是名副其實的冬季，驟降的氣溫掉至十三度。棉被上卻混雜堆著夏季的輕薄服裝。因為房內唯一的置物空間只有門旁的櫥櫃，裡面卻堆著掃把與畚斗，還有晾曬的舊抹布。

八個少年待在自己的床位，窩在凌亂衣物所築起的堡壘之內。子緣落在裡側下鋪，整個人被上層床鋪的陰影包攏，藏住那張陰鬱的臉孔。

靠牆而坐的他抱住肚子，壓抑不舒服的空洞感。今天晚餐一如往常是簡單的蘋果麵包配肉醬罐頭，搭著鋁箔包飲料。分量對正值發育期的男孩來說實在太少，連填牙縫也不夠。儘管他熟悉挨餓的滋味，卻不曾習慣。

輾轉流落到這間私立安置機構的他，已經過上好一段這樣的日子，狀況卻要比流浪時更糟。至少那段時期還有覓食的自由，雖然是用偷竊的手段獲取食物，總比挨餓來得好。

管理員的說法千篇一律，都是經費有限。這裡不存在任何福利，僅提供勉強過活的機能。少年們說是被安置，某種層面卻像走投無路。所有公立機構不願意收留的，大多被當人球踢來。說是「棄置」還要來得更恰當。

子緣有些發暈，緩慢側身躺下。想睡了。可是還不到就寢時間，隨時會被叫起。耳邊竄來嗡嗡聲，隨即臉頰一陣癢。他伸手去拍，惱人的蚊子從掌間溜走，沒多久又飛回來，繼續在耳邊作亂。

他只好蒙起被子，露出一雙無神的眼珠子，瞳裡飽含這年紀不該出現的黯淡與冷漠，好像對一切放棄希望。其他困居在床的少年亦是差不多頹喪，也許是被灰慘慘的冬天奪去活力，也可能是飢餓產生的疲潰。

蚊子還沒死心，繞著棉被周圍打轉。嗡……嗡……子緣卻慢慢闔起眼睛。

突來的敲門聲讓房內如死物的少年們都活了起來，亦讓子緣從昏睡的邊緣驚醒。

「換你們洗。快出來！」

收到通知的少年們陸續離開床，拿起床底下各自的臉盆，依序擠進床架間的狹小通道。踩著藍白拖鞋的他們終於脫離房間。

門外是一道狹長走廊，鄰近還有幾間門口緊閉的房，同樣有被收容的少年。

子緣與同房的少年們沿著長廊走至盡頭，便抵達盥洗室。不多不少，正好分隔出八個淋浴間。白色的磁磚牆上還殘留肥皂氣味，卻少了洗完澡後瀰漫的溼熱。

進入淋浴間的子緣把臉盆放上牆邊的置物架，脫去衣服後忍不住打了哆嗦，肌膚泛起成片的雞皮疙瘩。

好冷，他想。

子緣趕緊把握時間轉開蓮蓬頭，一邊伸手從臉盆取出肥皂跟罐裝洗髮精。都是價格低廉的產品，由機構統一配發，洗完後皮膚會乾燥發癢。

他的動作很快，已經搓出全身的泡沫準備沖水。不料熱水忽然轉冷，盥洗間此起彼落傳出陣陣驚呼。

「你們再拖拖拉拉的啊，等下連水都沒有。」盥洗室外傳來管理員不耐煩的警告。

操他媽的，又來這套！子緣在心中暗罵，強忍刺骨冰水，發抖地沖淨全身泡沫。

打著寒顫的少年們一個接一個跑出淋浴間，牙關不停格格作響。他們搶著爭奪少數幾支吹風機，不僅吹乾頭髮，也帶來救命的暖氣。

在這些人之中，子緣最晚進入機構所以資歷最淺，只能落在最後看「學長們」吹頭。幸好男生頭髮短，他用毛巾反覆擦拭幾次也乾了大半，只是少了吹風機溫暖身體，還是止不住寒意。

他打了噴嚏，音量不大不小正好穿透吹風機的風扇聲，被其他人聽見。

「新來的，會冷喔？」一個皮膚黝黑的瘦矮子咧嘴笑問，盡是露骨的嘲諷笑意。他的頭髮早已吹乾，卻沒有讓出吹風機的意思。

子緣斜睨一眼，沒回話。這個挑釁的黑瘦矮子睡他上鋪，年紀小了一兩歲，但進來得早所以是資深學長。

子緣不屑這套學長學弟制，起初以為是這些屁孩閒著無聊的家家酒玩意，直到後來才發現連管理員都刻意縱容。

他稍微思考就明白了，讓被安置的少年內部拱出一個老大來管其他小弟，可以減少管理員的負擔。程度不嚴重的毆打都被默許，這被視為維護秩序的必備手段。

子緣被打過。嘴硬如他不肯輕易求饒，這分硬骨子換來更加凌厲的追打。才剛被送進這間機構，作為「新學弟」的他當天便與同房的人起衝突。

畢竟這個環境就像過度擁擠的金魚缸，住不得，無時不刻都在考驗人與人之間的容忍極限。有的，盡是摩擦。

這也沒什麼，子緣就是看不慣黑瘦矮子的囂張嘴臉，更別提是對方主動挑釁。

就像現在。

「你這麼想吹？要不要跪下來，我用吹風機幫你啊。你也給我用力吹。」黑瘦矮子取笑，故意向前挺腰，還作勢要脫下褲子。

「幹你媽的！」被嘲弄的子緣摔開臉盆，掄拳衝上去。旁邊幾人立刻圍過來又推又擠，護住他們的老大。從盆內掉出的牙刷毛巾在混亂中被踩踏，無辜的牙膏更是整條直接爆開。

黑瘦矮子站在人牆外，看著無法近身的子緣，笑容更是得意。

「你們在吵什麼！」被騷動引來的管理員凶悍走入。縱使所有人立即停手，卻掩飾不了混亂的現場。地上那條奄奄一息、噴得到處都是的白色牙膏更是顯眼。

「這是誰的？」管理員質問。

「他的。」除了子緣，現場所有少年全部手指向他，也少不了補刀打小報告：「他又在找人吵架。」

「又是你！」管理員雙手抱胸，不悅地皺眉。「你們其他人全部離開，回房間去等晚點名。葉子緣你留下，把這邊清乾淨！」

黑瘦矮子摀嘴竊笑，事不關己地率小弟們開溜。

佇立原地的子緣瞪著他們離開，因著憤怒而急促呼吸的胸膛起伏不斷。死握的拳頭沒能鬆開，指甲深深刺入掌心。雙臂的肌肉更是繃緊僵硬，還在蓄勢等待揮拳似的。

「我嚴重警告你，再鬧事就送你去感化院。幹什麼？拳頭握這麼緊幹什麼？想打我啊？來啊，你試試看。動手啊。」管理員逐漸逼近，這情勢彷彿地痞流氓在威逼小市民。

子緣強迫視線不要移開，就這麼與管理員互瞪。就連眨眼也不行、不能退縮。

「你很會打、很喜歡惹麻煩是不是？是不是啊？」管理員冷不防一掌搧落，直接打中子緣腦門。承受不住力道的子緣往旁傾斜，腦袋一陣空白。身體跟著發涼，好像血液在這瞬間凝止。

管理員接著揮拳，將他往另一側打退。東倒西歪的子緣不倒翁似的搖搖晃晃，腳跟好像踩不著地、好像地板會自己跑動。退了幾步才勉強站住。

「我給你五分鐘，馬上弄乾淨。」管理員聲明：「超過五分鐘試試看。」

子緣屈辱蹲下，開始收拾散落的牙膏毛巾。在成年人的絕對暴力面前，還是高中生年紀的他沒有反抗餘地，只有苟且聽話的分。

「還有這裡。眼睛瞎啊？擦乾淨。」管理員用鞋尖指了指噴散的牙膏。子緣按著膝蓋站起，打算回房拿抹布，卻被粗魯叫住。「有准你離開嗎？回來！」

「我要拿抹布。」

「有那麼多時間嗎？拿毛巾擦。」管理員命令。

子緣看了看臉盆裡的毛巾，那是洗臉擦身體用的，不該用來擦地。在這遲疑之際，管理員大步跨前，順勢一掌往他的腦門怒摑。啪的一聲巨響在盥洗室迴盪開，臉盆又從子緣的手中滑脫，毛巾跟牙刷再次無辜落地。

他的頭蓋骨冒出火辣辣的疼痛，腦袋有極為不適的震盪感，好像要從中裂成兩半。他一垂下頭，整個人便因為忽然的眩暈蹲下。手背正好觸及腳邊的臉盆。才剛收拾好的毛巾擱在裡頭。

逼近的黑影慢慢籠罩子緣，是走上前的管理員。

子緣的手只能順從地探進臉盆……

當毛巾接觸到磁磚地板的瞬間，他決定不再使用這條髒東西了，哪怕以後洗完澡全身溼透也不管。被踩過的牙刷也是。他不要把那種東西放進嘴巴。

在這之外，子緣暗自擁有了更重要的決定。

當管理員押送囚犯般帶著子緣到大講堂時，所有人早已就定位在進行晚點名。

機構內收容的少年們依房號排成縱列，肩膀挨著肩膀擠在一塊。這壅塞的景象好像押送俘虜到集中營的火車車廂，年齡從小學到高中都有，高矮不一，有的瘦弱、有的微胖。

唯一的共通點是不足十八歲的年紀，以及顯露在臉的戒慎恐懼。
這分恐懼不僅僅源自就近監看的管理員，他們將手背在身後，扳起的嚴厲臉孔隨時都要衝著誰破口大罵。
最大的恐懼來源，是在講台的江主任。
在少年們共同的認知之中，江主任恐怕是此生遭遇過最恐怖的人了。這樣令他們懼怕的一個人，現在卻手拿聖經宣揚愛的話語。
「我雖是自由的，無人轄管，然而我甘心作了眾人的僕人，為要多得人……凡我所行的，都是為福音的緣故，為要與人同得這福音的好處。」江主任綻開笑容，臉皮的皺紋隨之加深。
從外人的角度來看，必定會以為他是個慈祥的好人。只有打從內心發寒的少年們知道，這層假皮下所掩藏的真實面貌。
遲到的子緣獨自落在最後頭。不遠處是居後看管動靜的幾名管理員。他的額頭紅了一片，摻雜細密紅點，全是破裂的皮下血管出血。
現在的子緣雙手空空，臉盆在剛剛放回寢室。但若有得選擇，真想全部都扔了、不要了。他很憤怒，氣這些大人的蠻橫、更恨只能吞忍的自己。
江主任的訓話彷彿永無止境。這讓他想起學校那些校長和主任，都是同樣可憎的嘴臉。
面前這個江主任不具備教師身份，但是任何冠以類似頭銜的人似乎都無法避免地熱衷廢話，希望能用自身口水淹死他人似的。

子緣陷入自身的思緒裡，就像在學時的情景，每當遇到朝會就該進入這樣的狀態。反正司令台上的師長少有建設性發言，多是為了彰顯存在感、享受加冕於身的權威而刻意佔用學生時間。

現在的江主任亦如是。子緣看得出來，他十分享受這樣唯我獨大的時刻。

新來不久的子緣還不知道江主任有多恐怖，這是他身處這間機構時的少數幸運。

「愛是恆久忍耐，又有恩慈。愛是不嫉妒、愛是不自誇不張狂、不做害羞的事。不求自己的益處、不輕易發怒、不計算人的惡。不喜歡不義，只喜歡真理。凡事包容、凡事相信、凡事盼望、凡事忍耐。愛是永不止息！」說至最後的高潮處，江主任振臂高呼。

「愛是永不止息！」底下的少年們跟著複誦，這是硬性規定。子緣張開嘴巴作作樣子，實際上沒出聲，滿心覺得蠢。這是晚點名的固定套路，總是以這句話作結尾。

江主任高舉雙臂好一會，才慢慢放下。眼袋浮腫的濁眼掃視一圈，忽然遠遠停留在子緣身上。

「晚點名結束。現在所有人返回寢室。你，對，最後面那個，就是你。留下來。」江主任粗短的指頭指著子緣不放。

所以子緣只得罰站在原地，眼睜睜看著其他人離場。餘下的少年們經過時全刻意避開，也不敢看過來，就怕被牽連。

子緣彷彿臨刑前的囚犯，只有對未知的猜疑與害怕。

等到人潮散盡，江主任慢條斯理走來，手扣著精裝版的硬殼聖經。他裝模作樣地清了清喉嚨，才開口說話：「為什麼晚點名遲到？」

「我打掃。」子緣挺起胸膛回答。心想不能示弱、不該顯露一點畏懼。儘管他是知道再來絕對不會有好事發生，即將迎來的多半是另一波處罰。

「打掃？早上才是打掃時間。你自作主張什麼？」江主任質問，然後咳嗽幾聲。他沒拿聖經的那手拉了拉腰間皮帶，好放鬆繃在襯衫裡的肥肚腩。

「主任，他剛剛在盥洗室鬧事。所以我叫他留下來清理。」管理員上前報告。

「鬧事？你當這裡是什麼地方？」江主任濁黃的眼珠子盯著子緣不放。燈下的微禿頭皮藏不住油光。「既然來到這裡，就要遵守這裡的規矩。」

規矩？包含那些讓收容的少年排出輩分好私下管理的潛規則嗎？子緣心想，嘴角跟著彎起，差點就要冷笑出聲。

「笑？有什麼好笑的？」江主任音量拉大幾分，不悅地怒視。他用力將手中聖經塞到子緣胸前，連帶推得子緣倒退。「你不懂作人的道理與規矩，沒問題。把這整本抄完，你就該明白了。明天早點名前交給我。」

「叫守夜的好好盯著他。」江主任對管理員吩咐，然後便不再瞧子緣，踱步走開。走沒幾步又突然回頭，繼續交代：「不准坐下，給我站著抄。」

那本塞在子緣手中的聖經足有手指頭那麼厚，被迫接下的他別無選擇，只能受罰。在管理員的監視下，他站在桌邊，彎身用鉛筆謄寫，從目錄開始一個字接一個字抄下去。

夜間排班的管理員不時過來巡視，子緣強忍寒冷與倦意，抄下這些引人為善的話語。明明江主任的所作所為與善無關，為什麼這樣的人有資格為愛宣揚甚至作見證？子緣不懂，卻開始明白人的言行從不一致，這個社會乃至整個世界都是展演場，端看誰的演技更加高明。

夜漸深沉，只剩筆尖與紙張之間的摩擦聲。好幾次子緣不小心闔上眼皮，意識短暫喪失，又在幾秒內驚醒。抄寫的進度無比緩慢，連整本聖經的十分之一都不到。

今夜是註定無法上床睡覺了。在飢餓與疲累的雙重折磨之下，子緣終於承受不住睡意，手腕一鬆，筆從掌心脫落。人就這麼站著昏睡。

他的睡眠沒能持續太久，很快被忽然的地轉天旋嚇得驚醒，睜眼一看只見慘白色的天花板，沒看到抄滿凌亂字跡的紙張。緊接而來的小腿痛楚以及管理員的冷酷注視，讓子緣知道自己是被管理員踢倒。

「起來。誰准你睡的？」管理員語氣如冰，不帶同情。沒等子緣反應，上前一腳往肋骨猛踹，痛得子緣倒抽大口涼氣。

「起來！」管理員厲聲喝斥。

子緣狼狽撐地，掙扎爬起。呼吸變得短而零散，就怕大口吸氣會牽動肋骨的劇痛。他勉強握住筆，從中斷的部分繼續。

管理員在旁無情提醒：「你還有五個小時。沒抄完試試看。」說完逕自離開，好像被施加在子緣身上的暴行給滿足了。

子緣低著頭，視線卻模糊起來。眼裡蓄著屈辱的淚水，這分被輕蔑對待的恥辱感有如火焰灼身，令身體一陣又一陣發燙。他放下筆，用力握拳。

好想、真的好想將拳頭往管理員的醜臉砸去，最好噴出鼻血、最好毀斷鼻梁。本來就醜陋的東西不怕變得更難看了。

恨意開始在子緣的心中肆意滋長。該死的、該死的、這些人都該死！他以粗濁低吼代替壓抑的咆哮。他不該被關在這座囚籠，這樣不對。錯了、全都錯了。

從父親誤信邪教的那天起，子緣的際遇便開始偏斜。加上被送進這間擁有宗教背景的安置機構，內藏滿口和平與愛卻慣性施暴的偽善份子，更是令他的人生完全出軌、性格徹底質變。

子緣想起稍早在盥洗室被責罰所暗下的決定。

他要逃出去，無論付出多大代價。

在寧靜的花店裡，子緣面無表情地訴說過往經歷，將這些如火焚般痛苦的往事倒帶。滿屋花草沉默聆聽。

子緣停下之後，花草依然無聲，只剩低低的啜泣。

曇花雙手捂著嘴，溼潤的眼淚爬了滿臉。她連連搖頭：「好奇怪、這真的很奇怪……為什麼他們要這樣對你……」

「沒有為什麼。一個人要糟蹋另一個人從來就不需要理由。」子緣陰沉地說。

現在他很疲累，要將這些片段一一掏挖出來並不容易，對精神層面是種折磨。彷彿再次受到當時的虐待。

子緣往後向椅背靠倒。如果在那當下就擁有現在這身狂暴的力量，哪怕是管理員或是死一萬次都嫌少的江主任，都只有被他痛毆哀號的分。

子緣發現頸後與身體都在發燙。是憤怒帶起腎上腺素的緣故。而他還沒全部說完，尚未提及遭受不可逆傷害的那一天。

他的左耳是被江主任打聾的。就此喪失半邊聽力，只能倚靠殘存的右耳。這也是為什麼欣欣習慣待在他右邊身側。

有些事情連欣欣都不知道，子緣藏著不說。現在卻對這個只見過幾次面的曇花傾倒出來。也許只有面對不相關的人，才能將祕密坦然訴說。

子緣擱在桌上的拳頭忽然一陣暖，是曇花的手掌輕輕覆在上頭。他沒抽回手，只是莫名其妙。

曇花的手慢慢握緊，止不住啜泣的她抽抽噎噎地說：「我、我可以幫你什麼……」

這女人真的是熱心過頭，子緣心想。不過開始不覺得討厭了。這種稀罕的善良太少有，只會讓人擔心。

他隨口說：「請我吃飯啊。」

「好，我現在去買。」

曇花還真的起身就要跑出去，子緣無奈地喚住她：「你剛剛不是有給我吃麵包之類的？」

「那個……庫存都被你吃完了……」曇花不好意思地說。

「喔，原來我食量這麼大喔？」子緣還真沒發現。

長期挨餓的後遺症讓他對食物有強烈的執著。加上年輕又固定激烈運動，毆打神棍時會消耗大量的體力，所以消化速度極快，胃口也特別好。

「真的很厲害，我第一次看到有人吃東西的時候這麼、這麼的……狂暴！」曇花讚嘆地說，然後開始反省：「雖然我見過的人很少……可是還是覺得你很厲害。」

「喔……是喔。」子緣不以為這有什麼值得被誇讚的。但看見曇花天真如小女孩的臉孔時，他開始覺得這似乎是種了不起的特技。

「你是職業的大胃王嗎？到處參加比賽的那種？」曇花好奇地問。

「不是。我只是想吃東西。」子緣很誠實，他真的是餓。不過曇花好像忽略當初他被誠德會追殺的情景了，應該猜測他是黑道比較合理。

「好。阿葉你等我。我去附近的超市。很快回來。」曇花說。經過長久的練習，怕人的她即使進超市購物也不成問題了，只是得避開熱門時段，太多人群聚的場面依然使她恐懼。

「喂，不用了。我不餓，跟你開玩笑的。」子緣喚住她，遲疑幾秒繼續說：「算了，不要叫我阿葉。我叫子緣。孩子的子，緣份的緣。我那個迷信的白痴老爸取的，以為我是神賜給他的緣份。幹他媽的垃圾邪教。」

子緣搔搔鼻頭，說明姓名典故真奇怪。慘死的父親在生前總是一再強調，讓他想忘也難。

「好特別的名字。」曇花思索，反覆默念記起，深怕忘記。

「你的也是。」子緣拎起背包，內藏的開山刀重量令他倍感踏實。「不早了。我要走了。」

「子緣。」曇花叫他的名，剛接近門口的子緣應聲止步。回頭看見曇花雙手的十根手指絞在一塊，有些緊張地說：「你以後、以後隨時都歡迎再來。我會準備好食物。」

「你要讓我蹭吃的話，我是無所謂。」子緣擺擺手後踏出店門。在這瞬間觸電般忽然停下，警醒盯向店外的貨車。

剛才他顧著與曇花說話，完全沒注意到這台貨車。簡直像從深海突然冒出的神祕島嶼，就這麼憑空出現。

貨車旁，宅急便送貨員抱著裝滿花盆的木箱，大步朝子緣走來。

子緣僵立不動。從本能判定這個人非常、非常危險。不全然是高壯的身軀使然，那股森然氣勢與整條街格格不入，周遭色彩彷彿連帶褪色成灰，不自然地凝結起來。

充滿壓迫感的氣場令子緣呼吸一滯。他滿腦子想著該取出開山刀戒備，卻連一根手指都無法挪動。

送貨員越來越近。子緣得以看見那似乎披戴人皮面具的臉孔。生硬的、令人發冷的，就連眼珠也不像活人，好像只是鑲進塑膠珠子般毫無生氣。

在那樣的臉孔之下，頸部卻有幾道恐怖的傷痕。形狀像遭到猛獸的利爪撕扯過，癒合後還留下深深的肉疤。

送貨員來到子緣面前。不像活物的眼珠子終於轉動，瞳孔裡沒有一點光。

子緣強迫驅使硬直的雙腿，終於往旁讓開。送貨員抱著木箱走入花店。目睹這幕的子緣驚覺不對勁，擔心曇花安危的他馬上衝進店內，手已經探入背包握住刀柄。

「子緣，你怎麼回來了？已經餓了嗎？」曇花正好從木箱中拿起一盆薰衣草，還睜著無辜的大眼盯著闖進店裡的子緣瞧。

「他是誰？」子緣警戒地問。

「他？」曇花看了看四周，終於明白是在指送貨員。「是專門送花的。常常麻煩他呢。」

「只是送花的？」子緣懷疑地問。送貨員完全沒搭理他與曇花的對話，逕自往店門走去。子緣在送貨員又一次擦身而過時，幾乎就要抽出開山刀。

送貨員毫無反應，就只是走過，對子緣的舉動、甚至周遭一切漠不關心。在子緣看來，這分恐怖的淡定是因為送貨員擁有絕對的把握，知道沒有什麼能夠傷及他。

「不用擔心。他真的只是送花的。」曇花安撫後苦笑：「我知道他看起來有點可怕，我也是花了好久才習慣。」

「真的？」

「真的。」曇花肯定地說。

子緣默默從背包抽出手，發現掌心已經積著緊張的汗水。他在衣上抹乾，又一次與曇花道別。

那名送貨員再搬入木箱。子緣忽然有股錯覺，以為木箱裝的不該是盆盆花草，更應該是死屍才是……

二十、在他和他的天空之間

消失多日的派報人終於現身。

不變的是容易使人淡忘的身影，全部焦點都被螢光色的尼龍背心搶去。派報人懷裡抱著厚厚一疊傳單，朝著每個路人遞出，好扮演被賦予的外在形象。

固定來此等候的子緣大步奔去，彷彿落難在沙漠，好不容易盼見尋覓的綠洲。

派報人沒有被驚動，手指不著痕跡往懷裡傳單伸去，取出藏有「白紙」的特別傳單，然後交付子緣手中。

「少主給了什麼消息？」子緣一把搶過，差點就地撕開確認內藏的訊息。

派報人眉毛微抬，露出一副困惑的樣子。看起來完全不認識子緣、更不知道所謂的少主。

誠德會那邊怎麼處理？還想追問的子緣及時打住。因為派報人持續摸不著頭緒的模樣，自然的演技令子緣想起在外必須保持的低調。

派報人撇下子緣，退開後慢步往其他路人趨近，微彎著腰，謙卑地遞出傳單。子緣順勢沿著原來的方向前行，經過派報人身邊時不再戀棧，筆直離開。

他拐進旁邊巷口，走過幾條巷子後回到停車處。幾乎是沿著台北橋捷運站的外圍繞了一圈。省去躲進暗巷，人在機車上的子緣直接撕開傳單，一把抓住落下的白紙。用打火機燒烤後，幾行字跡躍然顯現。他快速審視，將少主傳達的命令一字不漏刻進腦中。其中大意是要他待命，誠德會已經被壓制。這段期間暫時不會派遣任務。

子緣不死心地來回翻動白紙的兩面，確認沒有遺漏任何訊息。

就這樣？苦等已久的命令居然就這樣短短幾句？粗暴的失落感猛然湧上，他把白紙用力揉成一團。沒想到與誠德會的糾紛已經悄然落定，連參與的機會都沒有。

他沒忘記誠德會的台北據點是如何氣派，無論是自有或租賃都是可觀的金額。這類自創教派比起引人向善，牟取暴利才是拿手好戲。

子緣更沒忘記監看誠德會在忠孝東路的據點時，曾有官員般的人物幾度進出。顯然誠德會除了既有的黑道背景，更有其他靠山，足以黑白兩道通吃。吃癟的子緣大為光火。過去從未失手，結果栽在誠德會手上，連命都差點丟了。

他曾經以為自己夠強大了，沒想到還有更棘手的敵人。力量甚至凌駕在他之上。上次任務出了差錯，是否也令少主失去信心？

因為少主的強力援助，再輔以臥底滲透的「蟑螂」，讓刑組的子緣在執行命令時幾乎暢行無阻，能夠對神棍施以嚴懲。

如果他從此被排除在任務之外，該怎麼辦？

該怎麼辦？子緣自問，手中的打火機喀擦一聲，白紙在火焰中蜷縮成灰燼，散亂成紛落的黑色碎屑。

沒關係，縱使沒有後援，子緣也不會放棄。他早已甘願成魔，只為滅卻這些張牙舞爪的假神。就連真佛也不放過。

「全是垃圾。」子緣惡狠狠地啐道。

懷著這樣失落難受的心情，他沿街搜刮。買來的食物大袋小袋掛在機車把手上，像結滿豐盛果實的香蕉串，連腳踏墊也放了一桶胖老爹炸雞。

即使脫離機構，子緣仍被黑洞般的飢餓感制約。那像緊隨糾纏的陰影，逼他靠大量的食物填補。那時候實在是餓怕了，說不定連蟲子都能活吞。

帶著成堆食物，子緣催動油門。奔馳的機車在大街揚起了風，帶他去往遠方。

「看到你沒事真好。」應門的欣欣擦去眼淚，幫忙接過子緣手上掛滿的食物。

脫下鞋子的子緣隨她入屋。欣欣特別注意那雙黑色adidas 運動鞋，是她先前幫子緣買的。鞋面有些髒，但整體狀況還算良好。不過她已經偷偷在物色新鞋了。

子緣這傢伙有個特點，就是不懂怎麼照顧自己，欣欣只好多替他操心。

「你坐一下，我去洗臉。」欣欣招呼完便匆匆溜進浴室。她才剛起床，實況主的作息多是晚睡晚醒，在中午左右起床已成習慣。

稍早之前，乍醒的欣欣本來人在床上發呆，大半意識留在夢裡沒能抽離。在悠悠忽忽的放空之中，門鈴響了。

她快速撥順頭髮後跳下床，溜到門邊透過防盜孔窺視。本來以為會是前天下訂的網拍送貨，沒想到卻是子緣。

眼淚在她打開門的瞬間湧出。透過網路報平安跟實際見到本人終究是兩回事，看到子緣好端端站在面前，真的是令欣欣非常、非常開心。

她知道的，子緣很可能有一天會忽然不見，從此沒有消息。不是故意疏遠，而是再也無法現身。那所謂的「少主」交派的任務必定危險，甚至致命。

每次相處的機會都來得奢侈。更別提年夜飯的突然爽約，以及之後的杳無音訊，這也讓欣欣下定決心。

梳洗完畢的她在踏出浴室的瞬間深呼吸幾次，然後在子緣面前站定。

嘴裡塞滿車輪餅的子緣緩緩抬頭，口齒不清地問：「你是不是比較喜歡紅豆的？我忘了買，都是奶油口味。」

欣欣伸出微微顫抖的手，「手機借我。」

子緣沒多想便往口袋摸索，卻在交出的瞬間忽然抽手。他警覺地問：「你要幹嘛？」

「交換聯絡方式。」欣欣解釋：「我希望隨時都能聯絡到你。你不要誤會，絕對不是要監視你。你知道我不會這樣。只是想確認你人是平安的。」

明明是合理而正當的理由，欣欣卻止不住心虛。或許打從潛意識就認定沒資格向子緣要求這些。她是被拯救的那一方，更別提背負的殘缺所產生的自卑。

「不行。」子緣果然如預料中的斷然拒絕。

「拜託。」欣欣懇求，手懸在半空不肯收回。「你失去消息的那幾天我真的好擔心。你從沒爽約。」

她不想再忍受單方面的等待與焦急，簡直像往深不見底的枯井丟石子，無論等待多久都沒有回音。換來的只有不斷墜落又墜落，與一再落空的期望。

明明不是愛哭的人，現在眼眶卻又發酸。欣欣用力睜著，讓淚水凝止不動，面前景色便像罩上霧氣般模糊難辨，全成了朦朧輪廓。

手的顫抖越來越不受控制，看在子緣眼中或許很好笑吧？有了這想法之後，竟連腿都開始發抖。欣欣倔強地堅持住，知道絕不能在這裡退縮。

沉默阻塞在兩人之間，壓得欣欣要喘不過氣。她不自覺屏住呼吸，眼淚的重量越來越沉，終於在一次眼皮的顫動後脫離控制，沿著臉頰溜走。

這瞬間欣欣的視線恢復清晰，面前的子緣正盯著自己。對應她的要求所呈現的情緒既不是失望也並非憤怒，而是猶豫。

「很危險喔。最好不要讓人知道你跟我有關聯。」子緣搔頭又皺眉，「不要跟我有牽扯比較好。」

「現在說這些，不會太遲嗎？」欣欣彎起嘴角，忍不住莞爾。心想這個傢伙只有打架在行，勸退人的功夫有夠差。

「你確定嗎？」子緣再問。

欣欣用力點頭。難得子緣動搖，一定要趁機把握。

子緣認命交出手機，再抓了顆車輪餅往嘴裡塞。

欣欣趕緊接過，就怕他突然反悔。到手後馬上點開螢幕，指尖滑來滑去好一會，忍不住困惑：「你沒用Line嗎？」

「我沒朋友，用不到。」子緣說得乾脆。畢竟是個人際圈極為狹隘的傢伙。

「那我加你電話的通訊錄。」欣欣直接撥給自己好獲取子緣的號碼。她雙手各拿一支手機，靈活地操作。子緣也沒閒著，抓起胖老爹炸雞開始大嚼。

「好了。」欣欣遞還手機，發現子緣吃得滿手是油，所以改放在一旁，另外抽來幾張濕紙巾讓他擦手。

「你不吃嗎？我買了很多。」擦完手的子緣打開罐裝可樂，咕嚕嚕喝完。

「剛睡醒，沒胃口。」欣欣搖頭。抱著膝蓋的她坐在旁邊，把頭枕在膝上，慵懶望著子緣進食。她忽然提議：「我們出去晃晃好不好？」

「不好吧。」子緣否決，「被你觀眾看到誤會怎麼辦？」

「才不會。沒那麼容易被認出來。」欣欣笑著說，「我這幾天都窩在家裡，除了開實況就是睡覺發呆，都沒出過門呢。吃的也是叫外送隨便打發掉，感覺快悶壞了。是時候出去呼吸一些新鮮空氣了。」

「外面只有廢氣，一點也不新鮮。」子緣不是很情願。

「總比窩在家裡好。我真的快發霉了。」欣欣故意躺倒在地，一副軟綿綿的無力模樣。

「我想去很寬廣的地方，最好可以看到整片的天空。今天是好天氣吧？」

「嗯，大晴天。」子緣的眉頭皺成一團。

欣欣發現子緣的表情變化，知道他果然在動搖，於是故意補上一句：「如果不是為了等失聯的某個人，我也不用一直待在家開實況苦等喔？」還不忘加重「某個人」這三字的語氣。

聽到這邊的子緣彷彿喉嚨噎著，久久之後才低罵了一句：「媽的。」

子緣頭靠著沙發放空。用書櫃充當的隔間後方傳來窸窸窣窣的衣物摩擦聲。他忍不住嘆氣，終究是投降了。現在等欣欣換好衣服，就得出門。

他再次嘆氣，沒料到欣欣這麼狠，直接抓著弱點打。年夜飯是他爽約在先，害得欣欣徹夜開實況苦等，令他倍感愧疚。

這分債，難還。

顧慮欣欣被認出來是原因之一，更重要的主因是忌憚誠德會。不過少主都傳令已經平息了，那暫時不必擔心了吧？

這讓子緣喪氣，到頭來他並非刑組的主力，只是小卒。恐怕誠德會根本沒把他放在眼裡，大概也沒必要特別報復。

鬱悶的他往口袋摸索，習慣性拿出菸。叼在嘴上才驚覺這裡是欣欣家，不能弄得都是菸臭，只好默默收回。

「我好了。」欣欣從櫃子後走出，她挑了白色的V領素面上衣跟黑色修身長褲，配著墨綠色夾克外套。還加上平沿帽跟無度數的粗框眼鏡。整個人散發的氣質就像Instagram上擁有大批粉絲的網美。

帽子跟眼鏡是子緣要求的，以便欣欣不會被一眼認出。

「還行吧？」欣欣有些緊張，拉了拉夾克下擺。

「可以。」子緣一屁股起身，與欣欣下樓。

外頭的天氣比他來訪時要晴朗得更多，烘照的陽光溫度適中，減少幾分冬寒。機車坐墊被曬得暖暖的，合成皮革的紋路映出鱗片似的反光。

子緣跟欣欣一前一後坐上機車。欣欣稍微猶豫，還是用指尖扣住子緣的衣角。催動油門後，兩人乘風而去。在呼嘯的風聲裡，她問：「要去哪？」

「河堤。」子緣大聲回答。

機車駛入熟悉的疏洪東路，這是子緣每次上健身房的必經之路。他想到訓練已經停擺一段時日，肉體有股生鏽似的遲鈍，可惜迫於養傷只能休息。現在蠢蠢欲動起來，決定明天就回健身房測試，盼能早日回歸訓練。

停放好機車，子緣帶著欣欣登上河堤，往下俯瞰便是大都會公園的寬闊綠地，錯落植樹與小池。更遠方是汽車流動的高架橋，在那之上擁有成片白雲的碧朗藍天。

這是都市之中少有的奢侈空間，儘管盡頭被醜灰的水泥建築包圍，至少抬頭就能擁有完整的天空。

「好舒服的地方。」欣欣迎風伸起懶腰，雙手用力上搆，一副想觸及天頂的模樣。

「扣除這些路人更好。」子緣冷眼掃視錯落的民眾，有情侶也有一家大小出遊。怎麼看就是礙眼，都是只會製造噪音的障礙物。

「幹嘛這樣說。」欣欣笑了，覺得這時的子緣像執拗的孩子。「我們到處走走？」

「走這上面吧，風景好。」子緣提議。

兩人沿著河堤散步。心情愉快的欣欣哼起歌。

「這什麼歌？」

「趙之壁的〈在你和天空之間〉，我很喜歡。」欣欣回答，繼續哼著。眼看子緣一臉無趣，便問：「你還是比較喜歡〈七月七日晴〉嗎？那首歌真的很悲傷。」

「但是好聽。」

「那我唱。」

在欣欣的歌聲中，兩人越走越遠。在少人的角落，他們乾脆坐下。看雲的流動，看池水浮掠的倒影。聽著風。這分少有的悠閒讓子緣差點打盹。

欣欣摘下帽子。髮絲在風中舒展開來，她輕輕拂順，接著取下眼鏡。

「戴著比較好吧？」子緣提醒。

欣欣搖頭。「我還是不喜歡躲躲藏藏的。這樣很好。」

她望著遠方，小路上有人慢跑、有零散經過的腳踏車。塊狀堆疊的雲將太陽藏掩，滲透出來的是足以直視而不眩目的輕柔白光。

「子緣。」欣欣輕喚。

「怎麼了？」

「你的工作……什麼時候會結束？」

「不知道。很久以後吧。」

「這樣嗎……」欣欣迎風的側臉有些許落寞，「結束以後呢？你有什麼打算？」

子緣無從回答，這是從未考慮過的事。更別提能不能「結束」這分工作都是未知數。這座小島多的是理盲濫情的群體，他們捨棄常識只求活在虛造的世界，並將之奉為無上樂土、是靈魂的皈依。恰好成了構築迷信所需的養分。

接續子緣的沉默，欣欣幽幽說著：「我希望到了那時候，我可以不必再遮遮掩掩，可以用這個身分見人。」

「你實況不是經營得滿好的？」

「不，不只是實況主。是我這個人。全部。包括這個身體。」欣欣垂下眼睛，嘴唇亦抿緊。

「現在這樣不錯了。」不善安慰的子緣只想得出這種粗糙的言詞。眼看欣欣失落地捂住臉，他想也沒想，伸手輕拍她頭。「現在這樣很好。」

欣欣微微搖頭。「不是真的。」

「我沒說謊。」

「我是說……我不是真的。」欣欣的聲音有著無盡的沮喪。「這是我選擇的樣子，希望用這樣的面貌示人。可是被發現怎麼辦？」

「不要管其他人。」子緣按著她的頭，試圖安撫。「你很好。相信我。」從子緣手中傳來的力道雖然粗魯，卻好令人安心。欣欣忍住哽咽，輕觸子緣手背。

「謝謝你。」

被送回自家樓下，欣欣將安全帽遞還給子緣。她又恢復以往的笑容，看在子緣眼中有種故作堅強的味道。

「要保重喔，隨時注意安全。」欣欣叮嚀。

「我盡量。」子緣還真沒把握。

「有機會要聯絡，不然就枉費我特地凹你借我手機了。」

「有機會的話。」這同樣令子緣毫無把握。

欣欣目送子緣離開才甘願上樓。剛進門的她隨即收到手機通知，不免滿心期待猜想，該不會是子緣捎訊息過來吧？

隨著取出手機確認，欣欣才發現這種猜想有多天真。

來電的不是子緣。

是不斷糾纏的小茄。

二十一、惡夢重演前

捷運劍潭站的票口外。

欣欣獨自倚在牆邊。在連續幾日放晴後，再次刮起凜冽冷風。壓抑的灰雲盤據天頂不散，重得整座城市要喘不過氣，強制令街巷蒙上慘淡的陰影。

天色看似隨時都要下雨，所以欣欣穿了長版風衣外套，然後配上平沿帽。是與子緣去河堤散心時戴的那頂。為了赴約特別早起，還殘留難消的倦意，對柔軟的床念念不忘。在這樣溫度驟降的日子更是難捨。

幾個路過的男大學生頻頻回頭，夾以竊竊私語。欣欣壓低帽沿，當沒聽到對於長相的評論。擁有姣好外貌又善於打扮的她總在外出時引人注意，直到現在仍無法習慣那類恣意且帶侵略性的目光。畢竟來自容易衝動的雄性生物，難免。

欣欣確認時間，九點五十二分。距離約定的十點整還有那麼一小段空檔。

現在溜走說不定來得及，她想，無法否認這是誘人的念頭。可惜有些債得盡早償還，至少給個交代也好。

認命等待的欣欣盯著時間溜走。在來到十點之前，約定好的人提前現身。

「嗨嗨！欣欣，你這麼早就到了啊！」出票口有個穿粉紅色羽絨外套的女人用力招手，隨後刷卡出站奔跑過來。女人笑彎了眼，彷彿發生什麼天大好事。隨著大大的笑容綻開，明顯突出的成排門牙跟著暴露，連帶露出牙齦。

「小茄早安。」欣欣微笑以對，完美藏住被迫赴約的不情願。

前前後後迴避這麼久，還是拗不過小茄的死纏爛打。欣欣勉強答應這次會見「龍王師父」的邀約，畢竟小茄這個老觀眾幫了不少忙，前陣子與觀眾的聚會更多虧她熱心出力，讓欣欣省去不少麻煩。

欣欣知道神棍能夠一再獲取信徒必定是擁有某種技術，能夠精準抓住人心的弱點。所謂的師父十個之中有九個是假的，剩下的那一個是還沒開始行騙。所以這趟多少有風險。

當初子緣失聯的時候，小茄恰好傳來龍王師父的照片，說只要向照片祈求就能完成心願。欣欣嘗試後沒多久，子緣竟神奇地出現在實況台的聊天室。這讓她不得不承認是有些心動。

不過只要理性分析，就會知道全是湊巧。既然失聯時的子緣人是平安的，取得聯絡本來就是早晚的事，只是恰好發生在那樣的時間點。

何況欣欣是明白的，若子緣知道她誤信奇怪的宗教會有多憤怒又多失望。這些前提使她擁有務必堅守的底線。這趟單純是還小茄人情罷了，之後就找藉口推託，絕對不再造訪。

「師父真的真的真的有神通！你知道我有在弄網拍嘛，東西本來都賣不出去，剛好朋友介紹我去拜師父。我剛聽到還想說龍王這名字未免太奇怪了吧，是玩手機遊戲取名字喔？後來反正閒著就去看看。然後喔！真的很神奇喔！沒幾天網拍的訂單就一直來一直來，差點沒把我嚇死。第一次看到那麼多訂單！」

小茄沿路說個不停，欣欣只有陪笑的分。

「那陣子我就邊弄網拍邊聽你實況。對啦都是用聽的，沒辦法眼睛要看螢幕處理訂單嘛。還好你常常都是唱歌可以用聽的。後來喔，銷售都很穩定，我還可以雇人幫忙。今天就是讓工讀生幫我出貨，我才能跟妳一起去見龍王師父。」小茄嘻嘻笑著，順便指引：「要從這邊過馬路。」

「還很遠嗎？」欣欣問。

已經走離捷運站好一段距離，開始往老舊的街區深入。四周樓房顯現一定年歲，外牆有歷經日曬雨淋的痕漬。頭頂雲層越來越厚。颳來的風蘊含濕氣，風勢要比離開捷運站時又強勁幾分，幾次欣欣得伸手壓住才免得帽子被吹跑。

「快到了。師父住的地方離馬路比較遠。沒辦法，交通方便的地段很貴嘛！我常跟師父說他本事那麼大，應該讓財運好一點呀。換大間又離路口近我們也比較好找嘛。」小茄嘖嘖地抱怨師父不夠貼心。

「嗯，對啊。」不知道如何應對的欣欣只能附和。明明當實況主會遭遇各路網友的奇葩發言，隨著經驗累積多少能有一套應對方式。偏偏遇上小茄卻讓腦袋當機。

經過巷口的飲料店，欣欣突然被小茄一把拉住。小茄咧嘴笑指路邊的飲料店，「走這麼久都渴了，買個喝的！老闆，我要三杯蜂蜜檸檬。」

「甜度跟冰塊咧？」男店員問。

「半糖少冰。」小茄從錢包掏出鈔票，轉頭對欣欣說：「這個飲料我請。你特地跑來喔，飲料一定要請的！」

在等待飲料做好的同時，小茄又機關槍似說個不停，不斷誇耀師父的玄妙之處。靜靜聽著的欣欣笑容不減，但臉皮越來越僵，臉部肌肉開始發痠。

「走吧！這個給你。」小茄遞來飲料，還順便幫忙插入吸管。欣欣道謝後接過，沒急著喝。

再走過幾個巷口，小茄熟門熟路拐入一條巷子，來到其中的一樓民宅前。入口停著納智捷汽車，歷經摧殘的保險桿有好幾道刮痕，車身則積滿波紋狀的灰塵，像從泥水中打撈起來似的。

在兩道拉下的鐵捲門之間是扇紗窗門，內裡的燈光偏暗，透過紗窗可以看見客廳正中央的供桌。供奉的木雕神像欣欣認不出來，不是慣見的觀音或土地公一類，而是個面目剛厲，座騎配龍的男性神祇。

「終於到啦，就是這裡！」小茄拉開紗窗門，示意欣欣先進去。

「沒有其他信徒嗎？」欣欣疑惑地問。

「我跟你說！師父都是晚上才見客。我想說你都是晚上開實況嘛，所以請師父特地通融，提早見你。好啦別站著，快點進去。」小茄笑咪咪催促。

欣欣往旁一瞄，快速記住門牌地址才進門。

坪數不大的客廳除了供桌之外，擺了一套黑色合成皮沙發跟泡茶桌。玻璃桌面遍布水漬。擱置的茶具積著不知道放了多久的濕茶葉。旁邊的菸灰缸當然也沒清理，塞滿好幾天份的菸蒂。

小茄先招呼欣欣在沙發坐下，人就鑽入客廳一側的狹窄走廊。「師父、師父！」

聽著呼喚聲漸漸往屋內深入，被留下的欣欣雙手捧著飲料，仔細環顧周遭。

這裡實在非常髒亂，門邊的鞋櫃也是將鞋子隨便塞入，有幾只掉了出來，就這麼散落在地。剛才進門時她還差點被絆到。

欣欣不免好奇怎麼有人能忍受這樣的環境？她啜了幾口飲料，酸甜冰涼的滋味入口，讓心情稍微輕鬆些。決定等拜訪結束要找間咖啡店吃些甜點、喝杯香醇的拿鐵，好釋放今天累積的壓力。

腳步聲從旁邊走廊繞回，隨後是小茄興奮的呼喊：「欣欣，快點過來。師父在裡面等著見你！」

欣欣被突來的呼喊嚇了一跳，好不容易定住神。應了一聲便隨小茄一同走去。這條狹窄走廊無燈，盡頭倒是有光。途中經過兩扇敞開的門，欣欣稍微窺視，發現分別是臥房與廁所。同樣都過於髒亂，難以直視。

通過走廊，盡頭的房間鋪有光滑的木質地板，除了幾塊棕色座墊與電扇之外再無雜物。現出真身的龍王師父盤坐在內。一臉故作莊嚴。

欣欣點頭示意，發現龍王師父比照片看到的還要胖，不變的是油膩的頭髮以及輪胎般圓腫的肚腩。衣上的龍圖騰被肥肉擠出，看起來更為立體。

龍王師父瞇眼一笑，那張彌勒佛似的肥臉彷彿要滲出油來。「你就是欣欣？」

欣欣點頭，與小茄在門口脫下鞋子，一同在師父面前坐下。「師父，這飲料給你！」小茄沒忘記拿出剛剛買的手搖杯，龍王師父接過後大力吸了幾口，滿意地舔舔嘴唇。

面對面的龍王師父除了體積逼人，還傳來濃郁的體味，好像久浸油鍋的臭抹布，令欣欣暫時放棄思考並放輕呼吸以免大口吸入。這室內無窗又沒開空調，所有的空氣都窒悶著。

「聽小茄說你在經營實況。師父我以前也很沉迷電動遊戲。不過都是悟道前的事了。」龍王師父豎起劍眉，故作滄桑地嘆氣。

隨著龍王師父伸手撥了頭髮，欣欣親眼目睹驚人的成片頭皮屑如雪花般飄落。更別提瀰漫過來的陣陣口臭。她只好多喝幾口飲料，用檸檬的香氣轉移劇毒般的口臭。

「滋、滋、滋！」龍王師父發出極大的吸吮聲，然後繼續說：「從悟道以後，我明白這世轉生的真正使命。世間煩惱與誘惑太多，過去浪費太多時光，遊戲就是大大的罪因。就算實況主是你的職業，但是作人不能沉迷在這種虛幻的東西裡。貪、嗔、痴、慢、疑是五毒，會影響人心……」

欣欣聽著，總覺得這些內容好像是從網路文章還哪邊複製下來的，有一種熟悉的制式感，比學校老師授課還枯索無味。礙著要給小茹面子又不能馬上離開，何況她想這次拜訪待久一點，也算是給了交代，之後才好推託。

對比她的漠然，小茹倒是聽得起勁，眼睛都要發光了。

「我過去指引數百信徒，讓他們迷途知返擺脫世俗雜念，回歸真龍正道。」龍王師父開釋不斷，用力拉平上衣好顯示那道金色的龍圖騰。

「龍，是一種慈獸，也是觀音的座駕。所以真龍是跟觀音淵源很深很深，不管是千手觀音、救世觀音、如來觀音、釋迦觀音、二郎觀音……都很有關係！龍也要替玉皇大帝主持正義。這人世間的凶險啊、犯罪啊，所有不法之人最後都要在這面前被審判。」

小茹忽然舉手，真誠發問：「師父，請問要怎麼回歸真龍正道？」

「要如何回歸我真龍正道？要先作到心境澄明，就是像那個湖面，你們有沒有看過日月潭？就像日月潭可以直接看見潭底的那種清澈。魚跟蝦都躲不過，連五毒貪、嗔、痴、慢、疑也不能藏。要先到這個境界，然後發願，心中要有善念，然後去想自己就是龍啊，翱翔天際在雲裡面飛……」龍王師父搖頭晃腦說個不停，還舞動雙手模擬龍騰雲駕霧的模樣。

日月潭應該是無法看見潭底的吧？欣欣心想。這如果是觀眾留言，她還可能被逗笑。但現在完全喪失笑意，嘴角連彎曲的念頭都沒有。本來腿因為久坐痠著，現在卻慢慢被怪異的頭暈掩蓋。她忽然好疲累，似乎隨時會倒下。

不對勁，這種暈眩真的不對勁！危機感迅速湧上，逼得欣欣立刻作出決定。

「不好意思！我不太舒服。我之後再拜訪。真的不好意思。」她倉促起身就往門口走，也不理龍王師父的挽留。不料手腕忽然一緊，被小茹拉住。

小茹露出詭異的笑，故作關心地問：「欣欣你不舒服嗎？這樣剛好，龍王師父可以幫你治病。我之前常常下背痛，就是師父治好的。來，你這邊躺下。」

欣欣的肩膀被小茹按住，她連說：「沒關係，我回去休息一下就好。」

「別這樣說嘛，讓師父治治看，真的很有效。」小茹像煩人的章魚死纏不放。

「不、不用！」情急之下的欣欣克制不住力道，用力甩開小茹的同時踉蹌幾步，險些直接跪倒。

她慌忙穩住身子，隨即奮力跑開。腳尖一踩進早前脫下的懶人鞋，顧不得穿好就直接跑了。

不料走廊另一頭忽然竄出人影。

「喂，差不多了吧？換我沒？」是剛才的飲料店男店員。大聲嚷嚷的他顯然沒料到會撞見欣欣，整個人當場一愣。

從後追出來的小茹跟龍王師父雙雙大喊：「抓住她！」

被前後包夾的欣欣瞬間將所有陰謀串在一塊，弄清這樁設計好的險惡陷阱。沒得選擇的她往旁一倒，順勢躲進廁所，趕在龍王師父撲抓前將門鎖住。那撲空的肥厚手掌撞在門上，震得整扇門作響。

欣欣跌坐在地，快要拉不住渙散的意識。好晃、好晃，整座廁所都在晃動……地板的泛黃磁磚像波浪般起伏不停，變成噁心的網。這扇門太脆弱了，擋不住外面那些人。

她虛弱地喘息，勉強用背抵著門，近乎絕望地拖延破門的時間。

整扇門一再被重重拍擊。那恐怖的震顫一再撞擊心臟、撞得渾身冰冷彷彿血液凍結。嚇壞的欣欣止不住眼淚。她用力捂住耳朵，想抵擋門外的咆哮與撞門聲。

不要、不要。

不要再發生這種事。

二十二、祕密揭露後

這幾天子緣一早就窩進健身房，陰冷的天氣絲毫沒有削減對訓練的堅持。

為了養傷被迫中斷太久，子緣早已飢渴難耐，每寸肌肉都在蠢動。復原狀況比預期的更好，執行低強度訓練不成問題。這歸功於原本就擁有的強健肉體，以及野獸般頑強的意志力。

儘管渴望一次將浪費的日子給補齊，但還是謹慎以對，先溫和刺激各部位的肌肉使之復甦，選用的重量也因此偏輕。

子緣還刻意延長啞鈴下放的速度，充分享受肌肉充血的腫脹感，以及離心時的拉扯。不急，絕對不能急。深諳受傷風險的他一再警惕。特別是看到效果不錯，更不該躁進免得不必要的受傷。

完成今日進度，子緣滿足地在盥洗間沖去一身臭汗。吹乾頭髮後在鏡子前試著揮拳，想像拳頭砸在神棍的醜臉上、想像鼻血與碎牙噴發出來。

逐步找回的感覺令他無比興奮。

離開健身房時，外頭正好飄起絲一般的細雨。迎面吹拂的冷風卻讓沖完澡的子緣心情暢快。

他坐在機車上抽菸休息。零星的雨點落在手機螢幕上。基於習慣，他總會先到欣欣的實況台看有沒有開台。現在顯示實況主已離線，畫面是空無一物的黑。

「果然還太早。」他喃喃自語，從口中洩出的煙傾刻被風吹散。

隨著體溫逐漸冷卻，子緣開始畏寒。肚子也咕嚕咕嚕叫，急需食物填滿。早上的選擇有限，他就近挑了早餐店。

幾坪大的空間充盈食物的香氣，鐵板煎台不斷溢出煎蛋與肉排的油香。子緣擠過排隊的客人拿取菜單，連續勾選好幾樣餐點：豬肉蛋漢堡、燻雞三明治、薯餅蛋餅、黑胡椒鐵板麵……

瞄到麵包類的區塊時，子緣突然想起曇花。

他不得不承認，那女人弄的法國麵包夾火腿起司真的很好吃。又想既然承蒙人家招待了幾餐，是該有些回禮。更別說那個送貨員相當令人在意。

那種人不該只是送貨的，氣勢與身份完全不符，必定經過種種生死歷練，帶來的威壓感甚至比高等刑組更強烈，亦遠勝誠德會流氓追殺時的狠戾。

明明擁有人的外形，卻像是非人般的存在。子緣沒能忘記那名送貨員頸上的傷疤，直覺聯想到恐怖的掠食野獸。

該不會是搞盜獵的吧？子緣胡思亂想，邊勾了巧克力厚片跟花生厚片。因為要多買曇花的分，子緣隨意猜測她對食物的偏好，再加點蔬菜蛋餅跟鮪魚可頌。飲料統一選了無糖綠茶。

他的想法很簡單，如果曇花不喜歡，那他就自己全部吃掉。這點分量還不成問題。拿過餐點付了錢，子緣提著滿滿的食物去牽車，往曇花的店去了。

晨起下樓的曇花步入店裡，輕聲對花草們道過早安。

花草當然不會說話，無法與她應對。可是曇花仍然認定，這些花花草草會聽得懂。她把待販售花束陸續搬到門外的遮雨棚下，仔細整理後返回店裡，泡了壺熱花茶。這幾乎是每個早上的例行步驟。

曇花托腮看著乾燥的花瓣在熱水中緩緩舒展，彷彿經歷第二次的綻放。待瀰漫的花香充足，便往紺青色的陶瓷杯注入花茶，然後捧起好溫暖發冷的指尖。她湊在唇邊喝了一小口，悠閒望著店外細雨，猜想今天不會有客人上門。每逢雨天，人總是懶得出門，省得弄濕鞋。

客人多寡對曇花不成影響，這間店本來就不是為了獲利而開，全來自任性的主意。花茶的清香漫入鼻腔，她深呼吸幾次，讓這分芬香淨化被城市污染的肺葉。從久居的深山來到市區，多的不只是與人接觸的機會，額外附贈了喧囂的噪音與污濁難聞的廢氣。幸好隨著日子的增長逐漸適應，只是與人的互動來往仍嫌生疏。

曇花不急，她有的是時間。可以用自在的步調整理自己，整理往事。

來自雨中的高大人影由遠而近，霸佔了門口。冒雨登門的送貨員踏入店中，手抱的木箱裝滿成束的花。

「早安。」曇花打過招呼。

固定來訪的送貨員以些微幅度點頭，放下木箱便要離開。給予的反應甚至不比無法言語的花草來得要多。

「請等一下，」曇花呼喚，「留下來喝杯茶好嗎？」

曇花對這個特別的送貨員印象深刻。這類人本來是該運送其他東西的，但是眼前這人被交派給她，暫時負責送花這樣溫柔的任務。

曇花是在後來才被告知，就在她對自己開槍的那一天，這個送貨員正好同日受了重傷。算是某種共通點。

「獾？」曇花又一次呼喚。這是送貨員的代號。

獾順了她的意，漠然在桌邊坐定。如願的曇花欣喜斟茶，遞到他的面前。「還有點燙，要小心。」

獾拿起陶瓷杯，剛硬如鐵的手指彷彿能輕易將杯子捏碎。他節奏規律地一口接一口飲著。

的確是依曇花的邀請在喝茶。

曇花像照養花草那樣，仔細觀察這個假人似的奇妙個體。簡直像約定好似的，不管是眼前的貛也好，或是曾經邂逅的那個獅子，以動物作為代號的他們都有相似的氣質。這令她倍感親切，哪怕貛的氣勢再駭人也不怕。

在曇花單方面感受的悠哉氣氛中，另一個客人接著造訪。

不請自來的子緣撞見曇花與貛共桌的場景，盡是無法形容的不協調，令他後頸發麻。因為這是最天真善良與最令人生畏的極端衝突。

曇花很快就發現他，親切招呼：「早安。子緣。」

「早。」子緣不免提起戒備，始終有所忌憚。

這送貨員正在喝茶。打從一進入子緣視線起就在喝茶，現在也還是喝茶，看都沒看他一眼，甚至將整個世界屏除在外似的，彷彿沒有比喝茶更重要的事了。

「這是謝禮。」子緣刻意繞過送貨員，在桌邊放下整袋早餐。「我買很多，應該會有合你口味的。」他說著，邊伸手拿出自己的那份豬肉蛋漢堡。

曇花好奇地拉開塑膠袋，觀察裡面的各種食物。她東翻西瞧，拿起花生厚片仔細嗅了嗅。「好香喔。」說完試著咬了一口，不可置信地睜大眼睛：「好甜！」

「你沒吃過？」子緣納悶。

曇花臉紅搖頭：「沒有。這是早餐店賣的嗎？」

「對。你連早餐店都沒進去過？」

曇花又一次搖頭。「沒有。因為店員很忙碌。廚房看起來像戰場，好忙好亂，讓我有點害怕。」

「好吧。」子緣無從質疑。這種莫名其妙的理由放在曇花身上，忽然都變得合理了。

「請問……獾可以一起吃嗎？」曇花問。

「獾？」子緣困惑地問，從曇花的視線明白是在指送貨員。「喔，沒問題啊。鐵板麵是我的，不要拿錯。其他隨便吃沒差。」他是真的無所謂，反正是分享早餐，不是互相廝殺。

還沒來得及打開鐵板麵，子緣口袋內的手機突然冒出嗡嗡振動。他確認號碼後直接接通，沒出幾秒臉色大變，扔下曇花還有成堆食物，頭也不回地衝出店外。

曇花不知所措地望著門口。外頭有機車的發動聲與隨即遠去的引擎呼嘯。

她擔心地追了出去，只見空無人車的街巷。

子緣已不見蹤影。

在那條狹小的陰暗走廊上，龍王師父、小茄與飲料店男三人擠在廁所門前。龍王師父肥掌不斷對門拍打，震得屋內砰砰作響。

小茄終於嫌煩，不悅地制止：「停！你這樣敲以為人家會傻傻開門？只會把鄰居引來懂不懂？沒動靜一定是昏過去了，直接破門就好。」

「什麼破門？修理的錢你要出？」龍王師父反問，薰鼻的口臭嚇得小茄倒退。她怒罵：「提醒你幾次要刷牙是沒聽進去嗎？剛剛聽你講話差點被薰死，要不是欣欣在不能拆你台，不然我早就開罵了。你扮師父就要有師父的樣子懂不懂？」

「好啦好啦，你們吵夠沒？」飲料店男插嘴抗議。「這次怎麼這麼久？」

「就她喝太少啊，藥效才沒那麼快發作。你下次分量放重一點。」小茄吩咐。

飲料店男直搖頭：「放太多味道會很奇怪，飲料蓋不掉。反正交到你手上，你就引誘她多喝啊。」

「現在怪我？隨便啦，不要愣著。去拿螺絲起子來。」小茄插腰命令。「趕快把門撬開，該辦的事辦一半。不想破門，就用撬的好了。這樣你滿意了沒有？」

聽到「該辦的事」這幾個字，龍王師父跟飲料店男不約而同互看。龍王師父賊兮兮笑了笑：「說好了上次是你先，這次換我。」

「拎娘咧。」飲料店男忍不住操起台語啐罵：「臭肥仔屎運好。這次的漂亮很多，上次那個根本不能比啦。」

「生氣什麼，你也用得到的啊。」龍王師父嘿嘿一笑，馬上拿了螺絲起子過來，挨在門邊將螺絲起子往門縫裡插，忙出滿頭臭汗。

「有啦。」龍王師父好不容易將螺絲起子的尖端插入門縫，來回使勁扳動。廁所門終於抵抗不了，應聲開出一道縫。他舔舔嘴唇，性急地用力推門。「喂，來幫忙。她倒在門邊打不開啦！」

三人合力後終於順利推開門，廁所內的欣欣側躺在地，帽子落在一旁，整張臉被頭髮覆蓋。意識不清的她發出細小而虛弱的呻吟。

龍王師父衝上前抱起她的上半身，在衝腦的色慾驅使下，手掌不安分地搓揉胸部。不甚滿意的觸感令他皺眉抱怨：「有點小……」

「已經很漂亮了你還挑。」飲料店男抬起欣欣的兩條腿，與龍王師父一起將她抬到禪修室。

才剛放下欣欣，龍王師父就抓住褲腰準備整件脫下，嚇得小茄喝止：「等一下，先讓我拍照！你急什麼？我才不想看你裸體，有夠噁心的。要脫就脫她的，知道沒有？」

小茄拿出HTC手機，轉到相機模式後對準不省人事的欣欣，陰險地冷笑：「幫了你這麼多忙，輪到你回報我了。」

原來，從最初故意接近欣欣博取信任，到安排飲料店男當內應負責下藥、塑造出龍王師父的形象，這一切的一切都來自小茄的策劃。

驅使她的動機說穿了就一個字：錢。

為了掙錢，小茄前後接觸不少種類的行業，發現白手起家實在難賺。或者該說，賺得太慢。所以把腦筋動到宗教上。

她想，反正民眾普遍都不太聰明，只要打著神佛的旗幟，就會像下水餃般一個一個跳進來。龍王師父跟飲料店男都是她的親戚，兩男原本經營連鎖的飲料店，在小茄的慫恿下紛紛加入這樁買賣。

零星拐騙了幾個無知的受害者之後，貪得無厭的小茄發現還是不夠好賺。

於是她轉移目標，開始朝擁有社群影響力的下手。最後選中了實況主，因為他們與觀眾互動密切，擁有更多介入的空間。

小茄的陰謀是拐騙欣欣後拍攝裸照與性愛影片作威脅，逼她去號召觀眾拜入龍王師父門下作信徒。上當的女性觀眾再以同樣的方式作脅迫，男的則要欣欣用盡方法使他們掏出更多錢。

雖然費了點功夫，現在欣欣終於上當。快了，就快完成了，計畫已經成功一大半。

龍王師父粗魯地扯下欣欣的外套與衣服，那纖瘦的身軀就這麼裸露出來。龍王師父的雙手接著伸往欣欣背後，摸索老半天才解開胸罩。

在目睹欣欣胸部的瞬間，他忍不住脫口：「真的很小……」飲料店男擠上來一起打量，甚至伸手恣意撫摸。龍王師父再往下進攻，欣欣所穿的長褲連同內褲被一併扯下。

在這得逞的瞬間，龍王師父與飲料店男當場愣住。

龍王師父慢慢回頭，驚疑不定地詢問小茄：「你、你沒搞錯吧？」

小茄也看到了，亦無法明白這是怎麼一回事……

三人震驚的同時，一陣粗暴的腳步聲闖入。他們下意識回頭，驚見一個面目兇戾如惡鬼的少年。

是收到欣欣求救，發瘋趕來的子緣。

他瞠目掃視。被下藥迷昏的欣欣就倒在那，渾身赤裸，所有祕密都被揭穿。

「你們都看到了？」子緣嘶聲問，臉色刷地慘白，而後浮起震怒的青筋。

小茄等人沒有回答。傻了，真的傻了。不管是欣欣或身帶狂暴戾氣的子緣，都令他們的腦袋陷入混亂。

子緣手探入背包，抓住隨身的開山刀。兩顆眼珠子瞪得極圓，臉頰因為咬牙繃得死緊。

「你們都看到了！」他猛然咆哮，嚇得面前三人一震，竟都瑟縮後退。

他們真的不知道，哪來這種凶神惡煞找上門。

子緣反手關門。上鎖。步步逼近這些死上一萬次也不夠的人形糞渣。每向前踏出一步，都帶來極為強悍的壓迫感。

他從來沒殺過人。

儘管行事兇殘，可是從來沒殺過人。不是沒膽，是基於某種規避。重傷與殺害終究有程度之別。

為了徹底守住欣欣的祕密，現在只剩唯一一條路。

所有退路被他堵死。

垂在身側的刀，灰暗的刀身蓄滿殺意，深沉得不帶一點光。

——這三人不能活。

在淒厲的叫喊與竄逃的失足碰撞之後，淅瀝血雨漫天噴灑。

浸血的子緣，成了最瘋狂的修羅。

二十三、答應我，保持靜默

子緣手掌一鬆，裹滿濁血的刀隨之脫落，刺進蔓延的血泊、撞開碎散紅花。

他踩過遍地血污、跨過再也不能行騙的神棍，最後在欣欣身旁蹲下。因為劇烈揮砍，現在手臂難抵顫抖，更別提滿布在手的鮮紅，令他無法觸碰欣欣。

欣欣未醒，蒼白的軀體像誤入這個紅色地獄的一抹白雪，使子緣想起〈七月七日晴〉的歌詞。就因為他愛聽，所以欣欣愛唱。

七月七日晴忽然下起了大雪……

不敢睜開眼希望是我的幻覺……

死寂的室中有粗啞的歌聲，子緣在死屍環繞中哼起歌。

殺意已然冷卻，跨越界線的子緣陷入異樣平靜，沉穩得不帶一絲情緒。無苦無悲無憎無痴，滿室腥臭亦不能使之改色。

他伸出指尖，勉強抹去血跡，輕觸欣欣的臉頰。

五指之間還殘留你的昨天……

一片一片怎麼拼貼完全……

子緣垂目凝視欣欣的臉龐。她的眉頭還殘留昏迷前的慌恐與不安。

子緣有如觸碰蝶翼，小心撥順欣欣凌亂的髮絲。目光從鼻尖下移，滑過微翹的唇、經過瘦薄的肩膀、平坦無起伏的胸與光滑肚皮，最後停留在那一截使她受苦的根源。

「沒人發現。」子緣喃喃低語，哪怕昏去的欣欣聽不見，還是著魔似地安撫。

這是被錯置肉體的靈魂。儘管用了再多偽裝、儘管從外完全瞧不出破綻，仍註定無法坦然示人，永遠被心魔所困。

這就是欣欣。

子緣獨自環顧，對於如何收拾面前殘局毫無頭緒。畢竟是只懂破壞的人。

在空白的思緒之外，僅存的完好右耳精準捕捉到門邊動靜。

有人來了。

子緣想也沒想，箭步奔前直接抓起刀。刀柄有半乾的黏滑血漬，但這樣的關頭沒餘裕調整，就怕錯失搶先出手的機會。

那擅闖的不速之客，卻令子緣只有僵立原地的分。

看似平凡的宅急便外送員制服下，罩著無法被言語形容的恐怖肉體。赫然現身的，是不知何時尾隨過而來的獾。

子緣無語，腦袋飛快運轉。清楚明白這還不是能夠輕易挑戰的怪物，更遑論滅口。可惜無論是威脅或利誘的想像，都沒有獾會配合的可能。

至少這筆帳算他的，與欣欣無關，子緣心想。只要獾不把欣欣的事洩漏出去都好。幸好獾是那樣寡言，並非多嘴的人。

撞見兇殺現場的獾漠然以對，短短停留幾秒，隨即離開。

子緣暗自猜想，這送貨的是要報警或是叫人？出於直覺，他認為兩者都不是獾將採取的行動。

他護在欣欣身前，等待獾下一步動作。

答案揭曉。再次現身的獾抱來一只大木箱，在沒被鮮血濺灑的門邊放下。木箱觸地時，發出與木質外觀不相稱的聲響。

子緣忍不住打量，發現箱內有金屬反光。原來內裡還藏著鐵箱。

獾又一次離開，陸續再搬來兩只同樣的木箱。

「你走。我善後。」獾說話了，嗓音極為低沉，隱隱令人發毛。

「為什麼？你這樣是共犯。」子緣脫口問，馬上領悟：「曇花要你來的？」

獾沒回答，逕自走向屍體，伸手一抓將之拖往木箱。圓如球的龍王師父隨著拖行，拉出一道蜿蜒血跡，然後被扔了進去。露出箱外的垂軟雙臂讓獾反折，發出清脆的斷骨聲。挨著木箱邊緣的頭顱也被用力壓入箱內，頸骨爆出爆米花般的連串聲響。

在這連續的動作之間，獾始終維持那副毫無表情可言的臉，彷彿將操弄掌間的屍體當成積木看待，而不視之曾經為人。

這是何等沉默的暴力。

毋庸置疑是行家，子緣心想，獾的手段如此俐落熟練，加上現在親眼見證，正好應驗先前的猜想：子緣以為比起送花，獾的箱子更適合裝屍體。

這亦讓子緣產生新的疑惑。曇花究竟是什麼樣的人物？竟能請託這樣危險的獾。

埋頭處理屍體的獾像個專業匠人，冷血且精準。更直接將子緣視作空氣看待，後者也打定主意不再浪費時間。

子緣就近搜索旁邊房間，翻來衣褲替欣欣更換。自己也脫去血衣，套上尺寸寬鬆的外套。他把混著血污的衣物捲成一團，連同開山刀塞進背包。然後進入廁所，快速將雙手洗淨。

他注意到門框邊緣有被撬開的痕跡，想起欣欣打來求救時，背景音是急促如鼓的陣陣拍門聲。

子緣盯著門邊，想像欣欣當時有多害怕。頓時有股衝動想捅屍洩忿，那些人無論死得再慘，都不足以償還。

在這之外，子緣對欣欣先打來向他求救，而不是報警感到些許開心。欣欣信任他，遠勝世上一切。

他胡亂抽了幾張衛生紙，用水打溼後回到禪修室，替欣欣擦拭血跡。

玃正在塞入最後一具屍體，是誘騙欣欣來此的主謀小茄。她的暴牙已成過去式，在子緣單方面的屠殺中，那對顯眼的門牙被刀柄敲斷，不知道彈飛到哪去了。

死透的小茄還沒能倖免肉體被施予的摧殘，遭到玃以恐怖的力量對折。在脊椎的寸寸斷裂聲中，額頭就這麼碰著脛骨，像廢棄物般給扔進箱中。

看見這幕的子緣有股復仇快意。可惜人死了便不懂得痛了，否則他還想凌虐這些試圖染指欣欣的雜碎……子緣突然警醒，從這些亂七八糟的念頭中拉脫出來，現在不是逗留的時候。

他背起欣欣，特別注意藏起她的臉。

「謝了。」子緣說，而玃像沒聽見。

不再囉唆的子緣背著欣欣離開，像個沒事人來到巷口。帶著不省人事的欣欣無法騎車，只能在路邊隨便攔輛計程車。

「同學去哪？」司機踏住油門，車子緩慢起步。

後座的子緣被這一問忽然語塞，盯著昏去的欣欣好一會，就等一個答案。

是啊，該去哪？

入夜之後。

灰雲裡蓄滿的雨水滂沱墜落，驚醒了不安的欣欣。恐懼的餘勁瞬間湧上，逼得她用力將自己抱緊，指頭深深陷入肉中。指尖碰著的衣物觸感是如此陌生，而且扎手。

她發現這是間昏暗的房，而人在床上，蓋著不知道從哪來的薄被。床右側的牆有扇窗，被雨水敲擊的玻璃窗面透進路燈殘光。

她左右環顧，發現倚在床邊的熟悉人影。坐地的子緣背靠著床，她看不見他的面容。

欣欣的騷動吵醒了打盹的子緣，他轉過頭來，聲音難掩疲憊：「醒了？」

欣欣點頭，望著子緣的臉不放，怕這是夢。好久好久以後才澀聲問：「我……有沒有被……」

「沒有。」子緣答得極快，「他們沒發現。」

「真的嗎？」欣欣問。

「我威脅他們。」

「真的嗎？」欣欣追問：「我隱隱約約……好像有聽到……」

「沒有。你不要擔心。」子緣強調：「他們沒機會說出去。」

欣欣忽然笑了，那是極為淒苦的憂傷笑容。淚珠跟著滾落。「你……說謊的技巧還是一樣爛……」她哽咽：「你不是威脅他們，對不對？」

子緣陷入沉默。他伸出手，慢慢覆在欣欣的頭上。「沒事。不會有人知道你的祕密。」

「我不覺得我作錯了什麼，可是為什麼、為什麼要這麼怕被人發現？好像我是怪物……還要把你給拖下水……」欣欣強忍著不讓眼淚繼續流出，身體不斷顫抖。「子緣，你會不會覺得我很噁心？明明、明明就不是……卻又打扮成……」

「我真的很噁心。對吧？」欣欣把臉埋入手掌，溢出的淚水被擠壓，令臉龐一陣溼。

明明是想抬頭挺胸，用渴望的樣子活著，卻不得不一再逃避那一戳就破的謊。

她的手突然被撥開，帶著哭腔的驚呼被阻斷。

子緣的唇貼了上來，雙手扣著欣欣的頭，使她退避不開。

欣欣的腦袋一片空白。最後選擇踏下床，撲進子緣的懷中，伸手環抱住他寬厚的背。相擁的兩人唇仍緊貼，舌尖忘情交纏。

在缺氧得幾乎窒息之際，兩人終於分開。欣欣臉頰燙如火燒，低頭迴避子緣的目光。

「你不噁心。」子緣說著，伴隨灼熱的鼻息。「你很好。」

欣欣抓住子緣的衣角。她咬住下唇，猶豫後終於下了決意，慢慢蹲下。她拉下子緣的褲頭——在他阻止之前。

子緣感到下體被濕暖又溫柔地包覆住。在意識到這點後，馬上推開欣欣。

蹲地的欣欣委屈苦笑，眼裡有淚光。「對不起。我不是完整的女人。」

「不。」子緣連連搖頭，澀聲說：「不。我不想傷害你。」

「你是全世界最不可能傷害我的人。」欣欣抬頭，仰望子緣。看著生命裡唯一的光。

打破猶豫的子緣彎身，將她攔腰抱起。一步步走向床邊。將她輕放在床後，子緣扯下自己的衣服，露出久經鍛鍊的精壯軀體，硬如方塊的胸肌與塊塊分明的腹肌。肉眼可見的青筋從鎖骨開始，一路延伸過肩膀直至手臂。

他跨上床。欣欣閉著眼，任憑子緣脫去她的衣服，直到毫無保留、直到全部暴露。全部。

這個被錯置肉體的人兒，赤裸裸地呈現在子緣眼前。

子緣的手掌摩挲欣欣的胴體，結著厚繭的掌心有些粗糙，欣欣忍著既刺又癢的觸感，壓抑要衝出喉頭的呻吟。

她從來不知道子緣的心意，或者該說，不敢去想像。因著缺陷而自卑，以為沒有什麼會屬於她。

子緣從頸間一路下吻，最終停留在那一截錯誤。十指緊抓床單的欣欣終於耐受不住，洩出呻吟。她求饒般推開子緣，難忍敏感地夾起雙腿。

「我……去作手術好不好？」欣欣別過頭，「這樣你就……」

「作你自己。」子緣打斷，不容反駁地分開她的雙腿。

在一次接一次的突進裡，子緣吐出野獸般的燙人喘息，將長久壓抑的情感盡數釋放。

欣欣緊抱子緣的腰，引導他更深入。喜悅如痲藥沖淡了疼痛。

她知道了、真的知道了。只有這個人不會排斥她，願意無條件承接她的全部。

從過去到現在，總是如此。

夜已深沉，欣欣仍醒。

她凝視枕邊沉沉打呼的子緣，激情後的肉體還有些發燙。這樣的溫度，使她想起逃離機構的情景。

火與雨。

烈火驟焚的那一天。

二十四、火刑架為牧人焚起

門窗緊閉的辦公室裡，被逼至牆角的少年像走投無路的困獸，只有認命就範的分。許恩別過頭，死死盯著牆上的耶穌受難像。那被釘縛四肢的模樣，恰好與許恩現在的處境有幾分雷同。他的眉頭痛苦緊皺，強忍被恣意侵犯的不適感。

就在許恩的兩腿之間，江主任的頭埋在那，像要鑽回子宮似的，奮力湊往他的胯下。可是許恩沒有陰道更沒有子宮，只有一截軟小的陰莖，正被江主任含在口中。

這個年過五十的中年大叔像個孩童忘情吸吮，齒間不時發出溼潤的噗滋聲，彷彿那是母親的乳房、彷彿許恩的陰莖會分泌出甜美的乳汁。

「嗚！」隨著江主任忽然一咬，許恩跟著痛呼。他驚慌低頭，恰好與昂首的江主任對視。那雙混雜血絲的眼珠裡，盡是混濁的淫慾。

江主任鬆口，嘴邊牽出口水細絲。他用舌頭舔了嘴唇一圈後抿抿嘴，忽然整個人向後仰倒，暴露光溜溜的下半身。甚至張開雙腿，像討人摸肚的哈巴狗。

明明是這間機構中坐擁生殺大權的管理人，卻擺出這樣渴望受辱的姿態。

飢渴喘息的江主任等待未果，期待的神情驟變。他嚴厲喝斥：「還等什麼，快啊！」他吼著，故意前後挺起胯部，像在抽插空氣。
許恩捂著嘴，忍不住噁心地乾嘔。終於慢慢抬起腳，踏往江主任那蓄滿雜毛的胯下。
江主任滿足地呻吟，閉著眼極其享受，「再用力一點、再來！」
許恩只有聽話施加力道，再依照後續的要求來回轉動腳掌。
隨著忽然的低吼，江主任的身體用力震顫幾次，原本硬挺的陽物跟著一軟。許恩的趾縫間頓時沾滿溫黏稠液。
縱欲後的江主任滿足嘆息，抹去額頭臭汗後從地上爬起，光著鬆垮的肥屁股去桌邊抓了幾張衛生紙。
許恩強忍衝到喉頭的嘔吐感，腳用力來回蹭地，彷彿著火似的，急著弄去弄髒腳掌的不潔之物。
低頭擦拭的江主任隨口扔了一句：「你可以走了。」便不再理會。
終於被釋放的許恩馬上抓起褲子套上，連鞋子都沒穿，就直接拎起衝出辦公室。他一路狂奔，途中撞見了管理員，馬上招來兇惡斥罵：「走廊上跑什麼跑！用走的啊，聽不聽得懂！鞋子呢？你鞋子為什麼不穿？」
許恩只得原地穿好鞋子。鞋舌下的腳掌因著心理陰影，有股異樣的刺癢感。
「不要以為江主任愛用你就囂張了。我會盯著你。」管理員威脅，連帶招呼的還有往肩頭搧來的巴掌。

吃痛的許恩退了幾步，低頭忍淚任憑管理員亂罵。直到管理員罵得盡興、願意放過他了，才能一跛一拐往廁所走去。

那姿勢詭異的下肢並沒有受傷，只是覺得髒了。好髒好髒。

好不容易來到機構內共用的廁所，許恩趕緊取過大團衛生紙沾水，然後躲進其中之一的隔間。踢去鞋子後擦腳，來來回回反覆擦拭，卻覺得怎麼樣也弄不乾淨。

折騰許久，許恩短暫罷手。重新弄濕幾張衛生紙後，他褪下褲子，開始清理飽經玩弄的下體。盯著那截萎靡的玩意……剛才的遭遇躍然在腦中重現，連同江主任那條藏在黑色雜毛中的醜陋東西。

這些惡夢的加總逼得許恩跳起，轉身衝著馬桶嘔吐。

「嘔！」一再的乾嘔讓整個腹腔強烈收縮，彷彿被人用上鉤拳狠狠毆打腹部，連眼淚都擠了出來。可是許恩止不住噁心，胃難忍地抽動，吐出灼喉的酸水。

他狼狽地用手背抹嘴，繼續未完的動作。沾濕的衛生紙團冰涼涼的，讓他渾身都泛起雞皮疙瘩，可是沒得選擇，說什麼都不能讓那些乾去的唾液殘留。

清理完畢，虛脫的許恩來到洗手台前捧水洗臉。他虛弱望著鏡中倒影，那布滿水珠的蒼白臉孔更顯清秀。過去他留著長髮，有好幾次被誤認成女性的經驗。

如果真是這樣就好了。

他曾如此奢望。

黑暗之中的鼾聲此起彼落，伴以若有似無的汗薰體臭。

許恩在夜裡總是難以成眠。擁擠的小室塞進好幾張上下鋪一體的鐵架床。他的床位在靠近門邊的上鋪。

他側躺著，把自己裹在棉被裡，只露出一雙眼睛。枕頭用力抱在懷裡，這是目前少數可以依託的。

睡意遲遲不肯造訪，慣性的失眠困擾許恩好長一段時間。這裡不是能心安入睡的環境。

他盯著門縫透進的微光。在就寢熄燈後，便成了唯一光源。偶爾有管理員經過，深夜中的腳步聲格外清楚。許恩聽得仔細，好像每一腳都踏在心上，壓住血的脈流，連帶阻礙肺的呼吸。

腳趾好冷……他想，雙腿又蜷縮了些，盡量往身體靠攏。在嚴冬的夜裡，困在小室的他們好像被關進冰箱。

斷斷續續的淺眠後，許恩被粗魯的開門聲撞醒。

「全部起床，衣服換好。」天花板的燈管亮起，刺眼燈光與管理員的呼喝聲驚得所有少年趕緊動作。

許恩跟著掀開棉被，忽然的溫差令他直打哆嗦。忍著冰冷的室溫，他慌張套上鬆垮的牛仔褲跟刷毛外套，踩著小梯跳下床，然後匆匆套入鞋面破損的運動鞋，隨其他人到外頭報到。

沿路走廊亦有其他房被叫醒的少年，每個人臉上都失去這年紀該有的活力，像一隻隻要被趕入屠宰場的羊。

冬季的清晨依然幽黑，彷彿黎明不願降臨。屋外廣場颳著颼颼冷風。少年們排隊點名後，被接連趕入廂型車，肩挨著肩擠進有限的座位。幾輛廂型車魚貫駛出機構，徒有路燈的街上不見人影。

經過半小時的路程，廂型車依序抵達一座大型果菜批發市場。

批發市場裡鬧哄哄的，擠滿從各地前來的攤販。高聳的屋頂架著成排大燈，使破百坪的市場如白晝明亮。裝滿蔬果的紙箱排列成堆，像小孩子的積木玩具。

神情慘淡的少年們被趕下廂型車，被管理員們分別領往幾輛不同的卡車。

許恩與幾名臨時湊合的同伴來到其中一輛卡車前。老闆正在那等著，是個臉孔粗黑的中年男人，身穿的紅色舊厚羽絨外套明顯比少年的衣著更加保暖。

管理員與老闆交談幾句，便丟下少年們離開，開著廂型車返回機構。

「車上的水果全部搬到那邊去。」老闆指著一處空地，之後便叼著菸，雙手插在口袋看少年們勞動。

少年們都理解該如何動作。他們不是第一次接受這檔差事，而是流落在這間機構的慣見日常。是被迫交派的勞動，卻從來沒見過酬勞。

管理員給的理由很簡單：「你們吃機構住機構，稍微有點奉獻會死嗎？」

少年們一個接一個搬走貨車的水果箱。許恩等在隊伍中，輪到時便安分上前，把印著椪柑圖案的瓦愣紙箱抱起。

一次、兩次、三次……許恩手臂開始發痠，肌肉像過度拉扯的彈簧般疲軟，只能盡量讓紙箱靠在身上減輕手臂負擔。他本來就是力量柔弱的那類人，更別提今天的紙箱比過去的更重。

大卡車上的水果箱只減少不到三分之一，許恩的動作越來越慢。

「那邊那個，不要摸魚啊。我跟你老師報告喔。」老闆彈來菸蒂，射在許恩的褲管上。所謂的「老師」是對管理員的稱呼。

許恩狼狽回頭，勉強走快幾分。這一貪快，腳步就不順了，忽然一個踉蹌重心不穩，整個人向前傾倒。

「哇……」儘管是這樣狀況，許恩的驚呼卻小小的。他在機構裡學會太多，不要聲張、小心低調是首要準則。

忽然一對手臂橫攔過來，將許恩抱穩。他緊張扭頭，還以為是老闆看不慣了、擔心水果被摔壞所以衝上來要罵人。沒想到看見的是張同齡臉孔。

那臉有著超乎這年齡所擁有的陰鬱，不善的眼神像在瞪人，隨時都準備要發起衝突與人鬥毆似的。

「子緣……」許恩的聲音依然小小的，「謝謝。」

已經搬完一趟、空了雙手的子緣沒多說話，就這麼直接接手。許恩過意不去，一直跟在後頭，「沒關係，我自己搬……」

子緣依然無話，就這麼替他將水果搬到指定的區位。

「那邊那兩個，一人搬一個就好。怎麼可以兩人搬一個？現在年輕人喔……只會偷懶不做事。我那個年代，有什麼工作都搶著做，哪有現在這麼好命……」老闆烙來風涼話。

子緣突然回頭，瞪著眼大步走回。老闆被這突來的氣勢嚇到，還以為這傢伙要打人，趕緊抬手準備抵擋。

但子緣無視戒備起來的老闆，直接跳上卡車。

「我就一次搬兩箱！你滿意沒有？」他衝著老闆吼，音量之大連附近的攤販也紛紛看來。

其他少年亦停下手邊動作，都在看這齣好戲。其實沒人怕這老闆，真正忌憚的是背後的管理員，會安分搬貨全是擔心老闆告狀，等他們回到機構就有得受了。基本的體罰絕對少不了，拳打腳踢更是固定配套。

子緣的舉動雖然暫時出了口氣，說實在全是自討苦吃。

「好了啦，子緣……」憂心不已的許恩緊隨子緣，他終於發現了，子緣捲起衣袖所露出的手臂有幾塊瘀青，新舊皆有。一定是管理員下的重手。

「沒關係。」子緣繃著臉，分量加倍後已經不如剛才輕鬆。來回幾趟，後背成片滲汗，更要不時調整位置好抱穩紙箱。他從齒縫迸出一句：「你不是連走都走不穩？」

「你才快要走不穩。我自己來就好……」許恩試圖阻止，可是柔弱的他完全擋不了子緣。

「沒差。當練身體。」子緣逞強地說，一滴汗從眉角滑落。

有了子緣幫忙的短暫休息後，恢復體力的許恩也勉強支撐，陸續再搬幾箱。眼看卡車的貨量終於見底，批發市場外的天色亦全然清晰，已是世人皆醒的庸碌早晨。

忙出一身汗的少年們或蹲或坐，在卡車旁聚成一團稍微休息。

老闆拎來一袋中式飯糰，讓少年們各自分著吃。就在子緣伸手時，老闆突然制止：「你不准拿！態度那麼差，要你來工作還敢這樣對人說話。你以後出社會就知道，看哪個老闆要你？」

「先擔心你自己吧。你他媽不就是作人機掰找不到員工，才求我們幫忙？」子緣反譏。他不怕跟人鬥毆，不痛不癢的吵架更不會退讓。

老闆被氣得語塞，怒譙一句：「俉娘老機掰咧。哇幹俉娘！」

「我媽死了。你要姦屍啊？」子緣持續回嘴。

明明這一來一往的叫罵聽起來有些好笑，但在場少年沒人笑得出聲，許恩更是嚇得要命。他知道子緣回到機構一定會被嚴厲教訓。

吵輸的老闆氣沖沖走掉，子緣也罷手坐下。有個少年突然開口：「這個阿伯不是找不到人，他好像是主任還誰的親戚。害我們這麼早就被叫來搬這些垃圾。」

「你怎麼知道？作夢夢到喔？」另一人好奇地問。

那少年聳肩：「之前聽到管理員聊天說的啊，不然幹嘛常常送我們來這邊。」

其他人臉上都露出一副「難怪喔」的表情，對於被派來這裡作白工也不奇怪了。眾人一邊啃著飯糰，一邊閒聊，把握少數可以盡情說話的機會。

雖然搬貨辛苦，但氣氛總比機構好。那裡像牢，盡是重重限制，逼得人要喘不過氣。還要忍受管理員捉摸不定的毆打，端看心情好壞。

沒拿到飯糰的子緣蹲在外圍，獨自吹著冷風。放空的雙眼越過批發場內吵鬧的人頭海，看往很遠的地方。

許恩來到他身邊一起蹲下，「給你吃。」

子緣遲了幾秒才反應過來，低頭看著許恩手上的飯糰，那沒比掌心大多少，塑膠袋因為熱氣所累積的水珠說不定比糯米粒還要多，實在小得寒酸。

「我不餓。」子緣搖頭。

「我也不餓。你吃。」許恩用飯糰碰了碰子緣手掌，又瞄到手臂的瘀青。這種傷與其他人所受的毆打不同，下手明顯更重，而且次數更加頻繁。

許恩知道子緣的遭遇，所以故意蹲在右側。

——子緣的左耳聾了。給江主任打殘的。

「會不會很痛？」許恩指的是手傷。子緣又是淡漠搖頭。

不死心的許恩接著說：「你吃啦，我真的不餓。」

子緣從嘴中洩出好長一口氣，才嘶啞地說：「你怎麼可能不餓？」隨後挾著怒意低聲吼著：「我們每天都在挨餓！」

許恩苦笑，按著肚子，胃真的空蕩蕩的，只剩胃酸。子緣說得沒錯，他其實很餓。真的很餓。恨不得馬上吞掉手中這顆飯糰。可是子緣幫他太多，許恩不想只當單方面接受的角色。不可以這樣。

「不然我們一人一半。」許恩提議，馬上掰開飯糰，露出內裡的肉鬆與斷折的油條。「你如果不拿，我就給其他人吃。」

「我是說真的喔。」許恩認真強調。

「媽的。」子緣瞪了他一會，終於投降拿過一半的飯糰，直接往嘴裡塞去。

看著臉頰鼓起不斷咀嚼的子緣，許恩終於能夠心安進食。他小口小口地吃，因為聽說放慢進食速度會更有飽足感，希望至少撐到傍晚，儘管晚餐不比現在豐盛多少。

他邊吃邊偷看子緣，這個臭著臉的大男孩瞪著很遠的地方，好像那邊躲了個殺父仇人似的。真是一個渾身帶刺的人。

可是他完全不怕子緣。同樣是江主任手下的犧牲者，兩人已有互相舔傷的同情連結。

「我一定會逃出這個地方，」子緣突然說，口氣飽含憎惡。「然後每天都要吃飽，絕對不要餓到。」

「記得帶上我。我也要逃。」許恩發自內心附議。困在那機構的少年，沒有一個不如此奢望。

「逃出去之後，你要作什麼？」子緣問，純粹是好奇。

「我……」許恩沒有頭緒，打從一出生就被錯置的人，連許願都感到奢侈。

他亦沒有把握真能離開。逆來順受的羊當久了，總以為只有被擺布的分。

直到那天逼得他再無選擇，只想逃。

許恩又被叫進辦公室。

他惴惴不安地抓緊褲腰，等待江主任發落。

江主任關上門，一如既往脫下褲子，露出那滿是蜷曲腿毛的雙腿，還有醜陋黑沉的下體。他笑得慈祥，是對外展示的標準嘴臉。

這副臉孔使江主任博得外人信任，都以為他是個溫柔善良、將拯救迷途少年視為畢生使命的慈善好人。

只有這間機構的少年與管理員知道江主任的真面目。

江主任笑得眼角都彎了，一副看穿許恩心思的模樣。他笑吟吟地問：「你到現在是不是還在妄想那件事？」

許恩咬住嘴唇，臉孔刷地慘白。再一次恨自己的蠢。

就因為剛進入機構時什麼都不懂，江主任當時看來又是那樣慈祥，對他特別寬容與關心，所以許恩透露了祕密。

就這麼說溜嘴，全盤坦白。

那是至幼便萌生的願望。隨著年紀增長，許恩才知道那有多不容於世。一旦暴露，只有被當異類。倘若火刑尚存，他恐怕要被架上火刑台，受活焚的苦，好滿足世人對淨化罪孽的想像。

「你是男的，這輩子就是男的。不要妄想當女生了，那多浪費你被賦予的身體！」江主任俯身趴在桌邊，將長著雜毛的屁股對準許恩。

「我來告訴你身為雄性的美好。插進來，用力插進來！快！噢！愛是永不止息！」江主任搖著屁股，以為能就這麼誘惑許恩似的。他轉過頭，淫穢的嘴臉已然扭曲，不再似人，更如張狂的魔鬼。

捂嘴的許恩嚇得眼淚直流。再也無法忍受這一切。

趁著江主任仍然背對，許恩直接撞開辦公室的門，狂奔往機構的大門出口。這裡一秒都不能再待，否則他要發瘋。

那些固定守在出口的管理員，卻逼得許恩遠遠停下。無處可逃的絕望感眨眼將他吞噬。他愣著，眼淚滿臉遍布。呼吸超出了控制，一直加快、加快，直到開始暈眩。

許恩搖搖晃晃掉頭，扶牆躲入廁所。撞上內裡正要開門出來的人。

「對、對不起……」許恩慌張道歉。他要站不住了、快失去支撐的力氣。

「怎麼了？」

那詢問的聲音是如此耳熟，令許恩遇見救命浮木似的，想也沒想便撲進對方的懷裡。

他死死抓著那人的衣服不放，用盡所有力氣號哭：「救我……救我……子緣……」

「江主任好恐怖好噁心，好噁心……我也好噁心……對不起對不起……」許恩哭喊著，彷彿靈魂在此刻被消滅。他一直覺得是自己的錯，都是因為妄想那錯亂的性別，才招來被這樣欺辱的下場。

在混亂的哭泣之際，許恩感到出生至今未曾感受過的溫柔力道。

子緣沒有說話。環住許恩，靜靜地輕拍他的頭作安撫。

含淚的許恩抬頭，看見的是子緣少有的、不帶戾氣的眼神。其中含有諒解的意味。

「我們會逃出去的。」子緣說，「我發誓。」

許恩比從前更難以入睡。在黑暗的房裡繃緊神經，持續注意門外動靜，就連微光的顫動都使他受驚。

從那件事之後，記不清經過多少天。許恩已經失去計算時序的概念，每日都活在恐懼裡，每日都在躲避江主任。而江主任這幾天都沒再找他，這是極為奢侈的幸運。

遇見子緣同樣是他少有的幸運。那真是個過分尖銳的人，好像仙人掌要誰都不能靠近。

這種比喻讓許恩忍不住微笑，眼淚卻又再流。

他是知道的，如果江主任真要逼他去主任室，那麼註定躲無可躲。那些管理員或許很樂意幫忙押送。

儘管相信子緣的承諾，卻沒把握能等到那時候。這間內部無法見光的機構，終究是江主任能夠恣意妄為的場域。

許恩用力拉住棉被，再裹緊了些。眼淚無聲滑落，讓未乾的床墊更濕。整晚斷斷續續流淚，怎麼也止不住。

一個念頭忽然闖進腦海。他想，該不該自殺？

坊間始終謠傳自殺不能解決問題，偏偏選擇自殺的人必然是被逼至某種絕境，解決問題與否已經無足輕重，只求一了百了的解脫。

至少死了，江主任就會放過他。

突然的騷動貫穿整座機構，連帶斷去許恩對自殺的想像。門外有連續不斷的腳步聲，好像有整群脫閘而出的莽牛奔跑而過。

同寢的少年接連驚醒，門忽然被拉開，有人探頭進來大喊：「失火了！燒起來了！」

這聲叫喊觸動了逃命開關，許恩與其他人連鞋都顧不得穿，立刻衝出房外，隨即被捲入逃命的人流。倉促間許恩左右張望，瞥見走廊盡頭冒出焦黑的煙。

有人跌倒，就這麼被後續的人直接踩過。痛呼與推擠的叫罵不斷又不斷冒出，逼得困在樓內的人們神經更加緊繃。慌亂的人潮湧下樓梯，又是幾人失足，又有幾人滾成一團。沒人停下來攙扶，只顧逃。

在通往大門的最後筆直長廊之中，許恩的手腕忽然一緊。

是子緣。

子緣二話不說，拉著他往人潮的反方向走。一張張驚慌的臉孔從身旁閃逝，他倆被撞得東倒西歪。為了不被衝散，只能挨牆前進，卻又不斷被後續竄來的逃命人阻擋。

子緣一手拉著他，另一手猛力揮打，在叫罵聲中強行前進。

終於脫出的兩人來到窗邊。子緣拉開了窗，與他一前一後爬了出去。又一次選擇背離人群，往出口的反方向而去。

「你先上去！」來到圍牆邊，許恩被子緣托起，雙手在空中揮舞幾下才搆著牆頂。他奮力一撐，身體挨上牆。還沒等到坐穩，子緣已經直接一跳，俐落地爬上來。

坐在牆上的許恩與子緣看著起火的機構。竄入空中的濃煙被焚燃的烈焰照亮，冒出窗戶的火舌來回吞吐，遠處有躁動的人聲。

「我本來想整棟燒掉的。」子緣說，瞳裡有映照的火光。「你看，我發誓過的。」

「我們……要去哪？」許恩不安地問，忽然的自由令人無所適從。

「不管去哪，都比這裡好。走吧。」子緣握住他的手，兩人從圍牆躍下，竄入漆黑的夜中。

在那之後，是一段漫長的流浪日子。他與子緣相依為命，輾轉走過幾個城市，只求離機構越遠越好。亦擺脫舊有的名，不再是許恩。

他從此成為了欣欣。

二十五、反芻後的千倍奉還

又下雨了。

窗外飄著零碎細雨，滴滴答、滴答……這幾天降雨斷斷續續，即使沒雨也積著陰灰色的厚雲，少有放晴。偶爾有略強的風吹過，薄薄的窗片便跟著震動。

習慣不開燈的房裡透進昏暗日光，大半物品給陰影半掩。躺床的子緣雙手枕在腦後，半放空望著天花板。沒穿上衣的他覺得溫度微涼，但同在床上的欣欣背靠著牆，兩條腿擱在他身上，帶來額外的體溫。子緣富有彈性的腹肌正好成了靠墊。

欣欣穿著長度及膝的寬鬆T恤。這是從子緣的衣服堆挖來的，拿來當家居服十分舒適。少有贅肉的她罩在這衣服底下更顯纖瘦。她雙手捧著手機，瀏覽臉書專頁的新留言。這幾天沒開實況，不免惹來許多觀眾的關心。

實況缺席的原因很簡單：這幾天她就住在子緣這。

本來就熟悉的兩人相處沒什麼問題，除了聊天，也沒少了擁抱、親吻與愛撫。所有情侶同居會作的，他們一樣也沒少。

看完成堆留言的欣欣嘆了口氣，把手機扔到一旁，轉而勾住子緣的手指。

「嗯？」子緣微微抬起頭。這出力牽引了上身連帶擠壓腹肌，讓欣欣忍不住戳了幾下。

「會癢。」子緣肚子一縮，逃避欣欣的指尖攻擊。

欣欣調皮地再戳，然後又嘆氣：「好煩喔，不想開實況。」

「那就別開。」子緣很乾脆。

「哪那麼簡單，怕觀眾會流失呢！好不容易經營起來的。」欣欣苦笑，認命搆來手機在專頁發文報平安，承諾過幾天會恢復實況，請觀眾耐心等待。

短暫盡了職業實況主的本分後，欣欣哀怨表示：「好想像現在這樣一直放假。我們找機會去日本玩好不好？就當散心。你比較喜歡東京還是京都？我記得日本的燒肉很好吃，你一定會喜歡。」

「出去玩好麻煩。」子緣懶懶地說。

「你該出去走走。整天臭著臉，壓力很大喔。」她緊緊勾住子緣手指。

「我生下來就長這樣。怪我？」

「當然怪你囉，故意扳著臉，看起來隨時都在生氣。很恐怖的。」欣欣淘氣取笑，不忘再多戳子緣腹肌幾下。她在口角之爭中總是佔上風。

不料子緣忽然一個翻身，眨眼間將欣欣壓在身下，嚇得她驚呼。子緣僅用單手便將她的雙腕扣住，牢牢壓在枕頭上。欣欣瞬間漲紅臉，別過頭不與他對視，嘟噥著：「哪有吵不贏就動手的，力氣大很囂張喔？」

這與其說是抱怨，更像撒嬌。

「你知道我一向都用拳頭說話。」子緣平淡表示。

「好啊，你打我啊？最好把我打成豬頭，這樣就可以名正言順不開實況了，免得嚇跑觀眾。」欣欣開始耍賴，反正知道子緣不可能揍她。

「嘖……」子緣乾脆鬆手，整個人躺倒在欣欣身旁。兩人並肩挨在一塊，忽然都沉默了，靜靜不說話，聽著雨聲中彼此的呼吸。

即使這樣的氣氛悠閒難得，子緣最後還是起身，從門邊的掛衣架取過衣褲換上。

欣欣翻過身側躺，把臉枕在手臂上，好奇地問：「你要出去？」

「買午餐。你想吃什麼？外帶小火鍋還是鐵板燒？」

「都好。分量不要太多，最近好像被你餵肥了。為什麼你食量這麼大卻不會胖？真不公平！」欣欣抗議。

「因為我運動量夠。」子緣蹺蹺地表示：「只有吃不胖的困擾。」

欣欣沒好氣地說：「就不要太囂張結果中年肥胖喔！」

「我離中年還很遠。放任自己發胖不如自殺算了。」子緣回嘴，終於在與欣欣的鬥嘴中扳回一城。他套上黑灰配色的棒球外套，更少不了欣欣幫他買的黑色adidas PureBOOST慢跑鞋。

「等一下。」欣欣跳下床，赤腳踩著冷冰冰的地板跑到子緣身邊。然後踮起腳尖，在他臉頰輕輕一啄。

她不免覺得這樣太小題大作，甚至過於熱情了吧？但現有的這些得來不易，只想盡可能珍惜。為了掩飾這分羞怯，她撫順子緣的外套領口裝忙，又拉起磨破的袖口，「該買新衣服了，這件好舊。」

「挑衣服好麻煩。」子緣又是那樣懶，「你幫我挑。」

「好啊，一定幫你挑最鮮艷的粉紅色！」

「到時候你自己穿。」子緣用力揉亂欣欣的頭髮，看似粗魯，卻帶著寵溺的味道。「等我回來。」

說要買午餐的子緣無視一間間小吃店，直接來到台北橋捷運站。

今天是固定的「派報日」。

派報人如預期出現，不管宣傳背心如何更換，只有人始終不變。要找到這樣過於平庸而難以記憶的臉孔著實不易。

儘管合作多次，子緣至今仍無法在腦中描繪派報人的輪廓細節，卻能記得他這次又假借哪家公司的商業廣告作偽裝。

子緣想起很久以前讀過的趣聞：適合當情報特務所需具備的條件之一，便是難以被記憶的平凡臉孔。

派報人作為長期暴露在人群的角色，當然是越不容易使人起疑越好。他所擁有的特點，正好完美符合所需條件。

至於子緣所屬的刑組，不必在意容貌。受限在暗處活動的他們更講求武力。

同為刑組的老面孔阿塵也來了。休息好一陣子的他看起來神清氣爽，連帶豐腴了些。看在眼裡的子緣懶得提醒，反正行事隨意的阿塵聽不進勸。

兩人分別取過傳單，在捷運站旁巷子的老地點會合。

「這麼快就要上工？明天晚上？」阿塵看到白紙的內容後驚呼，摸著那顆可見頭皮的圓滑平頭。「唉，也好啦，反正錢快花光了，是該賺一些。」

比起阿塵的不情願，子緣卻是興奮得身體發燙。他自認休息夠久了，被追殺所受的傷也早好了大半，早該出動。

照慣例記下時間地點，沒了存在價值的白紙便被打火機的小小火苗消滅。子緣沒錯過點火的機會，趁白紙燃起時順便點了一根菸。

阿塵賴著臉湊過來討菸，子緣聲明：「你欠我一包。」

「你去搶比較快。」阿塵笑罵：「你變幽默了喔？會開玩笑了。幹，該不會是交女朋友？」

子緣神情微變，衝著阿塵吐煙。冷冷回應：「少廢話。就是欠一包菸。」

「喔喔喔，說中了！」叼菸的阿塵故意諂媚搓手，笑咪咪地說：「那有什麼問題，子緣哥交女友，當然要送禮祝賀啊！不要說一包啦，直接送你一條好不好？」

「七星藍莓。」

「我現在都抽Marlboro DRY5，送你這個我以後討菸抽得比較順。」阿塵從鼻孔噴煙，好奇地問：「是怎麼樣的女人？奶大不大？不過齁，經過我長期觀察，你對胸部大的好像不是很有興趣。難道是腿派的？可以啦，我理解，有些人就是喜歡腿長的。」

阿塵頭頭是道地分析，還贊同自己的說法連連點頭。「對啦，有沒有照片？分享一下啦。」

「沒有。」子緣彈飛菸蒂。說的是實話。就算有照片也不可能給。

「不要這麼小氣啦，看照片又不會少塊肉。」

「欠我的菸明天給。」懶得繼續瞎攪和的子緣戴起安全帽，發動機車。

「媽的，我要改送你新樂園！」被拋下的阿塵遠遠喊著。

騎車出巷口的子緣拐了彎，離開台北橋捷運站來到正義北路與重新路交會的十字路口。被紅燈攔截的他等在斑馬線前。鄰近的人行道上，有一團如蚊子血礙眼的紅衣人聚在那。子緣沒能忽視，冷眼一瞥。印在紅衣背後的燙金「善」字直接說明這些人的來歷。

全是善祈堂的信眾。

是子緣的眼中釘，誓要討伐的對象。

在車流量大的十字路口，紅燈尤其漫長，子緣多的是時間觀察這些紅衣信徒。他們手拿同為紅色的傳單「報喜」。

儘管被纏住的路人滿臉困擾，卻無法阻止紅衣信徒強力宣揚上師有多偉大慈悲。

「垃圾。」子緣一時找不到更好的評語。

在眾多攢動的噁心人頭之中，一張子緣這輩子都無法忘記的臉孔赫然浮出。毫無預兆、沒有一點心理準備，子緣如遭迎頭痛擊。

聾殘的左耳冒出幻聽般的嗡嗡鳴響，尖銳如針，從耳洞直往腦內鑽，逼得那日情景再次重現。

「站著幹什麼？快進去！」管理員訓斥狗兒般催促，一把將子緣粗魯地推進主任室。

隨著背後的門砰一聲關上，現場就剩子緣與江主任。

掌握生殺大權的江主任離開辦公桌，踱步到子緣面前。每一步都刻意走得緩慢，凝重的氣氛彷彿他已從判官化身成行刑手，手中有把斬頭斧拖慢了步行。

「管理員說你不服管教，常跟其他人起衝突。」江主任質問。

「是他們找我麻煩。」

「找你麻煩？」江主任嘴角輕蔑地撇了撇，「其他人都沒事，只有你有問題。」

「我沒有問題。有問題的是這裡。」子緣回嘴，帶著挑戰的意味。

「看起來你對這裡很不滿意。」江主任不以為然地點點頭。

「對。」子緣毫不掩飾。

他話剛說完，江主任一巴掌揮來，狠狠搧往子緣的左臉。

手掌觸打到子緣的瞬間，江主任那臉鬆弛的皺皮因著反作用力晃晃抖動，僅存的浮貼頭髮也被甩亂。

子緣就這麼給打懵了，險些摔倒。還沒能反應，江主任又是一巴掌、一巴掌接著再一巴掌！每一下都打子緣踉蹌倒退，直到被逼至牆邊死角。

江主任毆打子緣的瞬間展露某種狂熱，金魚般的圓突眼珠有嗜虐的光，嘴裡吞吐著急促的喘息，像要壓抑什麼。

連續的揮打不過是前置熱身，江主任最後一巴掌力道奇大，彷彿力求搧下子緣的臉皮。

被打翻在地的子緣昏眩得不能動彈，紅腫變形的臉頰像遭火焚燒，又痛又燙。皮下破裂的微血管滲了血，浮出大量紅色的絲。麻痺的舌尖嚐到嘴中的腥鹹血味。

子緣眼珠子吃力上抬，看著那對厚如香腸的油嘴唇蠕動著。

江主任在說話。

可是子緣聽不見。左耳充斥巨大的嗡鳴，無法容納任何聲音的進入。

從此之後，亦無聲音。

當時殘害子緣與欣欣的江主任，現在已成紅衣教徒的一員。

子緣腦袋空白，被暴漲的情緒沖去所有思考，就要憑原始的野獸本能行事。在即將往江主任衝去時，身後接連的喇叭催促將他的理智拉回。

子緣抬頭一看，交通號誌早已轉綠。

他催使油門直接繞去對街，熄火後在路旁等著。戴著安全帽的他沒有被認出的可能，能夠遠遠監視江主任。

在冷風中待了好一會，憤怒的熱度逐漸喪失。即使仇人近在眼前，子緣卻異樣地越來越冷靜。情緒瀕臨頂點，往往產生相異的表現。

子緣就這麼盯著，即使雙線道的車子來回交錯，也能死盯江主任不放。

從機構逃出後過了多久？子緣沒去計算，因為無論過了多少時間，那時遭遇的毒打始終鮮明，彷彿幾秒前才剛發生。

江主任的笑臉依然醜陋不變，正如人的本性始終難移。

那時候沒把江主任一起燒死，真是太可惜了。子緣心想，不過不急，現在有的是機會。

善祈堂的人在街口待了一個多小時，糾纏每個等待紅綠燈的路人。子緣亦吹了同樣時間的冷風。

飄在風中細如針的雨絲，逐漸轉變成密集暴動的雨粒，澆熄紅衣教徒拉人入教的決心。他們作鳥獸散，各自離開路口。有人撐傘在站牌等車，有的走往捷運站。

抱著成疊傳單的江主任冒雨來到鄰近巷口，鑽入一輛紅色納智捷汽車。

鎖定不放的子緣騎車跟上，藏在車陣一路追蹤江主任的座車。隨著越往北去，雨勢越強，雨水打在手上有陣陣刺痛。渾身溼透的子緣耐著發冷的身體，在滂沱雨幕中勉強跟隨。

快分不出路的子緣直到看見遠處若隱若現的情人橋，才知道來到淡水的漁人碼頭附近。

江主任沒在這著名的觀光景點停下，車子逐漸遠離鬧區。路上行車漸少，子緣只得拉開距離，免得江主任透過後照鏡看見會起疑。

經歷漫長的車程，最終來到偏郊，沿路有大片雜草叢生的綠地，往更遠處望去依稀可見大屯山的雨中輪廓。

紅色納智捷來到幾棟錯落的透天厝集合而成的小型住宅區，停在擁有窄院的其中一棟。

子緣遠遠停下，連人帶車藏在路旁。看著江主任推開車門，伸出一把紅傘。傘上同樣印有金色的「善」字，那字佔據大半傘面，即使子緣隔得老遠也能看清。

江主任撐傘進屋，渾然沒有發現跟蹤的子緣。

子緣耐心埋伏，隨後徒步追上。透天厝入口的柵門已經關起。繞了屋外一圈作觀察，發現圍牆不高。趁著四下無人直接翻牆進去。

落地的子緣以蹲姿緩衝，像潛行的刺客。

他壓低身體，藉著雨聲掩護跑近牆邊。在進入前已經確認過屋子的鐵門是關閉的，現在省去白費功夫的力氣，直接來到屋子後半段。

鐵窗內的玻璃窗面開了一小道通風縫。子緣謹慎探頭，窺視裡面的動靜。

在目睹屋內的瞬間，子緣的眼珠驀然瞪大，不能置信親眼所見。

陰暗的角落有座白鐵鑄成的狗籠。

籠裡關的不是寵物犬。

是個赤裸男童。

異常安分的男童垂頭不動，抱著膝蓋挨在狗籠一角。瘦弱的手臂與大腿都有遭棍子毆打留下的紅痕。

事態全然超乎子緣想像。他僵立幾秒，木然卸下背包，握住其中暗藏的刀。反覆握緊幾次，再確實不過的堅硬觸感提醒了他，這不是荒誕夢境，是無可否認的現實。

子緣緊盯屋內不放。男童身體突然一震，頭壓得更低，深深埋入膝蓋之間。用脆弱欲折的雙臂緊緊環抱自己。

雨突然停了。

在子緣的視線死角，有什麼正緩慢現身，朝狗籠的男童接近。

子緣的體溫隨著憤怒快速升高，頸邊的血管劇烈脈動。嘈亂的心跳聲令他無法冷靜。脆弱的理智懸在斷裂的邊緣。

嗡……嗡……背包裡的手機忽然作響。屋裡朝狗籠逼近的人跟著止步。

被發現了？子緣隨即蹲下，快速取出手機。

來電的是欣欣。子緣拒絕通話，屏息待在原處不動。牆後再也沒有一點聲息，握住手機的他腦內一陣失序，陷入混亂。

偏偏手機再響，仍是放心不下的欣欣。這逼得子緣沒有選擇，只能立刻轉成飛航模式斷絕來電。幸好子緣習慣將鈴聲調成振動，沒製造太大聲響。

他知道這位子不能再待，立刻俯身離開。就在繞過牆角沒幾秒，窗戶突然被拉開。

子緣終於發現思考的漏洞，那現身的說不定不是江主任，裡面藏有多少人還是未知數。除了江主任也許還有其他同夥？會不會當初機構內的管理員也在？

這些人聚在一起幹下囚禁男童的勾當，是難以排除的可能性。

子緣緊貼牆面。機構那些人的臉孔令他陣陣作噁。連帶浮現腦中的還有與欣欣這幾日的溫存。

欣欣在等他，不管是過去還是此時此刻。她都掛心不放。外出太久了，欣欣一定相當焦慮。

該讓她知道江主任的事嗎？子緣自問，隨即否定。什麼都不要讓欣欣知道，才是最好的安排。

他驚覺自己竟然猶豫了，不再跟過去一樣不顧死活地衝殺。

但他不會放過江主任，絕對不會。

子緣用力揉捏左耳。當然沒有聲音。正如當初決意逃出機構，他亦立誓，總有一天要把江主任施加的折磨一併償還——以勝過百倍、甚至是千倍的痛苦。

只是，還不是時候。

子緣收刀入袋，扛回肩上。快速朝圍牆衝去，一蹬一翻，人已經落在牆外。

子緣沒停止奔跑。在驟雨初歇的水漥路上，捺著殺意的他獨自狂奔。

二十六、火螺旋端的終結起始

「呼……哈……」子緣隨著呼吸的節奏上下起伏，嘴中接續吐出熱氣。每一次身體伏低都使作支撐的雙臂脹大，現出結實分明的線條。凝聚成豆的汗水陸續從他臉頰掉落，積成汗圈。

欣欣同在房內，人趴在老舊得失去彈性的床墊上，一張臉藏進臂彎。

子緣粗熱的吐息不斷，在最後衝刺時更是急促。隨著他無預警的大吼，欣欣身體跟著一震。

「幹嘛突然大叫，被你嚇到……」假寐的欣欣從手臂中抬起頭，「你好像有點焦慮？怎麼了？」

「沒。」子緣隨口帶過。脫力的兩條手臂不停發抖。他終於完成訂下的伏地挺身次數，不為別的，就是轉移注意力。

「真的？」欣欣狐疑盯著，「你忘記你很不會說謊。」

「我沒說謊。」子緣扯下汗溼的無袖背心，故意扔到欣欣身上，嚇得她棄守被窩直接退到牆邊。

「都是你的汗！」欣欣抗議，小心地用手指夾起帶著餘熱的無袖背心，像處理未爆彈般謹慎。她往床外扔去，正好落在子緣腳邊。

子緣動作未停，已經脫下寬鬆的棉質長褲。

欣欣趕緊喊停：「等、等一下，你不要再亂丟喔！」

子緣把褲子捲成一團，作勢瞄準。欣欣馬上披起棉被，把整個人團團裹住。被團裡傳來她的叫喊：「好幼稚，又不是國中生！」

喊話的欣欣發現遲遲沒有被襲擊，倒是浴室傳出水聲。她從棉被中探頭，地上遺留帶汗漬的衣褲，而不見子緣人影。

警報解除的欣欣掀開棉被，覺得好氣又好笑。原來子緣也有調皮的一面。可惜他倆的青春期都在壓抑如苦牢的灰暗之地度過，沒能盡興玩耍。

沖完澡的子緣光著身體踏出浴室，踩著濕腳印走來。欣欣見了趕緊別過頭，慌張嚷著：「怎麼不穿衣服？」

「身體濕的穿了不舒服。」赤裸的子緣撥了撥濕漉漉的頭髮，濺亂一堆水珠。

「那你快點拿吹風機吹乾。」欣欣的臉越來越紅。

「緊張什麼？你又不是沒看過。」子緣無所謂地說，一屁股在床邊坐下。濕淋淋的身體在床墊暈開大片水漬。

臉頰發燙的欣欣微微抬頭，偷看他寬闊的背部。緊張的心跳好不容易和緩下來。她問：

「你真的不要緊嗎？從昨天回來就好像有心事。」
「手機壞掉不太開心而已。又被黑店坑，修理費有夠貴。」子緣說時沒回頭。
「你這麼可怕，店家敢跟你收錢喔？」欣欣笑問。
「出來作生意的人，有什麼不敢的？」子緣突然往後一倒，正好壓在欣欣伸直的腿上。她的雙腿光滑而且冰涼，現在還是單穿子緣的寬鬆T恤，因為舒適好穿，還能佔用子緣的體溫。
「你唱歌吧。」子緣說。
「哪一首？」欣欣問。不待子緣回答，從那投來的眼神便知道答案。「一直沒問，為什麼你這麼喜歡那首歌？」
子緣沉默好一會，才說：「不知道。一個人要喜歡什麼，本來就不需要理由。」
「這樣喔。」欣欣會心地笑，推了推他的肩膀，「你好重，先起來。這樣我沒辦法唱。還有快把身體擦乾，會感冒啦！」
子緣腹肌用力一縮，瞬間離開欣欣腿上。在他抓著毛巾擦拭身體時，欣欣的歌聲輕啟，猶如逐瓣綻放的花，飽滿地蓋過每處陰影與塵埃。
直到今天，子緣仍無法解釋為什麼如此鍾愛這首歌。
——〈七月七日晴〉。
就算聽上千百次也不嫌膩。

欣欣背對著窗，冬季幽柔的日光穿透披散在身的髮絲，照亮她的輪廓與床單皺痕。看起來就像一幅畫。

沒等欣欣唱完，子緣逕自從床沿起身，抓來衣服套上，也不管身體仍濕且頭髮未乾。

欣欣儘管遲疑，但歌聲沒停。可是子緣已經聽不進去。本來是想聽欣欣唱歌冷靜，卻怎麼也無法壓下心中焦慮。

「我會晚點回來。」在欣欣詢問之前，子緣先說了。換上成套輕便服裝的他拎起背包，重量依舊，隨身的好夥伴都在。

「好。」欣欣的笑容立時黯淡幾分，藏不住落寞。

「宵夜吃什麼？我順便帶回來。」

「不能再吃了，真的被你餵肥。」

「會嗎？還是很瘦啊。那我隨便買。」子緣握住門把。

「子緣，」欣欣脫口喚住，「我們出去玩吧？我開始看機票了，再來是旅遊淡季，價格便宜很多。知道你很懶，所以行程我來安排。去東京好不好？淺草那邊住宿滿方便的，離天空樹也近。還有五重塔，聽說五重塔的夜景很漂亮，那邊可以求籤，希望求個大吉。日本好吃的東西很多，可以去吃生魚片、壽司、燒肉、鰻魚飯……你一定會喜歡。」

欣欣說得很快、很急，簡直是一口氣把腦中想說的話全部傾倒出來。

「你實況怎麼辦？你說過觀眾會流失。」

「不管了，我想請假。」欣欣認真地說：「真的，出去走走吧。好不好？少……你一直幫少主做事，都沒有自己喘息的空間吧？」

「我不知道。晚點回來再看吧。」子緣冷淡地說。他現在暫時無法想這些，腦子容不下其他事。

欣欣越加失落，幽幽地說：「手機不要又弄壞了。」

踏出門外的子緣一愣，聽出欣欣話中有話。他短暫遲疑，默默返回。

欣欣抬起頭，安靜對望。

出於撒了謊的歉疚，子緣看不透她在想什麼、或不想什麼。沉默之後，他身子傾前，一把將欣欣摟進懷裡。欣欣頭抵著他的肩，有淡淡髮香。

「等到結束之後，」子緣嘶聲說，手指撫過欣欣的髮叢，「不管你要去哪，我都奉陪。」

懷中的欣欣低聲說：「我只希望你平安無事。不是要耍賴。」

「我知道。」子緣又說了一次：「我知道。」

他再摟緊些，「現在不一樣了。跟那時候不一樣。」

真的不同了。他不再是當初的無力少年。從發誓要逃的那刻起，便註定要擺脫弱小的殼，成全此時的羽化。

他緩緩放開欣欣。「等我回來。」

在門完全闔上前，回首的子緣在門縫之間看見的，是欣欣微笑揮手作道別。

子緣穿越無人走廊，整棟樓沒什麼聲音。這種平日的下午時段，住戶該上班的上班、困在學校的也還在學校。就算夜晚陸續歸來也少有交集。不要干涉別人的事，是在城市久居的必備共識。

他下樓後踏出戶外，天色仍亮、柏油路上的來車依然喧雜。距離少主交派的會合時間還早。

子緣是特地提前出門。不為別的，就為作出了斷。他還以為能等，卻僅僅不到一天的時間就打破這分錯覺。

他取出口袋中的手機，提前調成靜音，然後扔進背包。

手機功能一切正常，從頭至尾壓根沒壞過。只是作為昨日晚歸的掩飾。

一個被欣欣輕易識破的脆弱謊言。

書房裡，一盞小燈。

人在桌前的江主任戴著老花眼鏡，埋頭翻閱厚重的紅皮書。他陶醉在閱讀之中，粗短的食指順著每個字依序滑過。

這本書是他剛入手的，桌邊的書架整齊放著同樣書皮但書名稍異的紅書。全都是善祈堂上師的系列著作。

曾是聖經不離手的江主任，已經很久沒碰那種西方玩意了。牆上本來屬於耶穌受難像的位置，早已置換成善祈堂上師的裱框照片。

這間書房歷經相當大程度的改變，曾經書架放的是聖經與神學，還擺著幾座羔羊與牧人的小雕像。門邊小桌的壓克力展示櫃裡，本來放的是耶穌在馬廄誕生的情景模型，現在卻不留一點痕跡。

房內的裝飾品盡是鮮艷的大紅色，讓人聯想到過年喜氣洋洋的紅包袋。這正是善祈堂的代表色。

讀至一個段落，江主任仰起頭，舒展僵硬的頸子，眨了眨乾澀的眼睛。

他伸手拿來同在桌上的瓶裝礦泉水，紅色的包裝印有金色善字。這是上師親自誦經加持過的「消罪水」，一瓶要價六百台幣，不僅可以除業障保平安，還能治百病。

江主任打開寶特瓶，小心地往瓶蓋倒水，將裝滿水的瓶蓋往眼睛倒，充當眼藥水使用。溢出眼睛的部分也不浪費，用掌心來回在臉上抹開。

他眨眨眼，望出桌前的窗，霧濛的綠樹之間有幾隻野鳥振翅飛過。他認為視線清晰許多，或許之後不必再依靠眼鏡了，也感到溼潤的皮膚膚質變好，遠勝年輕的時候。

「歸恩上師、敬嘆上師！」他雙手合十，閉目虔誠禱念。

江主任再喝幾口消罪水，體驗五臟六腑被淨化的舒暢感，有股前所未有的愜意。於是再次禱念。若非體力無法支撐，他真想每日作一萬次感謝的禱念。

他打開抽屜，拿出一張仔細收藏的文宣。那同為紅色，彷彿沒有比紅色更重要的顏色了。這是善祈堂印製的，就在不久之後要舉行重大活動，是由上師親自主持的祈福法會。這幾天信眾們來回奔走派發文宣，力邀世人參加，好體會上師的無邊法力。

上師實在具有神妙。江主任讚嘆。他已經不信基督教了。那場燒焚機構的惡火，連帶毀了他的職位，還被機構的董事們追究，差點就要賣車賣房作賠償。

什麼愛是永不止息都是鬼扯屁話，呸！江主任心想，氣憤地再喝幾口消罪水。

世界上絕對找不到比他更虔誠的人了，作為神在世間的代行者，他不斷宣揚愛與慈悲，向機構中如羔羊的迷途少年們讚揚神的恩典，最後卻淪到這種下場。這神太殘酷，待他不公！

魔鬼。一定是魔鬼的把戲！

幸好失業的江主任因緣際會接觸了善祈堂，發現那才是真正的神之所在。上師必然引領世人往無苦痛煩惱的莊嚴淨土。

江主任重重舒了一口氣，為找到畢生的信仰歸宿而安心。

他抓了抓勒腹的皮帶，機構的火災風波經歷一段時間才平息，那時的煎熬令他消瘦許多，體重整整掉了十公斤。直到接受上師法力的滋養，才重新吃肥回復早前的福態。現在這皮帶的緊束感正好作見證。

他看見時鐘，發現已經晚了。把文宣收藏妥當後，便離開書房下樓。

屋裡空蕩蕩的，他過的一直都是獨居生活，過去把時間都奉獻給機構少年，現在則被善祈堂上師的法力充滿，絲毫不感到孤獨，只有衷心的喜悅。

江主任走過客廳，穿越廚房，來到屋後的空曠房間。房牆面與地板全是冷冰冰的死白色。這裡陰森森的，沒開燈、也缺少任何家具擺設，只有加設鐵欄杆的窗。外面微亮，是初春了，天還暗得有些快。照這亮度看下去，不久之後天就要全暗了。都是因為上師的著作太精彩，才會讓江主任忘了時間。

設在房裡的那座狗籠內，被囚禁的赤裸男童緊挨籠子一角，呼吸盡可能放輕，怕不小心惹得江主任不開心。

江主任就某種意義上而言，的確是獨居的——假如不把眼前這禁臠算進去。

他取下掛在牆邊帶項圈的鐵鍊子，踱步走近，然後把臉湊在籠前，咧開嘴角獰笑，眼睛彎成淫邪的弧。

籠裡男童用力瑟縮，好像想鑽出欄杆的縫隙逃出去。可是他無處可躲、逃無可逃。

「散步啦，出來！」江主任打開籠門，把項圈的那一端丟了進去。鍊子撞在籠裡，發出金屬的碰撞聲，嚇得男童用力一縮。

「快點戴起來。」江主任不耐煩地命令。

男童幼小的臉龐鑲著一對深深的黑眼圈，膚色是病懨懨的蒼白。無須細看就能發現身材遠比同齡孩子還要瘦小。

男童抿緊嘴唇，伸出瘦弱的手臂搆住項圈，含淚戴到頸上。不等江主任再命令，男童自動爬出籠子，全程維持手掌跟膝蓋著地的姿勢。

手握鐵鍊的江主任牽著男童在房裡兜轉。這是每天的例行公事，男童的手掌與膝蓋因為爬地而破皮累累，肉磕在粗糙的地面總是疼痛。但他始終不敢吭聲。除非江主任允許，不然不該有多餘的反應。

江主任不時低頭，滿意審視男童爬匐的姿態。就像條肉色的狗。

或許是當初火災讓幾個少年逃掉的遺憾，江主任現在選擇更強硬的手段，直接把男童關進籠中。選擇這年紀的孩子有個絕大好處，就是極好控制，趁早教育的好處就是在這裡。

他偶爾用力扯動鐵鍊，欣賞男童脖子被拉縛所以抿唇忍痛的模樣。男童展現的恐懼像是催情劑，令江主任十分興奮，下腹火熱難擋。

他停下，彎身撫摸男童布著紅色棍痕的背脊。因為過於瘦弱，男童的脊椎骨與肩胛骨特別突出，骨盆的形狀亦清楚可見，沒被多餘的贅肉埋住。

男童咬著唇，瑟瑟發抖的身體像冷天裡淋濕的犬隻。江主任突然使勁一捏，硬是掐起一團肉。

「嗚！」男童沒能忍住，疼痛從鼻腔洩出。

「誰准你叫的！」江主任猛力一掌扇在男童臀上，震得男童前撲，隨即又被鐵鍊扯回。

這全憑喜好擺布的快感令江主任相當來勁。他踏住男童拱起的臀部，用力踩下。男童便如踩扁的口香糖整個貼地，四肢與臉都伏在冷冰冰的地上。

江主任抬起腳，準備往男童的臉踏去。

此時江主任的嘴誇張咧開，像恐怖電影的殺人小丑。男童屈辱地望著一端牆面，眼淚無聲掉落。

就在江主任腳掌即將落下的瞬間，屋外的汽車警報器忽然大響，驚得他縮腳。

「搞什麼東西？」他不悅地扔掉鐵鍊，嚴厲警告男童：「乖乖待著不要亂動，我馬上回來。」

江主任一路鬆開皮帶，扯出衣擺遮住褲檔的隆起。他埋頭解開住宅鐵門的內鎖跟防盜鍊，這一連串的防備措施令人心煩。要不是為了藏住屋後的祕密，何必如此費事。

在江主任開門踏出屋外的瞬間，一團黑影猛烈撞來，撞得他摔進屋內。跌坐在地的江主任愕然抬頭，身前已被背光的人影籠罩。

隨著屋門被那人反手關上，江主任逐漸看清對方的真面目。

是當初火災後從機構消失的少年。

二十七、為錯亂的悔意獻上熱烈掌聲

夜市入口外，在停放的成堆機車之中，理著平頭又痞氣十足的阿塵特別顯眼。

他人坐在其中一輛機車上，手拿超商買來的瓶裝奶茶。除了嘴上叼的，腋下另外還夾了一整條未拆封的新菸，是說好要送子緣的。

阿塵當然選了愛抽的牌子。正如他所說，這樣向子緣討菸才方便。

「哎唷，今天還沒晚上就看得到月亮喔？」阿塵望著亂糟糟的車流盡頭。

就在馬路彼端，那還沒被大樓擋住的天空一角，可以看見薄如膜的白色圓月。就這樣靜靜地、不刻意引人注意地出現在微藍的天上。

攤販正要開始營業，勤奮如蟻的他們忙著打理攤位。逐漸吵雜的人聲與鍋碗瓢盆的碰撞讓冷清的夜市開始升溫。

這裡是白紙註明的地點。還不到預定的集合時間，是阿塵早到了。反正閒著沒事，而且夜市有漂亮的妹子出沒，他喜歡，看了賞心悅目。

說到女人，阿塵真沒想到，子緣這瘋狗般的傢伙居然找了個伴。他以為子緣只對毆打神棍有興趣，沒想到是個有性趣的人。想來就好玩。

阿塵抓了抓下巴的蓄鬍，猜測子緣是處男呢或是已經做過了？那傢伙不會早洩吧……體力這麼猛應該沒問題才是。

性格輕浮的他胡思亂想，手指往菸盒亂摳，老半天都碰不著東西，撐開盒子一瞧才發現早就抽光了。嘴上這已是最後一根。

「唉唉，沒辦法。」阿塵假裝無奈，雙手倒是相當大方，直接拆開預計要送給子緣的那條菸，拿過其中一包抽了起來。

抽菸之餘，阿塵發現附近聚集的人多了起來。幾個機車騎士剛到場，正在移動凌亂停放的機車好挪出車位。

其中幾個有打過照面，都是刑組的人。阿塵默默計算人數，這是過去行動從未達到的規模。

「這次是要對付什麼？這麼大陣仗？」阿塵嘖嘖搖頭，暗自希望不要太費力。他懶，只有數錢的時候稍微認真。幸好有子緣這個總是衝第一的神經病在，交給他處理就行。別弄出人命都好。

阿塵衝著逐漸轉暗的天空吐煙。煙霧飄散成絲，被路旁來車帶起的風給攪碎。

路燈接連亮起。夜市飄來蚵仔煎的鍋香氣。在蒸騰的白色熱氣裡，小吃攤的老闆盛了一碗貢丸湯，灑入切末的芹菜。香腸攤的烤爐上，炭火盛烤的香腸滋滋冒油。

把菸蒂塞進喝光的奶茶空瓶，阿塵瞅著持續增加的刑組人馬，忍不住調侃：「都過完年了，現在才要吃團圓飯？」

汽車警報器仍在響。

跌坐在地的江主任胯部大開，就像當初要求欣欣踩踏時的姿態。與那時毫不避諱的大膽相比，他現在說不出半句話，更遑論淫穢的請求。

他得確認沒有看錯，眼前忽然闖進的這人，竟是當年機構所收容的少年。在縱焚的惡火後，人連帶從機構消失。

「葉子緣！」江主任失控驚吼：「你為什麼在這裡？」

正面入侵的子緣漠然不語，手往背包一伸，抽出時刀已握進手中。

他扔開背包，往江主任逼近。垂於身側的刀還收在黑色刀套裡。在陰暗的屋內，彷彿手抓的是一叢黑影。

「你、你、葉子緣我警告你不要亂來啊！」江主任亂喊，瞬間又回到在機構掌握生殺大權的那副嘴臉，只是尾音不受控地分岔，更少了幾分魄力。

子緣無視叫囂。每踏進一步，冷冷散發的肅殺氣勢便逼得江主任後退，連帶瓦解裝腔作勢的偽裝。

江主任忽然一滯，人已經撞上邊櫃。他慌張後瞄，立刻轉身撲向櫃子，抓住家用電話搶著報警。

手指發顫的江主任還來不及按下最後的數字鍵，脛骨忽遭子緣狠踹，隨即失衡摔倒，話筒連帶脫手。

趴伏的江主任雙肘撐地，濺出唾沫的嘴吐著殺豬似的嘔叫。與電話線相連接的話筒搖搖晃晃懸在一旁。

江主任伸手欲抓。子緣舉臂一揮，收入皮套的開山刀猶如鈍器，重重砸上江主任的手背。

「嗚、嗚啊！」江主任吃痛抽手，緊緊捂在懷中不敢再輕易伸出。火辣辣的劇痛令他害怕地猜測，掌骨恐怕是斷了！

子緣手臂再揮，掃落整部家用電話，正好撞在江主任額邊，痛得他再叫出聲。

滿頭冷汗的江主任掙扎爬起，搖搖晃晃逃開。追殺在後的子緣看準毫無防備的膝蓋窩，舉腳踹去。江主任腿軟跪下，膝蓋磕出悶響。

子緣又踹來一腳。縱使江主任體積笨重，卻不敵這股兇猛力量，只有撲地的分。

怕死想逃的江主任強忍疼痛，再度爬起。子緣再踹。

他又爬起、子緣又踹。

終於，不敢再起的江主任只能伏著身體，十指齊張搆著前路爬行。肥腫的屁股左右擺動，彷彿能甩出油來。

子緣以刻意緩慢的步調尾隨，浸溺於製造恐懼的快感，甚至放任江主任爬出客廳。

與廚房相連的牆角邊擱著一根木棍——是專門用來毆打男童的。江主任想也沒想，馬上緊抓棍子，將顫晃的棍尖對準子緣。

子緣咧嘴，綻開惡鬼般的獰笑。手指一鬆，開山刀從掌心落下。

他竟然棄刀。

江主任愕然。沒等到思考明白，子緣振臂橫掃，木棍從江主任手中脫出，被遠遠甩飛。那張爬滿油汗的臉頰甚至能感覺到，子緣手臂揮掃時颳來的餘勁。

江主任瞪大眼睛，「我給、給你最後的機會，現在立刻、刻給我離開……不然我不會放過你。」他手指著子緣，另一只負傷的手掌畏縮地藏在身後。

子緣跨步逼近，握住江主任那根礙眼的食指，用力一扳。

指根處發出清脆的斷折聲。

「咿——」江主任痛得灑淚，鬆弛的臉皮擠出無數皺紋。他盯著被掰成恐怖角度的手指，繼續慘叫：「咿咿咿咿咿！」

子緣把哀號不止的江主任壓制在地。掄拳就打，每一拳都往右臉痛毆。

「告訴我，如果有人打你的右臉，要怎麼辦？」子緣厲聲質問，暴雨般的拳頭未停。

江主任無法回答。眼角發腫滲血、門牙也被揍斷一顆。

「你知道答案。你他媽抱著那本垃圾破書說過！你說：『那你該把左臉也給他打！』」子緣拳頭懸在半空，拳面凝著幾粒血珠。「告訴我。如果是我被打了右臉，我會怎麼辦？」

被問傻的江主任不斷搖頭：「把左臉也……不、我不……不知道……不……」

「我會把那人的雙手都扭斷！」子緣猛然抓住江主任雙腕，兇暴地往外翻轉。

江主任瞪天痛叫，連帶吐出斷牙。劇痛在腕關節炸開，從拉損的韌帶擴散至前臂，暫時報廢了雙手。

子緣盯著那張半好半毀的醜陋臉孔，曾經眼前這人是如此巨大，令所有被收容的少年懼怕，就連管理員也要敬畏幾分。就是這個人，支配了子緣困鎖機構的那段人生。

現在，卻成了團只會亂叫抖動的肉塊。所有的抵抗都弱小得令子緣發笑。

有些人看似強大，只因所處的位置能憑之恣意妄為。一旦跌下，便落得任人魚肉的分。在這種不算入權勢地位的一對一廝鬥，狂如兇獸的子緣佔盡優勢。

子緣鬆開雙手，起身，拾起開山刀。他從皮套中緩緩抽刀，從指尖感受刀鋒與皮革的摩擦。

灰色的刀身逐段顯現，暗示死亡的倒數。
地上江主任看見了，蠕動著逃開。那速度太緩慢，抵不上子緣的少少幾步。
子緣蹲下，單邊膝蓋抵住江主任的胸口，像按住殼使烏龜不能移動那樣。雙手盡廢的江主任只剩雙腿能夠掙扎亂踢，說什麼都奈何不了面前凶徒。
「對不起、對不起……」江主任情急之下大喊：「是我錯了！不要！」
子緣一愣。求饒在預料之中，道歉卻不是。
「我真的錯了，我發誓我不會再……」
「讓我釐清一下，」子緣直接打斷，聲音有如沉鐵。「你是為了過去的作為懺悔，還是對落在我手裡覺得懊悔？」
「我……」這次，換江主任愣住。
子緣知道答案了。虛偽的歉意始終不敵尖銳而真實的質問。他沒忘記那被囚禁狗籠的男童。歷史一再重演，人的劣根性始終不變。
他揪住江主任左耳，刀鋒毫不廢話地迎了上去。
「啊！啊！啊啊啊！啊啊啊啊！」
濁紅的鮮血從耳朵與頭顱的交界泉灑而出。目睹鮮血奔流的子緣眼露瘋狂凶光，狠戾不帶同情，飽含復仇的狂喜。

冰冷的刀身劃開血肉，持續激發江主任淒厲駭人的慘嚎。

子緣再加重刀的力道，終於得手。帶血的耳朵不再是江主任身體的一部分，從此脫離。曾經是耳朵的位置只剩糊爛的切口。

子緣隨手一甩。啪噠一聲，江主任的左耳在慘白牆面烙下殘亂的血跡。

這對子緣來說再公平不過了。當初江主任打聾他的左耳，現在不過是討回來。很公平。

「啊……嗚……」半邊臉都是血的江主任竟然開始哭泣，嘴裡還含糊不清地在念些什麼。

子緣靠著唯一完好的右耳細聽，終於聽懂那些內容。

「嗚……上師救我……上師保佑……求上師賜福……」

子緣一拳打斷這無用的呼救，冷酷聲明：「你的上師聽不到。」

然後再一拳。「你的神聽不到。」

「不管你還信什麼，祂們全部聽不到！」子緣的第三記重拳是重中之重，短暫渙散了江主任的意識。

子緣知道是時候了。他雙手握刀，高舉過頭。

過往被當草芥輕蔑對待的記憶接連閃逝，在腦中形成殘破的拼貼景象：毆打、挨餓、受寒、火與黑煙……還有欣欣遭遇的一切。

不會原諒，沒有寬恕。更不可能放下。

那些全是欺騙愚人的弄詞，只為產出無用的憐憫。惡人才好苟活，繼續為禍。

刀尖已經對準江主任的胸腔。

為了保護欣欣的祕密，子緣早已跨越那道界線。不再有回頭可能，只剩眼前誓要砸開的一道血路。

「愛是永不止息。」著魔的子緣宣告。

在江主任意識歸來的同時，子緣雙臂驟落。挾著這些年積累的怨與憤，刀尖深深沒入江主任胸口。

鮮血無聲蔓延，浸紅了江主任的衣。這遠比他鍾愛的善祈堂代表色更紅更鮮艷。發紫的嘴巴開合幾次，忽然劇烈咳嗽，咳出濕黏的血沫。其中一部分濺到子緣臉上。

子緣伸手抹去，視線沒離開過，看著江主任的掙扎漸弱。距離斷氣不過幾分鐘內的事。在這過程之間，子緣的靈魂又經歷了一次質變。

屋裡越來越暗，夜的黑影逐漸覆在窗上。子緣仍在等待江主任的死。

當他發現的時候，突來的人影已經接近身邊。他驚訝抬頭，隨即顯露的凶狠瞪視足以令人止步。

可是對方沒看到，只因為把焦點全部放在江主任身上。

被囚禁的男童依然赤裸，手裡卻抓著熱水壺。他高高舉起，就像剛才舉刀的子緣。

子緣來不及喝止，男童已經把熱水壺往江主任砸去。一次、一次、又一次，伴著刺耳的尖叫，還有不斷湧出的屈辱淚水。

「呀！呀！」男童雖然瘦弱，但瀕臨極點的情緒帶來超乎想像的力量，竟砸破江主任的頭顱。血濺到男童的眼上，脆弱的眼珠受了異物入侵，終於使男童回神。

男童看見了自己的傑作，害怕地扔下熱水壺，那聲響短暫蓋過無助的喘息。他僵立原地，又恢復連呼吸都要過分小心的畏縮模樣。

男童看看江主任的屍體，又看看子緣。即使在這樣昏黑的場域，還是藏不住那身病懨懨的蒼白皮膚。

子緣忽然揪住男童的頭髮。受驚的男童卻彷彿是給勒住頸子，無法出聲，只有害怕地望著子緣。

「是我殺了他。」子緣說。

男童張大眼睛，盡是惶恐。

子緣強調：「是我殺的。你什麼都不知道。懂不懂？」

男童仍怕得無法應對。

「懂不懂？回答我！」

「懂、懂……」男童連連點頭，幾乎要被子緣嚇哭。
「很好。給我好好記住。你什麼都沒做。」子緣鬆手，再次警告：「絕對不要忘了。」

二十八、螢火

晚了。

為了與江主任作了結，子緣延誤白紙的集合時間，現在正好闖入擁擠的下班車流。數以百計的車尾燈擠成撩亂刺眼的紅色光海，像在都市裡燃燒的一只只螢火蟲。

子緣按住油門的手指壓壓停停，把握每次可以自由移動的機會。不單是擠車縫，連騎上人行道爭取時間都沒放過。

他越急躁，路越是堵塞，彷彿所有用路人都要與他作對。

前方載客的公車切換車道，後方的車輛被迫減速停下。同在後頭的子緣龍頭一轉，粗暴地催動油門橫切出去，差點與旁邊的小客車擦撞。

叭叭叭叭叭——急煞的小客車駕駛以憤怒的喇叭作抗議。子緣早已呼嘯而去，瞬間超越才剛起步的公車，差點引起另一波擦撞。

路況有多糟糕，子緣的心緒就有多混亂。他不能錯過這次行動。畢竟是在押送誠德會失敗後首次接到的指令，無論如何都要參與其中。這一切與大義無關，是想替人生錯誤的開端作報復。

他沒忘記當時以宗教名義誘騙父親，將他兩父子拐入地下室的噁心婦人。他後悔沒認真聆聽父親與那婦人的對話，連關鍵字的依稀印象都沒有。

畢竟神棍的話如此雷同，好像有個範本專門讓他們複製貼上。不管怎麼聽都是假，卻總有人爭相搶著受騙。

找不到那婦人所屬的團體，子緣乾脆將所有宗教視為敵人。反正都一樣。無論那些最初的善旨再美好，一旦有人的染指摻入，便註定變質。

脫出主要幹道的子緣終於擺脫壅塞的車潮，拐進小巷抄近路爭取時間。住宅區人家有明暖的燈火，子緣瞄見了，湧起一股說不上的熟悉。

出了巷區，冷風再次猛烈。他驀然想起是什麼時候遇見那種景象。

是與許恩（欣欣）流浪時看到的。

也是在那時候遇見少主。從此他與欣欣不必再羨慕那些擁有遮風避雨屋簷的人家。

為了不辜負少主當時施以的援手與賞識，還有作為復仇與洩忿，子緣如兇犬忠心執行每次交派的任務。

此刻亦在路上，往正確的方向。

同一條大道上，一輛救護車大聲鳴笛，像摩西分隔紅海般切開車流。子緣雖不情願，還是減速讓道。救護車從旁急嘯而過。

臨近集合地點，車況忽然又壅塞起來。子緣乾脆在路旁停車，直接徒步前往。沿途有紅藍閃爍的燈光，是幾輛警用機車。

子緣發現剛才的救護車也在，現場的救護車甚至不只這輛。附近滿是群眾，神情不像是來逛夜市玩樂的，卻是圍觀湊熱鬧。警車擋住馬路的其中一個線道，有個警察站在雙黃線上指揮交通。

子緣疑惑往前，發現被封鎖線包圍的現場，以及柏油路面的反光。那些都是暗紅色的血跡。

遠遠傳來痛苦的哀號。

他踮起腳，越過人牆終於看見被封鎖的現場。好幾人倒在血泊中，都是年輕男性，十八到二十七歲左右……另外還有些穿黑衣的，一看就是小混混貨色的傢伙。幾個傷重未死的仍在掙扎。

這景象讓子緣想到消毒後的街道，滿地盡是垂死掙扎的蟑螂。

子緣覺得這些人有點眼熟，但不能肯定。直到再沿著現場前行，直到那一顆熟悉的平頭出現在視野之中。

阿塵那張總是放蕩輕佻的臉，現在嘴巴半開，像個傻瓜呆楞楞地死瞧著夜空。一道刀傷斜劃過整個臉部，從左邊的額頭橫越至右邊嘴角，翻開的皮肉結著半乾的血痂。

一包染血的Marlbolo DRY Menthol 5掉在離阿塵不遠的地方，是伸手足以搆到的距離。這是他新發現的愛菸，可惜連嗅二手菸的機會都沒有了。

子緣突然懂了，難怪血泊中的屍體如此眼熟。因為好多都是刑組的人。

他想再往前走，手腕忽然一緊。回頭發現是蟑螂。

不是讓人噁心的那個昆蟲，是專門臥底作內應的。負責這項工作的蟑螂有好幾個，這是最常與子緣合作的那只，總是配戴金屬細框眼鏡。

「失敗了？」子緣問。

「不。跟我來。」面無表情的蟑螂壓低聲音，拉著子緣就往外走。

子緣隨著蟑螂離開。很遠的地方又有救護車的鳴笛聲。幾家電視台的記者擠進人牆，像發現鮮肉的貪婪蒼蠅，準備大肆舔血。群眾也沒忘記拿起手機拍照，搶著丟臉書或放ＩＧ的限時動態。

兩人背對沸騰的人群，遠離現場鑽入少人的小巷。

「失敗了？」子緣還是同樣問題。

「很成功。」蟑螂的語調沒有高低起伏，平板如背誦。

「很成功？死了這麼人，會影響以後的行動。」

「沒有以後了。」蟑螂無感情地說明：「少主在進行最後的『斷尾』。今天他要藉誠德會來除掉多餘的刑組。那些被殺的，都是沒接觸到核心的刑組，已經不需要再養了。少主讓你們拿這麼多酬勞，當然作出最大的利用，榨取最後的價值。」

「你在開什麼玩笑？」子緣衝著蟑螂吼：「什麼斷尾？不是還有很多神棍沒解決？少主的目標還沒有實現。還有誠德會，不就是刑組要幹掉的對象？」

「他的目標幾乎實現了。誠德會已經垮台，大台北地區的多數神棍也差不多收編完了。現在是善祈堂獨大。」

「善祈堂？」

「你以為，少主為什麼叫少主？」

蟑螂沒給子緣多餘思考的時間，直接揭曉謎底：「因為他父親就是善祈堂的上師。」

「你他媽在鬼扯什麼！」子緣大吼，直接架起拳頭，幾乎要往蟑螂臉上毆去。他真想打斷那副礙眼的金屬框眼鏡。

「我的未婚妻，」蟑螂不閃不避，眼裡有死一般的木然。「本來好好的，很正常的一個人，直到被同事拉進善祈堂。」

子緣的拳頭僵在半空。他第一次看見這樣的蟑螂，像決心尋死的人，不帶一絲求生意志。幾乎是瞬間剎住子緣想揍人的念頭。

蟑螂繼續說：「她變了。變成一個我不認識的人。本來學歷漂亮工作也好，我們還計畫要結婚。不過都只是計畫。」

「她終於清醒的那一天，哭著打電話給我，不斷道歉。那是我最後一次跟她說話。跳樓，死得很乾脆。她被幹部強暴。終於知道善祈堂有多恐怖。」蟑螂仍是那樣不帶起伏的平板語氣，好像作臥底的人都得學會扼殺情感，麻木如屍塊地活著。

「我憑什麼相信你？」子緣不得不質疑：「為什麼跟我說這些？」

「我看過很多刑組。只有你不是為錢。我也是。你遲到是你的幸運。」蟑螂表明立場後，用一種稀罕的語氣感嘆：「看你還活著，算是好事吧？」

「好事？」

「少主派其他蟑螂盯哨，少數沒來的刑組都被紀錄。包括你。會有人去『拜訪』，你們知道的太多了。這就是他的斷尾。」

「拜訪？」

「直接上門。少主動作很快，人已經派出去了吧。」

蟑螂說得輕描淡寫，子緣卻是雙眼暴瞪。

他不再與蟑螂釐清少主來歷的真假，只顧衝回停車處。發動機車後伴著暴衝的油門竄上馬路、闖過亮起禁行的紅燈，閃避左右如浪潮湧來的車海。

子緣一路以不怕死的時速狂飆，遠比趕來集合時更快、更快。無數街燈的光點被拉延成線，人與車與街在失速中模糊，更遠又更遠的街路盡頭凝縮成點。

颮急的風在耳邊咆哮，像在吼罵他有多魯莽。

子緣什麼都聽不見。

連安全帽都顧不得脫，子緣以亡命的速度狂奔上樓。不見天日的樓梯仍是那樣髒，積累的灰塵被踏碎，混亂的腳步聲空洞迴響。

他跑過走廊，旁邊的鄰居剛好人在廊上，抱著剛從洗衣間拿回來的衣物。

這個滿臉疲憊的中年大叔抱怨：「同學，我知道你們年輕人體力好，但是小聲一點好不好？一直撞來撞去真的很吵。我上一整天班好不容易想休息，拜託，晚上安靜一點！」

發完牢騷的中年大叔開門進房，就這麼撇下子緣一人。

子緣傻愣幾秒，鄰居彷彿預示所有不祥的後果都將成真。

他急抓鑰匙想開門，卻連鎖孔都對不準。失焦的鑰匙來回摩擦，不斷刮出難聽的金屬聲。

好不容易打開門，子緣拚命一推。

房裡還留有混亂的氛圍，有不屬於這間房的異客氣味。

正如每個被擅闖的空間必定遭遇的下場，少有的家具無一倖免。掛衣架倒了、衣褲凌亂散了滿地。掀翻的小桌像隻翻肚的金龜子，四隻桌腳朝天掙扎。喝剩堆積的空寶特瓶擅離原本的角落，滾得到處都是。

然後，子緣看到欣欣。欣欣也看他，或著沒看。只是雙瞳恰好對著子緣的方向。以最無神的焦距。

欣欣歪斜地仰躺在床。像貓。頭從床緣垂下，長髮垂散成黑色的海。顛倒著。

子緣連呼喚的勇氣都沒有，好像全身肌肉都死去無法動彈。腳掌被紮了根固定在地，無法挪動，不能走近。

子緣嘴巴微張，想喊她的名。

也許也許，她是在開玩笑。或著或著，她只是恰好睡去。只要他喊，她就會醒。這一切惡作劇都停止。又可能，是他不小心睡著犯了夢，只要醒來，什麼都會好起來。

醒來。醒來。子緣想。重新睜眼後，欣欣會像過去每個日子，含著淺笑默默注視他。會刻意待在他右邊身側，就怕他聽不見她的細語。

醒來啊。快醒來。子緣想。只要重新睜眼，那些遍灑床單與塗抹在牆的碎紅也會一併消失吧。

可是子緣終究沒醒來。在火與雨的螺旋後，註定人生即為無盡的噩夢。

固定住的腳掌終於能夠挪動，他往欣欣走去。一路望進她的瞳裡。以為是瞪眼遊戲，欣欣該先眨眼。

子緣的鞋尖撞開空保特瓶，在空洞的聲響後，終於來到床邊。

他抱起欣欣，卻像擁進一團雪。肌膚是那樣冰冷，冷得渾身發寒，連靈魂一併凍結。

「你不在了，」子緣嘶聲問：「誰唱歌給我聽？」

他用力摟緊，反正欣欣不會呼痛了。

「我還沒聽夠。」然後再摟緊，「想一直聽你唱下去。」

子緣火燒的眼淚不斷湧出，落在欣欣白雪似的臉龐上。

子緣昂起頭，怒張的嘴露出尖銳森白的牙，如崩潰的獸，發出此生最悲愴的悽吼。

二十九、晚宴以野心配酒

天氣正冷，政論節目卻如沸騰的鍋，幾乎要炸開來。

棚內的大螢幕顯示一張事故現場的照片，可以看見倒地打馬賽克的傷者與被封鎖線包圍的現場。

「各位觀眾晚安！前天晚上發生一起黑道火拼。哇！真的很慘，雖然這個照片打馬賽克了，不過大家還是可以看到喔，這個現場啊是血跡斑斑。還有這邊，這救護車停了好幾台。地上這些打馬賽克的都是被砍傷的、中槍的黑幫份子！」

一身西裝的主持人誇張地揮舞雙手，好強調近日發生的重大事件。

「而且喔，這事發地點就在夜市入口，是人來人往的鬧區啊！好險最近天氣很冷，逛夜市的人少，不然民眾搞不好會被流彈波及到。到時候真的不得了，你想，你今天跟朋友啊家人啊開開心心去逛夜市，結果哇一顆子彈飛過來，說有多恐怖就有多恐怖！」主持人說得激動，還可以看見從嘴巴飛出的唾沫。

主持人頓了頓，向來賓之一示意：「鄭委員，你怎麼看這起事件？這算不算重大的治安疏失？光天化日之下，兩派人馬直接廝殺火拼，也沒在管你警察還什麼的。是不是完全沒把政府放在眼裡？」

盡顯官員氣勢的鄭委員嚴肅表示：「我必須要說，這真的是有點目無王法的味道在。我從政生涯這麼多年，除了陳進興跟張錫銘，還沒發生過這樣大規模的槍戰。這真的是嚴重危及到人民的性命安全。」

旁邊同為來賓的社會記者打岔：「不好意思我補充一點，剛剛不是說民眾搞不好會被流彈波及到嗎？其實真的發生了。就我得到的資料，有兩個民眾被流彈掃到，雖然沒有性命危險，不過救護車一來也是直接送急診，目前還在住院。」

「我的天啊！連無辜的路人都中槍了？不敢想像啊，就是路過而已耶？」主持人連連驚呼：「我實在是不敢想像，假如我今天只是想逛夜市吃個蚵仔煎什麼的，結果才到入口就遇到黑道火拼，然後我還被子彈打到啊！」

鄭委員繼續譴責：「今天發生這種事情，我認為市長必須要出來負責。治安敗壞其實有跡可循，就算撇除這事不談，近半年來的兇殺與竊盜案件層出不窮。我認為市長不該只顧著拚選舉，為了連任罔顧市民的性命財產安全。你作為市長，首要目標應該是治理城市。難道選票比市民更重要嗎？」

「是的，沒錯！」主持人接口，「事發當天啊，市長人竟然不在台灣，而是跑去波蘭玩啊！美其名說是考察交流，但官員出國其實大家都知道在幹嘛！出國考察結果回來交的報告不是找幕僚寫、就是隨便填夭壽讚三個字交差了事。欸！要知道他們花的都是人民的納稅錢欸！現在經濟這麼差，每年五月還要繳稅養官員、付錢讓他們出國玩樂。那官員是不是也應該善盡職責，不是只顧自己享樂？」

「這是當然。」鄭委員點頭，「我對市長感到相當灰心。當初就是人民投票選你出來，現在發生這麼重大的案件，你卻一點聲音都沒有。是想保留到選前之夜再喊嗎？那還有好幾個月的時間，難道你的市民要忍受一個沒有作為、遇事只會躲的首長？」

社會記者調侃：「市長到現在還沒對這件事發表意見，連出來安撫或宣示掃黑的決心都沒有。不知道是不是國外網路比較慢，還是市長沒看報紙所以不知道？」

「哈哈哈。」主持人直接笑出聲，「這件事情已經鬧得沸沸揚揚。網路上那個影片跟照片已經傳得滿天飛，還有報紙啊新聞也是每個小時都在報。」

主持人指向大螢幕，顯示的畫面已經切換成這兩天的報紙頭條標題。「大家看到這邊喔，報紙的標題是這樣下的：『黑道當街廝殺，市民的人身安全何在？』『治安最黑暗的一天，台灣的高譚市？』『喋血街頭，黑幫火拼釀十六死七重傷』『受黑道槍戰影響，夜市冷清業績掉四成』『夜市傳奪命槍響，遊客：我差點被打中！』」

「天啊，這業績直接掉四成是什麼概念？就是攤販比如每天可以賺三千塊，現在只剩一千八啊！這要怎麼付店租？還有成本跟油電費用要負擔！這不是要把攤販逼死嗎？」主持人痛心搖頭，好像少賺的錢都要從他身上賠似的。

社會記者說：「現在是人人自危，怕沒幾天別的地方也發生同樣的事情。這次雖然鬧這麼大，可是不要以為黑道會這樣收手喔。他們復仇是一波接一波，沒把仇家弄死不會甘願。我也提醒家人朋友這幾天外出小心，特別是市長還沒有大動作，根本就是向黑道低頭了。好像在說沒關係你們儘管鬧，我當沒看到！」

鄭委員再說：「我在這邊呼籲，希望市長盡快成立專案小組調查。務必將幕後的黑幫頭領緝捕歸案……」

黑色賓士行駛過夜晚街道，橘黃路燈在光滑的車身投下一個個閃爍的光點。一輛同樣漆黑的廂型車尾隨在後。

光影撩過車窗，賓士後座的男人取下耳塞式耳機。從手機上拔除後，播放的影片便洩漏出來：「我在這邊呼籲市長盡快現身，成立專案小組調查。務必將幕後的黑幫頭領緝捕歸案……」

「幕後的黑幫頭領？」男人彎起一邊嘴角，露出似笑非笑的表情。他把音量調成靜音，然後將手機收進大衣口袋。

那是相當保暖的黑色長大衣，由羊毛製成。大衣沒有扣起，可以看見男人身穿黑襯衫與深灰西裝褲。這身燙得筆挺的衣著少有摺痕，更加襯托男人自身散發的貴氣。

黑色賓士在一棟大樓外停下。緊隨的廂型車同樣在後方停妥，四個氣勢剽悍的西裝男一齊下車，來到賓士旁等候。

賓士司機推開車門，快速跑出車外，為後座的男人開門。

男人下車後隨口吩咐：「你到附近隨便繞繞。」

「是的少主。」司機點頭，目送男人與幾名保鏢走入大樓。

櫃台人員一看清登門的訪客，馬上從座位站起，點頭致意後快步來到電梯前，替少主招呼。

少主正眼也沒瞧這人一眼，眼睛直視前方。他的步伐盡是意氣風發的氣勢，大衣的衣襬隨著步伐飄揚。黑色的漆皮尖頭皮鞋比地板還要光滑，鞋跟沿路踏出清脆的聲響。

少主步入電梯。四名保鏢跟著走進，默契地佔據四個角落，將他護在正中央。

櫃台人員按下指定樓層，在門外維持微微鞠躬的姿勢，惶恐盯著電梯門溝。直到電梯門關、少主完全消失在視線之外才敢站直。

電梯一路向上，來到第八層。在叮咚的提示音後，門邊的兩個保鏢率先踏出電梯，左右護在門旁。少主大步邁出，率領保鏢們來到樓層入口。

負責接待的是個貌美的年輕女性，西服打扮，黑髮在腦後盤成髮髻，有一種侍酒師的氣質。她綻開燦爛得體的笑容，引領少主入內。

一行人穿越鑲有壁燈的走廊，這裡裝潢得像歷史悠久的酒莊，空氣藏有淡淡的原木香。

「請進。」女侍招呼，為少主打開包廂門。

少主提醒：「東西準備好，我用得上。」

「是的少主。」恭敬退下的女侍同樣緊盯地面，不敢與他直視。

包廂的空間相當寬敞，整體走棕與灰的大地色系搭配。

地板是仿大理石的象牙色拋光地板，擺了一套可供十二人入座的灰色編織麻質沙發。灰色純毛地毯與沙發顏色恰好相呼應，形成視覺的和諧。直木紋的方桌上擱著透明的玻璃冰桶，幾瓶香檳插在冰塊裡。

在包廂等待的，竟是出現在政論節目的鄭委員。除此之外，另有其他客人。

「鄭委員。」少主一一點頭致意，「秦院長、張董、許記者。」

「好、好。」鄭委員帶著大大的笑容，與節目上嚴肅沉穩的形象完全不同。他的臉微紅，手裡的高腳杯還殘留一些香檳。他在少主到場前就喝了不少，現在已然微醺。

另外的秦院長、張董與許記者同樣喝了一點。不過在少主現身之後，他們全都將酒杯放在桌上，畢竟是微不足道的前菜。
少主在空位坐下，那四名保鏢便在門口待命。包廂的隔音十分良好，一旦門關上就再也傳不出任何聲音，最適合密會。
「我在路上看到今晚的節目，」少主讚許地說：「鄭委員您說得真好！」
「哈哈！」鄭委員笑得得意，「這是當然的，不然就枉費你特地設計的禮物。我還真沒想到，那個什麼誠信會還誠忠會的，他們也真敢，連槍都帶了。」
「誠德會本來就是一群衝動的莽夫。他們有機會坐大都是運氣好。仗著人多錢多而已。」少主轉向秦院長，點頭致意後說：「多虧秦院長抽手，讓我能沒有後顧之憂去對付誠德會。」
秦院長相當清瘦，頭髮已經蒼白大半，也早從院長卸任。表面上看起來是個溫和老人，可是狹長的雙眼透著精明的銳光。對他有所了解的都知道，這是笑裡藏刀殺人不見血的狠角色。
這個秦院長，正是當初子緣監視誠德會時進出總部的官員之一。
秦院長淡淡笑了笑，語氣柔緩地說：「我對善祈堂很有信心。」
「我絕對不會辜負您的期望。會全力配合，特別是年底選舉。」少主自信地說。
「我這邊也是！看你要錢還是要人，我這邊多的是。一定支持貴黨的候選人。」插嘴的張董連拍胸脯保證。搞建設又經營銀行的他，擁有雄厚資本能夠這樣大聲說話。
「這次作得不錯。幾家內部民調的結果都顯示市長的支持度大跌。他也真不聰明，選這時間出國考察，正是我們的大好機會。」鄭委員得意大笑：「你的送禮來得好、來得妙！」

少主微笑。所謂的「禮物」就是策動刑組與誠德會廝殺，引起動亂製造市民的恐慌還有社會輿論，以此打擊現任市長的聲勢。

被派出的刑組都是死不足惜的等級，在多數斂財騙色的宗教都被瓦解之後，已經用不上了。但是少主既然花錢養他們，就得連本帶利拿回來。

而誠德會之所以如此衝動，也是受了少主安插的臥底煽動影響。那可是相當致命的「蟑螂」，不只是單純作內應如此簡單。

早在上次押送誠德會幹部的行動失敗後，少主就決定加強力道打擊這個敵人。所以央請鄭委員出手，讓警察以掃黑的名義踹了誠德會的幾個場子。

受命的警察連續幾次當著信眾的面帶隊搜索，使誠德會流失不少信徒。後來逮捕幾個主要幹部更是重傷誠德會。

這些全靠鄭委員還有秦院長聯手施壓，才沒讓記者把消息洩漏出去。何況轄區的警方屬鄭委員的派系，當然看他臉色行事。

當然還得配合媒體的攻擊，盡可能拉低現任市長的支持度。無論時代如何演變，媒體始終可以擔任顛覆是非、潑人黑水的兇器。所以現在這密會，才有記者在場。

許記者任職某家新聞，輩分資深。該家新聞又與鄭委員、秦院長所屬的政黨關係密切，上頭當然願意配合。所以從報紙、網路新聞、新聞台、政論節目……全部都卯起來狂打這次的治安漏洞。

這些只是首波攻擊，不是最後的殺著。

一切都是為了選舉。直轄市的資源太肥美，說什麼都要吃下來。

少主很開心，他發現原來選舉跟宗教一樣，都會使整座小島陷入瘋狂。

「我另外還準備了一份禮物，希望你們不要嫌棄。」少主走到門邊，打開後幾個穿著紅色蕾絲內衣與紅絲襪的年輕女孩依序走入。她們在桌前一字排開，笑吟吟地望著鄭委員等人。

這種誘人的豔紅，正是善祈堂的代表色。

「慢用。」少主離開前，不忘回頭望了一眼。

鄭委員已經把其中一個女孩壓到地上，頂住她翹起的臀。秦院長則讓女孩跪在他的兩腿之間，布滿老人斑的手用力將女孩的頭往胯部按下。

張董跟許記者也沒閒著，正在盡情享用少主準備的這分甜美禮物。

也不過如此。少主心想，收斂起所有笑容。背對身後狂歡盛宴的他無聲冷哼。

他走出包廂，那接待的女侍便迎了上來報告：「少主，香火鋪的人帶來了。您要去看看嗎？」

「走。」

女侍領著少主沿著走廊往包廂的反方向走去。四名保鏢當然一同隨行。

在盡頭的轉角後有一扇門。女侍上前開門，恭請少主入內。門後的室裡空蕩蕩的，除了一扇小門之外什麼都沒有。是全然的白。

其中一面牆鑲著大片玻璃。少主走近，便看到玻璃後的景象。

一個阿伯被麻繩綑在鐵椅上，嘴裡塞著布。他害怕地不斷張望，彷彿隨時會有厲鬼或猛獸跑出來。

他叫老劉，經營香火鋪之餘也介紹斂財神棍給買香的顧客，算是同夥。

老劉也因此被孑緣「拜訪」。在那之後更被少主派遣的蟑螂威脅，繼續幹介紹神棍的勾當。不過介紹給顧客的不再是當初那名神棍，改為善祈堂上師。

少主站在玻璃前觀察好一會。這是單面鏡，只能單向透視。老劉現在還不知道自己正被人窺視。

「他不想幹了？想逃？」少主頭也不回地問，眼睛鎖著發抖的老劉不放。

「是的。」女侍恭謹回答。

少主又沉默好一會，令女侍連呼吸都放緩，不敢大意。

「把他的手腳打斷。明天灌水泥。」少主下令。四個西裝保鏢打開房內一側的小門，沿著通道進入單面鏡後的小室。

老劉眼睛瞪大，多半猜到這些人的來意。他嗯嗯嗚嗚拚命搖頭，試圖求饒。結果胸口正中一腳，連人帶椅倒地。

一個西裝保鏢用力猛踹。老劉臉孔糾結成團，額頭盡是疼痛的汗水。

少主面無表情地觀看這一切。

旁邊的女侍早就別過頭，不敢多看。直到少主突然將她整個人按在單面鏡上。

女侍身體貼著冰冷的玻璃，後頸跟著發毛。她穿的西裝褲與黑色丁字褲被少主粗魯扯下，光滑的臀部暴露無遺。

她閉上眼，咬唇緊忍。感覺得到少主就在身後，鼻息全都噴上她的頸後。

隨著少主猛然突入，女侍忍不住呼痛。

少主雙手扣緊女侍的腰肢，像要搗穿子宮似的，一再猛力撞擊。可是他的眼睛仍注視單面鏡後的毒打場景。那令他興奮得無以自拔。

他酷愛這種凌駕眾生的快感，不管是這個不敢吭聲的女侍也好、憑他喜好差遣的刑組與蟑螂也罷，又或是那些豺狼般貪婪的政客、記者、商人……全是他的餌，入了他的局。

那貴為上師的父親亦是如此，儘管是善祈堂的門面，實際已成傀儡。

真正掌權的是少主本人。

他深諳父親與生俱來的天賦，一種會令人渴望跟隨的魅力。那是連少主都無法解釋的現象，就是這樣的一種力量，令善祈堂的壯大十分順利。

可是不夠，遠遠不夠。少主不只要錢，更要權。

他要善祈堂獨大。所以瓦解其他宗教團體之後，進一步吸收旗下的愚蠢信徒。他知道迷信的人有共通的特質，信什麼根本不重要，重點是要讓他們栽進信仰的深坑。

就連刑組也是利用的對象。少主不怕砸錢，甚至認為沒有用錢無法收買的人，端看金額多寡。收買不了也無妨，就宰了。

這一切手段，都是為了成就善祈堂的大業。

無盡的野心藍圖在少主的腦內展開，有如讓人飄飄然的毒品。他加快突進的頻率，女侍的呻吟越漸高亢。

在一聲低吼後，少主毫無保留地噴發。女侍的身軀顫抖幾次，腿軟跪倒。

位在玻璃對側的老劉，僅存的完好右手也被打斷，成了四肢盡殘的廢人。

三十、會回來的不會回來

桌上擱著一只瓷杯，幾近透明的茶液在燈光下，浮起鏡面似的反光。座位早已空了沒人。茶亦涼去，曾經盛放的芬香稀薄得不復存。

空位的正對面，是落入沉思的曇花。她的衣著無論四季變換晝夜遷迭，總是一襲素面的黑色連身長裙。裸露出的兩條臂膀像易折的梅枝，同樣纖細的十根手指擺在桌上，交疊在一塊。她剛送走符牧師，店裡一下子靜了起來。滿屋花草都不作聲。從山裡到市區，她改變了許多，不變的是與花草作伴的習慣。可惜這裡種不了真正的曇花，那得在深山幽嶺才開得好看。曇花的眼瞳交界分明，黑是黑，白是白。人們總說眼神可以反映心性。她那對眸子好乾淨，不帶一點雜質，是孩童直到變質前都擁有的無邪。

而她也像個孩子。當太多無解的疑問得不到解答時，她就覺得自己是個孩子。早早退出人群，隱閉於山的她是那樣懵懂又無知。受的傷嫌不夠重，纏身的謊言還不夠成繭，才當不上看懂瑣爛俗事的大人。

與符牧師的談話內容還溫熱地留存在腦。除了週日在教堂的固定禮拜，符牧師偶爾來花店坐坐。這個熱心的老好人關心曇花，也照應教會的所有弟兄姊妹。

近期，兩人的話題離不開子緣。作為子緣的舊識，符牧師又一次談及少年的往事。

符牧師說得直接，子緣過去與現在根本是不同的兩個人，好像被「奪舍」似的——那是肉體被其他魂魄強奪佔據的意思。

曇花好訝異，除了子緣的截然不同，她也驚訝著篤信西方宗教的符牧師，竟給出如此富有鄉土味的說法。但她想了想，符牧師是先在這座小島出生才信了教。有些東西早在母體時便銘刻入身，融於血、浸入骨中早於任何教典。

誠懇正直良善，是符牧師最優先給出印象中子緣的特質。

「現在的子緣呢？」曇花問。

她記得符牧師沉下臉，有一股不願啟齒的猶豫。

——粗魯兇戾莽撞。符牧師一口氣喝下半杯茶才願意鬆口。他以前真的不是這樣的。符牧師補充。

曇花怔怔點頭。還是有點難想像子緣以前的樣貌。只是覺得，現在也沒那麼壞吧？沒有嗎？曇花自問。腦袋翻了一頁，獾的回報印象深刻，說子緣殺了人。所以善後的獾收走三具屍體，兩男一女。

「原因呢？」曇花問。

——不確定。在場另外有個男的，昏了。子緣護著他。獾補充。

於是曇花開始揣測子緣的動機。護著。這是關鍵字，大概也是子緣下重手的原因。

她好想調查三個死者的來歷。有個人正好可以輕鬆解決這難題。那人拿香菸的品牌作代號，以情報商的身份自居。而的確，世界上彷彿沒有什麼事能瞞得了他。

隱隱約約，響亮如鞭炮的彈指聲在腦內炸開。曇花連連搖頭，盡可能不去想。這是那人惹厭的習慣。彈手指。

真討厭。好討厭。曇花抱住頭，陷入苦惱的小劇場。

她垂下頭，抵著冷硬的桌面。頭顱的一側隱隱作痛，天冷時常犯的老毛病。是當時子彈射入的地方。

她對自己開了一槍。

當下沒有懼怕，僅有的是過於平靜的平靜。從那之後沒能複製這分感受，連要回想都依稀如霧，只能憑認定的印象去記憶它。

不怕，都不怕了。她曾經怕人勝於死亡，所以手指能扣動扳機。那是好大的一聲響，從她所站的成片咸豐草叢為起點，晃動了那些白色的小小的花，貫穿整座山頭。

子彈奇蹟地沿著頭蓋骨，從頭皮底下滑過，從頭顱的另一側鑽出。她甚至忘記有沒有感受到痛，醒時已在病床上。急救的手術很成功，現在傷口都已癒合，給頭髮藏著。

無論是從外表或從曇花這個人的本身來看，都難以得知她擁有這類遭遇。

那麼子緣呢？他究竟歷經什麼才成了今日這副模樣？符牧師是如此惋惜，讓曇花十分在意。她認定子緣不壞，沒有根據，全來自執拗的堅信。

不壞，真的。只是令人放心不下。

而這個讓曇花擔心的少年，在她沉思時悄然來到花店，還帶著意想不到的同伴。

「子緣？」曇花從眼角餘光發現人影，驚訝轉頭才看清是他。

一個瘦弱的男童畏縮地挨在子緣身後，手指緊抓他的衣角。那是好令人心疼的稚嫩臉龐，帶著鮮少曬到陽光的病態蒼白。凹陷的兩頰讓男童的眼珠子看起來特別大，好像能滾出眼窩似的。

男童始終盯著地上，彷彿脖子的角度給固定住，讓他不能抬頭示人。

「拜託你，」子緣開口：「照顧他。」

他把男童推了出來。男童傾前幾步，又馬上躲回子緣身後，好像在那位置才安心。子緣手掌按在男童背上，又一次將他推出來。

垂頭的男童還想再退，但都無法抗衡子緣那堅穩如山的力量。

「我不太懂。什麼意思？他是誰？為什麼找我？」曇花有連串的困惑。

「只有你可以拜託。」

「那你呢？他很信任你。」曇花問。

子緣短暫沉默幾秒，斷然否決：「他不能跟著我。」

為什麼？曇花想追問，可是在這剎那她湧起一股異樣的熟悉感。她忍不住望著子緣，好不容易才看懂。

——子緣好平靜。太平靜了。

像那時山嶺上的她，掌心捧著槍。

隱隱約約，曇花懂了。

「我會幫你照顧他。」她說，溫柔地看著不知所措的男童。「相對的，你要定期來看他。不然我不答應。」

「我不能保證。」

「可以的。」曇花說得堅定：「你會回來的。」

子緣沒回應，轉身便要走。衣角忽然一緊，原來是男童抓著不放，不願與他分離似的。子緣直接撥開，男童愣了愣，一直追著他的腳步直至門口。

子緣停下，急忙止步的男童險些撞上。垂頭的男童又一次抓住他的衣角，眼淚撲簌簌急落。

「留在這裡。曇花是好人，相信她。」子緣說得冷漠，回頭望向曇花。

曇花便離開桌邊，上來安撫。她蹲在男童面前，輕聲說：「你暫時待著好不好？大哥哥有事要忙，他忙完就會回來的。對不對，子緣？」

曇花抬頭，望見子緣冷酷的側臉。

子緣嘴唇微微蠕動，沒有出聲。

曇花直說：「你要回來，我們會等。一直等你。」

「我盡量。」

子緣走了。

安排了男童的去處，子緣了卻一件掛心的事。

他獨自走在街頭，徹底的孑然一人。冷風無情地吹。好像那一天的複製。

那天很冷。也是這種不多加衣物就會難以克制發抖的嚴冬。

他與許恩（欣欣）頂著冷風，走過燈火通明的人家，尋覓下一個偷竊地點。

逃出機構，有如卸下厚重的枷鎖。可是輕盈沒多久，又給血淋淋的現實銬上腳鐐。兩個沒謀生能力的少年四處遊蕩，想工作也沒人肯收。

曾經子緣硬著頭皮拜託店家，讓他打些零工應急。結果人家一看他的衣服髒舊，又是未成年，當然不留面子趕出去。

流浪的生活說穿了，就是想盡辦法張羅食物，還有找地方落腳睡覺。有時候不怎麼順利，就得接連幾天挨餓。差勁的睡眠更是常態，超商的座位區、公園裡、騎樓下……他們都待過，還得輪番守夜躲警察的盤問。

子緣明白如果又被逮到，就得回頭走舊路，不知道會被送進什麼機構。那樣的體驗連一次也嫌多，說什麼都不回去。

至於許恩，若不是家庭失能也不會與子緣相遇。與其返家，更寧願待在街頭。可是路旁住宅的燈火如此暖和，子緣與許恩真要說不心動，必是騙人。

「還好嗎？」子緣回頭，吐出的熱氣在冷風中化成白霧。是這樣冷的天。

許恩落後幾個腳步，走起路來特別慢，卻還是拚命要跟上子緣。那張臉蒼白如雪，藏不住病容。

「還好。」虛弱許恩說得小聲，很小很小。目光有點無神，光是發冷的顫抖就消耗過多力氣。

只剩一耳的子緣聽不到，勉強辨識脣形。他粗魯，但不笨，讀懂許恩的逞強。

「前面找地方休息吧。」子緣說，他同樣疲憊。只因為接連不斷的歷練，鍛磨出野獸般的頑強意志。

挨餓受寒的兩人離開羨慕的溫暖住宅區，這裡進出的住戶太多了，容不下他們。在馬路旁的騎樓，時間晚了，公司行號都已關門下班。子緣挑了一處有牆柱擋風的角落，攙著許恩坐下。

痠痛的雙腿終於停止被折磨，他倆不禁喘了口氣。這裡位置不錯，子緣默默記下。如果日後真沒選擇，或許能躲在這過夜。

旁邊有輛黑色汽車，就這麼毫不客氣地停在騎樓內，擋住大半通道。

子緣沒什麼想法。礙人的違停與阻路的攤販都是台灣慣見風景，看多了也麻痺。這車停在柱旁反倒對他有好處，能一併擋風。

他與許恩都沒說話，兩眼放直望著一樓店舖降下的鐵捲門。街外的風不停吹，形成一種規律節奏。

子緣的意識越來越渙散，每一陣風颳來，都把僅存的體力帶走幾分。沒了動靜的許恩早就垂下眼皮，陷入疲憊的睡眠。

子緣也想睡，但在許恩睡著的現在得撐住。同時入睡就沒人注意周遭動靜。

他用力眨動眼睛，想清醒一些。擱地的手掌忽然吃痛，垂頭發現手背一片髒黑，還有一個剛挪開的白色運動鞋。

——給人踩了。

怒血上衝的子緣頓時清醒，不悅地抬頭一瞪。對方是個全身黑衣的青年，看上去二十來歲，比子緣大上許多，更多的是粗魯的草莽味。

「躲在這裡幹嘛？啊？」黑衣人面目不善。

「關你屁事。」子緣回嗆，他沒在怕的。

黑衣人舉腳就踢，子緣看見了要擋，但是凍僵的身體反應不過來。對方的鞋尖踢開他來不及架擋的手掌，直接掃過臉頰。

狼狽站起的子緣要與對方爭執，連帶驚醒睡著的許恩。

「子緣？」許恩驚呼，被這突發事態嚇傻。

子緣自動護在許恩面前，黑衣人隨即靠了上來，鼻尖幾乎要抵在子緣臉上。凶狠十足地瞪著。

子緣毫不退讓，同樣猛瞪。雖然被激怒，但腦袋的思考沒停擺。他自認打不過，勉強可以拖些時間，能讓許恩先逃。

不是沒被人找碴過，在街頭什麼都會發生。他想回頭向許恩使眼色，要他先走，可是現在回頭的話氣勢就弱了，絕對不能移開視線。

與黑衣人僵持之際，又有其他人現身。

「在幹什麼？不是叫你發車嗎？」是另一個黑衣人，中年的，帶著慣於使喚的口氣。

「這個俗辣找我吵架。」年輕的黑衣人臉色難看地說。

中年黑衣人掃了子緣一眼，像看著遺落路邊的空鋁罐，口氣輕蔑地說：「不用理他。發車。少主在等。」

中年黑衣人說完，又有另一個俊朗男人出現。穿著黑色羊毛長大衣，內裡是深灰色的針織衫配著紅色圍巾，看上去十分暖和的穿著。看來三十歲左右，散發一股貴氣。

「怎麼了？」俊朗男人問。

兩個黑衣人接連點頭示意。中年黑衣人報告：「少主，沒事，有個小鬼不懂事而已。」

「噢？」那被稱作「少主」的俊朗男人注意到牆柱後的子緣。「為什麼妨礙他開車？」

「先問他為什麼踩我。」子緣不客氣地回應。

「誰叫你躲在那？」年輕黑衣人說。

少主笑了笑，「好凶悍。你不怕嗎？」

「怕什麼？」子緣反問。

中年黑衣人插嘴：「注意你說話的口氣。」

「我口氣怎麼樣了？」子緣再反問。許恩連拉他的衣角，希望能冷靜些。

「好了。」少主打斷，從上到下打量子緣，問了：「你逃家對吧？」

被戳破的子緣嘴硬反駁：「不是。」

「不要緊，我看多了。」少主手伸入大衣，子緣還以為他要打電話通報警察，馬上踏前試圖阻止，結果被兩個黑衣人攔下。年輕黑衣人毫不廢話，直接一拳打在子緣肚子上，痛得他縮腹。

子緣強忍劇痛，慢慢站直，衝著少主喊：「不要報警。」

「報警？為什麼？」少主失笑，取出的不是手機，而是錢包。他抽出幾張千鈔，又從大衣的口袋拿出鋼筆，在其中一張鈔票上寫了些字。

少主往子緣走來，一邊稱讚：「氣勢很好。」一邊遞出鈔票：「拿去吧。」

子緣疑惑又警戒地盯著那幾張鈔票，遲遲沒有收下。兩個黑衣人在旁看著，安分地沒出聲，都明白少主的用意。

「收下。你用得到。」少主溫聲說，把鈔票往子緣手裡塞，同時叮嚀：「上面有我的電話，有需要隨時找我。」

子緣低頭一看，鈔票上果然有行數字。他虛握那幾張鈔票，仍止不住困惑：「為什麼幫我？」

「因為我看多了。拿著，去吃點東西。」少主定睛看了看子緣，忽然脫下身穿的黑色羊毛長大衣。「你在發抖。」

子緣不懂。在見識過各類人所懷抱的惡意之後，這突來的施恩令他腦袋當機，無法應對。

「就算你不穿，你朋友也會需要。」少主發現同樣受凍的許恩。「這件材質很好，很暖。」他把大衣往子緣懷裡塞，子緣只能半推半就收下。

子緣真的不懂，還是不懂。

他的疑惑沒有當場得到解答。

黑衣人已經恭敬打開車門，少主大方自若地上車。他搖下車窗，對著傻愣原地的子緣說：「有需要再打給我。我等你電話。或許是我需要你幫忙也不一定。」

車窗緩緩升起，子緣目送這個被稱為「少主」的陌生好心人離去，直到那台黑色賓士消失在馬路盡頭，慢慢才回神。

子緣為同樣不知所措的許恩披上長大衣，果然如少主所說的品質極佳。裹在羊毛大衣裡的許恩顫抖的力度減少好幾分。

他拿起那幾張鈔票，盯著上頭號碼。在這瞬間好像受到某種感召，發現了新的方向。

從此投入少主麾下，為其代行。

子緣憎恨父親的癡迷，嘲笑所有信徒的愚信。從沒想過到頭來，最愚蠢的竟是他自己。

是他害死欣欣。

都是他。

遊魂般的子緣經過路旁停放的銀色汽車。車窗緩緩降下，駕駛是透露少主真面目的蟑螂。

「都交代好了？」蟑螂問。

「嗯。」子緣打開車門，鑽入後座。

蟑螂升起車窗，在幾近密閉的汽車裡，他說：「我把這些年收集的資料跟照片轉給幾個記者還有檢調單位，就看後續發酵。」

「有用嗎？」

「有，但不夠。」少有表情的蟑螂顯得相當冷漠，盡是理性的算計。即使已有答案，他仍再次確認：「你決定好了？」

「對。」子緣冷酷催促：「走吧。」

於是蟑螂踏動油門。

車緩慢起步，載他們往無法回頭的境地而去。

三十一、牧人在樂園的最後起舞

今天是個大好日子。

曾經江主任期盼許久，來回奔走分發傳單，就為了今日的新春迎福法會，這可是善祈堂一年一度的重大盛事。

可惜江主任不能參加，連小小簡單的集會都再也沒有機會出席。整個人連同那些無法見光的癖好，都一併被子緣了結。

天氣是今年以來最美好的一次，慣例的藍天白雲，撲面微風有暢鼻的草香。

會場位在河濱公園。廣闊的碧綠草皮上已經建起華麗的舞台。數道燈籠串以舞台為中心，呈放射狀延伸出去，橫越整座場地。圓形的大紅燈籠皆以金漆印著「善祈堂」的標楷字。台下近千名紅衣信眾像燃燒的野火，霸佔了整面草坪。陸續還有遊覽車入場，載來全台各地的信眾。同是紅衣的信眾魚貫下車，像一道道延燒的火舌，加入舞台前的主火。

現場音響播著上師親自作詞的樂淨至善歌。根據信眾的親身見證，每日聽此歌不僅能使心靈平靜穩定助眠，連排便都順暢許多，威力勝過早餐店的冰奶茶。這歌特別央請當紅歌手錄製。那歌手亦是信眾之一，現在就擠在人群第一排。

人在舞台邊下的少主相當滿意，這種聲勢說明善祈堂現今勢力有多龐大。但他不會滿足，永遠不會滿足。一直以來促使他邁前的，是無止盡膨脹的野心。

在當初的密會之後，少主又私下與鄭委員等人一對一聯繫。

他計畫讓鄭委員與秦院長策動立法，讓宗教用地可以就地合法。畢竟善祈堂還有好幾筆強佔的地懸在那不能動彈。就像肥美的肉明明都送到嘴邊了，卻不能大啖享受，最是可惜。

當然還要確保宗教團體的財政自主權，這能讓資金的流通更方便。當初少主找上張董就是為這點作準備。這個張董有的是錢，非常非常有錢。否則少主不會讓這財大氣粗的土財主搭上線。

至於許記者的用途也在少主的盤算裡，他計畫使宗教能夠合法佔用媒體的公共資源，開設宗教節目。這年頭多的是只剩等死的老人家，日常消遣就是看電視。老人畢竟是只剩年歲可以說嘴的生物，最是好騙。要洗腦他們比去超商買飲料更簡單。

一旦這些法規訂立，善祈堂越能橫行無阻。屆時要以宗教之力真正影響這座小島，也不是不可能的事。不如該說，這正是少主追求的目標之一。

他向保鏢們使了眼色，要他們原地待命，然後便脫出保鏢的護衛，獨自與賓客寒暄。

為了避嫌，早有密謀的鄭委員、秦院長與張董都沒現身。但許記者以採訪的名義名正言順到場，出於捧場，他還特地穿了紅色的羽絨外套，不忘到處拍照，待日後有機會作宣傳使用。

除此之外，還有其他具身份地位的賓客。一般信眾囊括各行各業，更不乏高社經地位的醫生、律師、大學教授等。

一輛黑色賓士駛入會場，嶄新的車身光滑如鏡。信眾發現了，紛紛鼓譟。

在車門打開的瞬間，千名信眾一齊跪下，雙手合十低著頭，身體不停前後搖動。衣上印製的燙金善字反光不斷。

一身紅色唐裝的上師現身，清瘦的他真有幾分仙風道骨的味道。

「上師！」「上師！」「上師保佑！」「求上師賜福！」信眾的呼喊此起彼落，在上師踏上舞台的瞬間爆出最熱烈整齊的口號：「歸恩上師！敬嘆上師！」

上師搖手微笑，宛如慈父。信眾紛紛紅了眼眶，泛淚膜拜。上師環顧台下無數人頭，閱覽眾生相。一張張喜極而泣的臉孔映入眼中。

穿著成套紅色西裝的男司儀滿面春風，拿起麥克風宣布：「善誠世間迎寶殿，祈福天下滿平安！善祈堂新春迎福法會，正式開始！恭請上師頌歌！」

上師接過由工作人員遞來的麥克風，原本播放的樂淨至善歌換成純音樂的伴奏。前奏之後，上師親自演唱起來。

信徒紛紛高舉雙手，隨著歌聲左右擺動，像大片搖曳的紅色芒草。他們跟著和聲，這音量之大，在河堤外的馬路都能聽見。

待上師演唱完，信眾們又是一波波齊聲大喊，像無盡拍岸的浪濤。

「歸恩上師！敬嘆上師！」「歸恩上師！敬嘆上師！」「歸恩上師！敬嘆上師！」這浩大的聲勢堪比選舉前夜的造勢晚會。

目睹這幕的少主不禁展露笑容。或許日後安排父親從政也無不可。反正做官不代表得做事，只要能有死忠票源，加上鄭委員與秦院長牽線，說不定隨便都能撈個議員的位子。

昂然而立的少主十分得意，預見未來的善祈堂必將再上層樓。

少主想像之餘，身旁的人忽然起了騷動。他跟著一看。一輛遊覽車竟然離開停車處。看那方向是往舞台過來。

幾個工作人員連忙衝前揮手，示意駕駛停車或改道。

遊覽車不轉不停，速度竟是逐漸攀升。眼看阻擋不了的工作人員嚇得驚慌走避，幾個人往外撲倒，急駛的車輪隨即輾過。

失控的遊覽車往舞台暴衝。

首當其衝的少主眼睜睜看著車頭逼近，空白當機的腦袋害他忘記要逃。

擋風玻璃後有一閃即逝的反光，來自駕駛的金屬細框眼鏡。

少主看傻了。

完全傻了。

「哇啊！」在幾乎被撞上的瞬間，他被慌張的保鏢們猛力拉開，幾個人狼狽摔成一團。

少主推開壓在身上的保鏢，還沒來得及弄清現況，不輸群眾呼喊的巨大撞擊聲就地爆開。整座舞台被遊覽車撞垮，車頭甚至整個嵌入廢墟般的殘堆裡。蓋屍似的防水布刺出扭曲變形的鋼架，台上的人都陷在其中，沒一個脫身。

半毀的音響一再噴出尖銳的電磁音，刺進眾人耳膜逼得腦袋發暈，連帶引發幾聲尖叫。隨著舞台倒塌，高懸的燈籠串接連墜落，百來個燈籠撞在倒楣信徒頭上，嚇得眾人抱頭亂竄。

現場頓時陷入混亂。

引爆的恐懼讓信眾背離崩垮的舞台，紛紛要逃。彷彿隨著上師落難，久違的理智再次回歸到他們身上。從空中俯瞰，這景象彷彿無數碎散的紅色火點，正朝四面八方擴散。

幾個信徒逃跑得急了，被燈籠串的鋼絲絆倒，還波及到其他人，全都一起摔在草地上。

「快！快去救人！」捂著耳朵的少主著急指示，沒忘記逮住故意鬧場的頑劣分子，特別下令：「把那個駕駛拖出來！」

少主再望向如災難般駭人的舞台廢墟。那鋼架事前再三確認過的，保證絕對堅固，沒道理一撞就垮。

差點遭撞的景象赫然浮現，他記起那副金屬細框眼鏡。

是蟑螂。

蟑螂動了手腳！

少主憤怒握拳，明明都施加嚴厲的監控，這蟑螂怎麼有膽反叛？

他挾著怒氣回頭，再次指示保鏢還有工作人員：「把上師救出來！還有那個駕駛，不准讓他逃掉！其他人先不要管！快！那個誰，對就是你，立刻叫救護車。」

「你們幾個，快去安撫信眾，特別是那幾個貴賓！懂了沒有？」盡量維持理智的少主不停下令，派出現場所有能叫上的人員。

少主心中盤算不斷，一再分析目前情勢。上師的性命安危仍是未知；面前胡亂逃竄的信眾們一個個都是重要金源，絕對不能讓這次事故影響善祈堂的聲譽，絕不能讓好不容易建立起來的善祈堂就此垮台。一定要維持上師無所不能的形象。

就在這時，少主發現一個突兀人影。只因那人與所有奔逃的信眾是反方向。

有點眼熟。他知道一定在哪見過……

那人同樣紅衣，是善祈堂信眾的制式穿著。可是散發的氣勢截然不同。不似人，卻像從地獄血池爬出的惡鬼。

那人突然邁開兇猛大步，向少主狂奔而來。像剛才要撞來的遊覽車那樣。

下意識發出驚呼的少主終於想到要跑。才正要挪動足跟，可是那人更快，已經來到面前。

終於在這樣接近的距離，少主認出來了……是在某個久遠而暫時淡忘的日子中，遇見的流浪少年。

——子緣。

「啊！」少主與子緣雙雙大吼。前者是因為刀鋒入體激起的劇痛，後者是仇恨引發的咆哮。

雙手握刀的子緣發狠前推，刀身再沒入少主腹中幾分。子緣死死瞪著，彷彿要瞪穿這名玩弄一切、試圖扮神的始作俑者。

未能抵擋的少主發出悽慘嚎叫，出血的腹部一片溼熱。他弓屈著身體，用力抓住子緣手腕，試圖阻止刀鋒繼續深入。

「來人！」少主忍痛大喊，牙縫裡擠滿血沫。可是人都被他指派出去了，離得太遠。在現場如此混亂的狀況之下，甚至沒人能注意到這邊的狀況。

兩人糾纏之際，絕望的少主腿軟腳滑，抓著子緣雙雙倒地。

子緣順著下落的跌勢將刀再貫入幾分，少主同時咳出血來，噴在子緣臉上。被壓制在地的少主雙手盲亂推著，妄想推開這名誓要復仇的兇人，與刀。

可是子緣如頑石推動不得。失去所有方寸的少主雙手亂揮，一手扣上子緣的臉，大拇指用力往他眼中戳去。

這狂亂的力道之大，手指竟深深戳進子緣眼窩，鑲在上下兩片眼皮之間。鮮血從凹陷的眼珠湧出，順著少主的手臂蜿蜒流下。

左眼被毀的子緣沒有一絲疼痛反應，所有心神連同此刻的靈魂全都注入於刀。

子緣發出最後怒吼，帶血的刀鋒終於貫穿少主肉身，直接刺入底下草地。將少主整個人釘在這善祈堂的重大盛事之地。

陷進左眼珠的手指終於鬆脫。子緣亦放開脫力的雙手，棄刀站起。

被戳爛的眼球持續湧血，染紅子緣半張臉。另外半張臉卻是被淚水淋濕。灼燙的眼淚飽含這輩子都無法卸去的懊悔與自責。

即使整張臉龐半淚半血，仍掩蓋不住子緣瘋狂如惡鬼的神態。

少主的手下終於注意到這邊。

子緣獨睜完好的右眼，冷冷掃視眼前這些走狗。幾名黑西裝保鏢開始逼近，有與高等刑組相同的氣味。他嗅得出來。

子緣踩住少主的屍體，拔出開山刀。

三十二、七月七日晴

十字路口的燈號由黃轉紅，讓餘下未通過的車輛像玩一二三木頭人般乖乖不動，一一停定。左右兩側蓄滿的車陣卻像戰爭時兩軍對峙，待彼端的燈號轉綠便要與對方衝殺。秒數的倒數邁入個位數，綠燈即將亮起。陣陣催動油門的引擎聲轟隆作響，像暴雨前的悶雷。

雨水還沒降世，卻先颳來一道銳風。

一輛機車以超越道路限制的時速，飛箭般掠過路口。在那張狂的機車之後，連續幾輛黑色汽車緊追不放。這景象看起來詭異得滑稽，彷彿機車是張漁網，硬是拖起成堆漁獲。

等在斑馬線前的機車騎士瞠目看著這場追逐，直到臉上忽然一濕。還以為是雨點，伸手摸了才發現是貨真價實的鮮血。

機車持續狂奔，無視所有交通號誌一闖再闖。這名騎士渾身是深淺程度不一的紅，像個恐怖血人。

傷重的子緣強撐逐漸渙散的意識，衣上有大片暈開的血污。遍布在身的大小傷口滲血不停，露出體表後被機車奔馳的強風吹遠又吹遠，沿途灑落在街。

手沾的黏滑血漬逐漸變乾，在掌心與機車把手之間結塊。子緣不時看往後照鏡，確認追獵的善祈堂人馬究竟有多近。

左眼被毀後，這簡單的動作都變得陌生。

但他不後悔。因為最後悔的事早已發生，沒有逆回的餘地。

子緣突然好想拿出手機，點進最熟悉的實況台。可是無論他重新點入幾百次幾千次，始終顯示離線的黑。

他好想聽。好想再聽一次……

大量失血的子緣越來越虛弱，催動油門加速的力氣都快要失去了。現在全憑意志力苦撐。生來便比人強橫的求生本能逼迫著他。要逃、要活下去。

後方追殺的轎車窗口探出一人，黑色西裝的打扮最是適合參加喪禮。這人手握與西裝同樣黑沉的手槍，瞄準的對象當然是子緣。

他不只促成上師的死，更殺死少主，一個被野心驅使的血肉凡人。對善祈堂而言，卻是弒神。

槍聲乍響。

子緣終於驚覺對方採取的殺招。他咬牙死撐，又一次闖過即將紅燈轉綠的路口。在陣陣引擎低鳴之中，連續的槍響是那樣刺耳。

應聲中彈的子緣痛吼，顫晃的機車險些打滑。子彈射進左邊肩胛骨，就這麼留在體內。凹凸不平的路面引起機車震顫，每一次都牽動傷口，引起強烈疼痛。傷上加傷的子緣喘息越來越粗沉，視線跟著模糊。

槍聲再響。子彈擦過他的左臂，皮肉的碎屑伴著鮮血噴開。耐受不住的子緣垂下左臂，勉強靠右手騎車。

開槍的西裝男人縮進車內，沒過多少時間又探出身體，重新裝填子彈的手槍又一次瞄準子緣。

子緣透過後照鏡瞥見了，卻連蛇行迴避的機會都沒有。

砰——砰——砰——連開三槍。頭兩發錯失，最後一發命中子緣的右邊側腹。哀號的子緣失去對車的控制，連人帶車摔進旁邊巷道。

子緣在地上滾了幾圈，黑色的柏油路塗開溫熱血跡。

癱倒的他失去站起的力氣，只能憑藉右臂搆地，作最後的掙扎爬行。粗糙的路面刺開指尖，造出新的傷口。

很痛。不管是指尖或與地摩擦的臉頰與身體，都痛。可是子緣不能停下，要繼續爬。

黑色轎車跟著要轉入巷道。

新的子彈裝填完畢，就待當場將子緣射殺。
就在黑色轎車轉彎瞬間，忽然一輛貨車橫闖過來，像失控的巨鯨直接撞開黑色轎車。連帶阻住巷口，擋住後續追擊。
聽見追撞聲的子緣勉強扭頭。在意識喪失前的最後所見，是個穿著宅急便制服的高大身影踏下貨車。
他昏死過去。

那是好久好久以前的事了。一如童話的開場，總在很久很久以前。
這個故事沒有王子公主，只有想著該如何活下去、要怎麼填飽肚子的兩個人。
「喔？你頭髮留長了喔？」子緣好奇地打量許恩。
這是打從替少主辦事後，他與許恩的第一次見面。是段相當長的時間，剛開始還有些陌生，他還以為認錯人。
「這樣看起來更像……嗯，更像一點。」許恩沒辦法完整說出口。他想說的是，這樣更像女生。

「這樣喔。」子緣夾起培根肉片放上烤網，再灌進一大口冰可樂。在擁有穩定收入之後，子緣愛上吃到飽模式的燒肉店，幾乎說是欲罷不能。加上開始健身，需要攝取足量蛋白質。這裡正是好地方。今天的見面地點當然就是他提議的。

許恩默默沒說話，子緣冷淡的反應讓他不知所措，還有些受傷。他盯著爐裡的炭火，雖然上頭的培根滋滋冒油，可是食慾早已隨著沮喪的情緒喪失。甚至，有點想走。

「你不吃喔？」子緣拿起筷子便夾，直接把肉往嘴裡塞。

許恩搖頭。

於是子緣自顧自吃了起來，途中不忘繼續加點。

許恩垂下頭，改盯著髮尖。想著是不是該剪掉才好？

這樣不男不女的自己，一定讓子緣覺得噁心吧？走吧，回家吧。把這辛苦留長的頭髮都剪了吧。許恩心想。

許恩忍住發酸的眼睛。勉強收拾情緒後，抬起頭準備道別。結果發現子緣正盯著自己瞧。

「怎麼了？我是不是真的很奇怪？」許恩脫口問。好怕、真的好怕被子緣否定。

「你這樣有點像許慧欣。」子緣端詳，以一副學者似的態度認真地說。「你知道她嗎？是個歌手。」

「是不是唱〈七月七日晴〉的那個？」許恩不知道為什麼有些開心。

「對，就是她。你會唱嗎？」

「應該會。我知道歌詞。」許恩突然躍躍欲試。為了更像個女生，所以特地學習用偽聲的方式說話。而苦心鑽研的成果，讓她的聲音聽起來與女生沒什麼兩樣，可說是天衣無縫。

「唱唱看。」子緣說。

「在這裡？」許恩左右看看，這是燒肉店可不是KTV。

「放心，誰有意見我就揍到他不能廢話。」這時候的子緣已經習慣用拳頭解決問題。「唱吧。我想聽。」

許恩難為情地左右環顧，幸好鄰桌都沒客人。他深呼吸幾次不讓自己那麼緊張，同時回想歌詞。許恩另外想著，既然子緣這麼期待，絕對不能讓他失望。

「**我站在地球邊，眼睜睜看著雪，覆蓋你來的那條街……**」許恩閉目清唱，臉頰泛著淺淺的紅。

這是子緣第一次聽到他的歌聲。從此愛上。

很久以後，在昏迷中重遇這段往事的子緣才終於明白，為什麼喜歡〈七月七日晴〉這首歌。

不為什麼，就因為是許恩唱給他聽的第一首歌。

就因為是許恩（欣欣）。

子緣緩緩醒轉。渾身是傷的他暫時不能動彈，眼睛亦還不能視物。過了一段時間適應，視線慢慢清晰。他看到近在身邊的模糊人影。

「欣欣？」他嘶啞地呼喚。

那人動了動，好像在說話。子緣聽不清楚，只有難以辨識的雜音。沒過多久，他又昏了過去。

再一次清醒時，他首先看見的是頭頂的車窗，外面一片白濛。恍惚間以為是雪。

接著，子緣看清楚了那被他誤認是欣欣的人影。

原來是曇花。

子緣的頭擱在她的膝上。

曇花發現他醒了，幽幽地說：「你鬧得很大，惹了大麻煩。只好把你藏起來。你睡吧。我會叫醒你。」

「藏去哪……」子緣問得吃力，現在連說話都嫌勉強。

曇花泛著苦笑，搖搖頭，示意他不要問。

也好。反正體力虛弱的子緣無暇多管。他閉起眼睛，落入昏沉的深眠。

「謝謝你。」待子緣睡去，曇花輕聲道謝，對著駕駛座那盡責從不廢話的收購商。

獾沒說話，就是開車。理所當然的反應。

曇花望向車外。已經深入山林，外頭起了濃霧，遠處山巒逐漸消隱。

她沒想過會有回來的一天。可是只有這裡足以容納所有祕密。更沒想過，會動用獾之外的其他收購商，全是為了救子緣脫險。

現在該退場了。該從見光死的城，躲進人跡難以踏足的幽嶺。

車消失在鬼魅繚繞似的霧中，去往山的更深處。

終章之後

自動兌幣機下雨般噴出硬幣，阿喜一把抓進手中，轉身挑戰號稱四百五十元保證取貨的夾娃娃機台。

他看準貓貓蟲咖波的娃娃，直接降下夾子。收攏的夾子看似夾住了娃娃，卻在升起時瞬間鬆脫。目標完好不動地落在原處，離洞口還遠得很。

面無表情的阿喜一次又一次嘗試，才剛兌換的一百元硬幣瞬間歸零。他臉貼在夾娃娃機上，滿是怨念地瞪著那根本沒移動多少的貓貓蟲咖波。

「唉。」他嘆氣，摸了摸口袋，決定還是別夾了，這跟賭博沒兩樣。

阿喜鑽出夾娃娃機的舖子，在旁邊的小吃店隨便買碗雞肉飯配滷蛋帶走。

拎著食物的他走在路上，不時神經質地左右張望。經過巷口時更是特別小心，得先確認沒有來車才敢通過。

這樣的習慣全是不知不覺養成，可是阿喜有謹慎的必要。

他確認沒人尾隨，才躲入公園的涼亭。

現在已經過了晚餐時間，人少，那些霸佔長椅閒聊整個下午的老人、還有被迫陪同的外籍看護都沒了蹤影。尖叫吵鬧的死小孩也被爸媽關回家裡，現在十分清靜。

阿喜扒進雞肉飯，再配一口黃蘿蔔。滷蛋則動都沒動，要留到最後才享用。

「唉。」他又是嘆氣，不禁感慨怎麼會落到今天這樣的下場。

曾經他吃雞肉飯不會只配滷蛋，會隨意加點海帶豆乾、肝連或粉腸，還要再來一碗貢丸湯或豬肝湯才滿足。

可是現在錢少，能好好吃上一餐就是奢侈。幸好這條小命還留著。

阿喜連連搖頭，慶幸那晚因為顧著打遊戲所以遲到，不然就要成了倒在血泊的刑組之一。那死狀之慘烈，讓他至今回想都忍不住害怕。

不過最恐怖的還是當天返家時，竟然看見幾個黑衣人在租屋附近徘徊。機敏如鼠的阿喜知道一定有問題，當下馬上逃跑。

從那之後他就一直疑神疑鬼，總覺得被人監視甚至跟蹤。他不知道刑組到底招惹到誰，只確定對方出手非常殘忍。

新聞台連續好幾天播送那晚的夜市大屠殺，搞得阿喜更加害怕。

後來新聞變成播報什麼善祈堂上師被人挾怨報復，被倒塌的舞台鋼架壓成重殘，好像一直在加護病房觀察。連上師的兒子都遭亂刀砍死。

這世道真是太恐怖了。阿喜忽然沒了食慾，放下手上雞肉飯，改往口袋摸索拿菸。

「唉，還是這東西好。」嘆氣成性的阿喜吸了口菸，心想作為刑組時也幹了不少荒唐事，用年少輕狂來形容都嫌心虛。

不如買車票躲到南部避風頭好了。他想起有朋友在台南，幸好台南人就是熱情溫暖，請人家稍微照應幾天應該不要緊吧。那邊的食物又好吃，真是太棒了。

阿喜想了想，認為這主意相當好。

稍微心安的他抬頭吐煙，剛好瞄見冷不防出現的人影。

「哇幹！」阿喜嚇得差點從椅子上跌下，好不容易定神看仔細後，才發現是個膚色蒼白的小男孩。

這小男孩陰森詭異，一直低著頭，好像地上有什麼東西纏住他的眼睛。還以為是恐怖電影《咒怨》裡的小男孩惡鬼。

「喂，小鬼，你在看什麼？」受驚的阿喜氣得質問，看對方是小孩子所以口氣完全沒在客氣。

小男孩不說話，站著不動。惱怒的阿喜想直接開罵了，可是涼亭的另一端又有人出現。這次阿喜馬上發現了，幾乎是準備拔腿就逃，卻驚覺這人有些眼熟。

那標誌性的金屬細框眼鏡，阿喜說什麼都不會錯認。是他從事刑組活動時，專門作內應的蟑螂。

可是怎麼會？這傢伙怎麼找上門來的？果然被跟蹤了！

阿喜額邊冒出冷汗，明白現在的情勢。小男孩跟蟑螂恰好占據涼亭兩側出口，簡直是預謀要堵他去路。

「媽的。」阿喜低聲咒罵，決定直接從小男孩那邊突破。雖然陰森得噁心，但終究是小孩子，阿喜就不信小男孩擋得住他。

「別動。」蟑螂察覺到阿喜的意圖，開口警告。

「管你喔幹！」阿喜扔下沒吃完的雞肉飯，直接往小男孩衝去。

還沒來得及撞開小男孩，緊接著現身的人瞬間令阿喜停下。

同樣面熟……阿喜確信有見過，連帶而來的是某種極端殘戾的印象。

小男孩乖巧退到一旁，讓這人踏入涼亭，徹底鎖死阿喜的所有退路。

阿喜像被掠食猛獸盯住的野兔，嚇得不能動彈，甚至閉氣不敢呼吸，只有冷汗仍然直流。

這個人明明比阿喜少了幾歲，卻帶來極大的威脅感，埋伏在旁的蟑螂都沒使他如此害怕。

他慌張看著這人，發現那張冷厲的臉孔缺了左眼。可是單憑右眼的瞪視，就足以震懾阿喜。別說是阿喜，每個循規矩認份過活的平凡人都會因此害怕不已。

因為每個人終其一生，可能都沒機會遭遇如此危險的存在。

「加入我，或死在這裡。」那人給出選擇。

即使赤手空拳不帶兇器，也足以讓阿喜確信，這絕非單純的口頭威脅……

番外篇、小小花店的小小日常

早晨的日光正好，照得窗台花草一片暖，將夜間殘留的陰影從葉脈驅逐。綠葉像慵懶的貓寧靜舒展，曬著和煦的光。

曇花拉開窗，環視一圈。這些在窗台自成一片小天地的盆栽，都是她親手呵護照養的。在凝視時，本來就溫柔的眼神更加溫柔。

她輕聲問好，隨著微風輕輕搖曳的花草像給予回應。她伸手拂弄柔軟的枝葉，像為貓呵癢。

戀戀不捨地鬆手後，曇花拿起小剪刀，來回端詳思索，剪下幾株迷迭香與薄荷葉，細心收集起來。

她又凝視窗台的小天地一陣，才闔上窗，往屋裡走。

微涼的屋裡飄著各類花種交織的香氣，聞來沁鼻怡人。曇花踩著透入走廊的日光，捧著剛剪下的迷迭香與薄荷葉下樓。

廚房的花香更盛，是濃郁的玫瑰與洛神花，正在瓦斯爐上的鐵鍋熬煮。曇花把剪取的香草沖洗乾淨，抽過廚房紙巾鋪平擦乾。

接著她取來糖罐，往鐵鍋添入細砂糖。下手十分小心，不時用湯匙舀起一小匙嚐嚐好確認甜度。

「嗯！」直到調出滿意的甜度，曇花才微笑放下糖罐。

她拿濾網撈起洛神與玫瑰，留下調味好的汁液，然後丟入迷迭香。

這是曇花突發奇想的組合。在她的盤算裡，這互相搭配起來的滋味應該不錯，洛神與玫瑰與迷迭香，層次一定很豐富。待迷迭香的香氣煮開飄散，曇花馬上撈起，再往鍋裡放入預先泡軟的吉利丁片，煮到完全融化後熄火。

她彎下身，從碗櫥拿出幾個白色瓷碗，在餐桌整齊擺開。

戴好隔熱手套的曇花小心捧起冒著熱氣的燙鐵鍋，一一往瓷碗注入。玫瑰與洛神花煮成的汁液落進白色的碗，更顯鮮紅，像液化的石榴石。可是石榴石無法擁有如此豐富的芬香。

曇花讓這些碗靜置降溫，直到可以放入冰箱冷藏。

告一段落的曇花終於鬆口氣，坐在椅上休息。她呼出一大口氣，吹開遮臉的幾絲瀏海。雖然費神，但相當滿足。

接下來只要等待就可以了。

她想，忍不住微笑。

下午。

打掃店面的曇花比平常冒失，明明是簡單的例行差事，卻屢屢出錯。幾次掃把掃著掃著，突然一個手滑大力敲上花盆，嚇得她以為會弄出裂痕。人還不小心撞到桌邊，差點碰倒花瓶。驚呼的曇花伸手去扶，還好花瓶只是驚險地左搖右晃，沒有真的落地摔得粉碎。

曇花吐吐舌頭，決定先擱著不打掃了，免得釀出不必要的災難。收妥掃把與畚箕，她坐回桌邊，可是沒過幾秒人又忍不住站起來，在門口徘徊，不時踮腳看向遠方街角。像在盼雨後彩虹的孩子。

盼啊盼的，她在店裡店外來回走動，再沒有一刻靜得下來。

終於，苦等的引擎聲造訪。曇花奔出小花店，翹首看貨車從巷口駛來。

「獾！」曇花開心呼喚。

下車的獾跟興奮的曇花完全是兩個極端，呈現死物般的漠然。

獾搬出裝箱的花盆，這對高大強壯的他不過是喝水般輕鬆。曇花耐心等他搬完，隨即招呼：「快進來！你坐著等我一下！」

太興奮的曇花沒等獾入座，人已經奔至廚房，從冰箱拿出果凍。凝結的洛神花玫瑰凍光滑

Q彈，呈現漂亮透明的紅。

她把鮮綠的薄荷葉擺放上去，來回調整位置，直到滿意才端了出去。

「你吃吃看！」曇花把果凍連同湯匙放到面無表情的獾面前。

獾伸手拿起湯匙。指節分明的恐怖手掌看起來能輕易把湯匙捏斷。他緩緩挖了一匙果凍，同樣緩慢地放入口中。

曇花緊張地雙手交握，十根手指纏在一塊。她試過味道的，絕對沒問題，就是不知道獾喜不喜歡？等、等等，萬一獾討厭迷迭香呢？或是排斥玫瑰的味道？

越想越不安的曇花開始呼吸困難，好像要暈了過去。

「唔。」獾發出了聲音。

「怎、怎麼了？」曇花緊張地問，從來沒見過獾有如此反應。

獾放下湯匙，沉默不語。

曇花發出失落的嗚咽聲，苦惱地思索：「果然不該加迷迭香嗎？還是我應該改放冰糖？」

獾還是不說話。

「還是吉利丁的比例不對，你不喜歡這個口感？」曇花快要急哭了。

她之所以會突然做果凍，其實是從餵食子緣得到的啟發。雖然子緣的吃相狂暴駭人，但曇花卻從這種餵食中得到滿足。原來她不一定都要當被人給予的那一方，也能為別人付出。

於是曇花便想，獾喜歡吃什麼呢？

趁著某次獾來送貨，曇花抓住機會發問。沉默的收購商果然以沉默回答。曇花鼓起勇氣，執拗地再三追問，好不容易讓收購商吐出答案。

——果凍。

原來是果凍！這個答案讓曇花很放心，心想大概能親手製作不成問題。約好了日子，曇花便提前準備起來。

沒想到最後，竟是用心良苦卻成空？

焦慮的曇花習慣性抓住了衣裙，捏緊的指尖泛成死白。她好懊悔搞砸了。如果問獾能不能再給她一次機會呢？可是獾願意嗎？

曇花猶豫且煎熬，遲遲沒有開口詢問。她盯著腳尖，連抬起頭的勇氣都沒有了。直到她聽見瓷碗碰到桌面的聲音，才驚訝抬頭。

白色的瓷碗內空無一物，不見果凍與薄荷葉。曇花再看獾，放下瓷碗的獾也在看她。

「還有嗎？」獾問。

「咦？」曇花得確定沒聽錯。她發現獾嘴邊殘留淡淡的紅色汁液，的確是洛神花的顏色。

「有！你等我！」曇花止不住驚喜，馬上奔回廚房，把剩下的所有果凍都放上托盤，呈到獾的面前。

只見獾大手一抓，把碗裡的果凍直接往嘴裡倒。一手一個，一口一吞。轉眼間桌面上多了好幾個空瓷碗。

曇花看傻了。原來收購商這麼喜歡果凍。

獾放下最後一個瓷碗，全程都是那股不變的淡漠，但嘴邊多了一圈洛神花的紅。

貼心的曇花自動地拿衛生紙替收購商擦嘴。獾動也不動，像一隻安分的巨獸。

「味道……你喜歡嗎？」曇花還是想聽獾親口確認。

獾點頭。

「有沒有什麼要改進的地方？」曇花問，就差沒拿紙筆寫下檢討報告。

獾沉默很久。

曇花再說：「什麼都可以！你都說，沒關係的。」

獾終於開口：「不夠多。」

曇花放心地笑了：「沒問題！下次我會弄很多很多，你要再來。我試試別的口味可以嗎？想弄洋甘菊口味的，可能再配一點柑橘看看？」

「好。」收購商今天真是難得的多話。

送走了熱愛果凍的收購商，曇花在門口對遠去的貨車揮手。腦海已經浮現各種組合，都是之後預計嘗試的果凍口味。

她走回桌邊，還沒坐下，就聽到門口又有車聲。她才正要招呼，就見子緣已經走入店內。

「子緣！你怎麼會來？出來散步嗎？今天天氣真的很棒。」曇花的笑容跟現時的心情一樣燦爛。

子緣一臉莫名其妙：「不是你叫我來的嗎？說要做果凍，找我來吃。」

「啊！果凍！」曇花倒抽一口涼氣，終於想起與子緣的約定。原來她不只找了獾，另外還約了子緣。

心涼半截的曇花默默看向桌面的空碗。子緣亦跟隨她的視線。

「那個……」曇花無法坦白。那是全部的果凍了。

現在一個不剩。

「我明白。」

子緣與曇花相視無話，有了心照不宣的苦笑。

附註：本篇為平行世界，舒緩胃痛。但無損角色本質。

鏡小說 026

送往待宰樂園的赦罪券

作者：崑崙
責任編輯：王君宇
責任企劃：林宛萱
裝幀設計：賴佳韋工作室
插　　畫：彭禮慧（圭）
副總編輯：林毓瑜
總編輯：董成瑜
發行人：裴偉

出版：鏡文學股份有限公司
11070 台北市信義區東興路 45 號 4 樓
電話： 02-6633-3500
傳真： 02-6633-3544
讀者服務信箱： MF.Publication@mirrorfiction.com

總經銷：大和書報圖書股份有限公司
242 新北市新莊區五工五路 2 號
電話： 02-8990-2588
傳真： 02-2299-7900

內頁排版：宸遠彩藝有限公司
印刷：漾格科技股份有限公司
出版日期： 2020 年 2 月 初版一刷
ISBN： 978-986-98373-4-7
定價： 360 元

國家圖書館出版品預行編目 (CIP) 資料

送往待宰樂園的赦罪券 / 崑崙著. -- 初版. -- 臺北市 : 鏡文學, 2020.02
356 面 ; 13×21 公分 . -- (鏡小說 ; 26)
ISBN 978-986-98373-4-7 (平裝)

863.57　　108022773